南方有令秧

笛安 著

南方出版传媒
花城出版社
中国·广州

图书在版编目（CIP）数据

南方有令秧 / 笛安著. -- 广州：花城出版社，2021.1
　ISBN 978-7-5360-9183-2

　Ⅰ. ①南… Ⅱ. ①笛… Ⅲ. ①长篇小说－中国－当代 Ⅳ. ①I247.5

中国版本图书馆CIP数据核字(2020)第123051号

出 版 人：	肖延兵
策划编辑：	朱燕玲
责任编辑：	李倩倩　胡百慧
营销统筹：	蔡　彬
技术编辑：	薛伟民　凌春梅
插　　画：	山　树
封面设计：	姚　敏
内文版式：	谢　翔　姚　敏

书　　名	南方有令秧　NANFANG YOU LINGYANG	
出版发行	花城出版社 （广州市环市东路水荫路11号）	
经　　销	全国新华书店	
印　　刷	深圳市福圣印刷有限公司 （深圳市龙华区龙华街道龙苑大道联华工业区）	
开　　本	880毫米×1230毫米　32开	
印　　张	11　2插页	
字　　数	274,000字	
版　　次	2021年1月第1版　2021年1月第1次印刷	
定　　价	58.00元	

如发现印装质量问题，请直接与印刷厂联系调换。
购书热线：020-37604658　37602954
花城出版社网站：http://www.fcph.com.cn

致所有读者：

请随时为我指出任何历史方面的遗漏和错误。

目 录

第一章　填房夫人————1

第二章　元宵花灯————25

第三章　节妇名册————59

第四章　旷野戏台————93

第五章　唐家端午————127

第六章　百媚宴————151

第七章　账房先生————175

第八章　新姑爷————205

第九章　残臂————229

第十章　《绣玉阁》————251

第十一章　不速之客————281

第十二章　盛典哀荣————311

后　　记　令秧和我————341

第一章 填房夫人

死亡就像是平仄和韵脚,把脏污的生修整成了一首诗。

一

明，万历十七年。多年以后的人们会说那是公元1589年。只不过令秧自己，却是绝对没机会知道，她是1589年的夏天出嫁的。不知道记忆有没有出错，似乎那年，芒种过了没几天，端午就到了。

她站在绣楼上，关上窗，窗外全是绿意，绿色本身散着好闻的气味。在这个绣楼上住了两年多，她关窗子的时候养成一个习惯，窗子上的镂空木雕是喜鹊报春，角落里有朵花因为遇着了窗棂，只刻了一半，她手指总会轻轻地在那半朵花上扫一扫，木工活儿做得不算精细，原本该有花蕊的，可是因为反正是半朵，做这窗户的工匠就连花蕊也省去了，就只有那三两瓣花瓣，她也不知为什么，就是看着它，觉得它可怜。她其实也没多少机会，能站在一个比较远的地方，好好看看她的绣楼，看看这粉壁，黛瓦，马头墙——不过她倒不觉得这有什么要紧，事实上她还庆幸，这两三年能住到绣楼上去，一年没几次出门的机会——因为她不大喜欢走路，小时候缠足那几年，一定是什么地方出了点岔子，她的右脚直到今天，站久了就会痛，而且那痛不是隐隐地酸疼，就像是有根骨头总是固执地刺着肉。按说不该的，眼看着都十六岁，别人家的女儿们早就习惯了，那些大家都还没许人家，成天一起玩的日子里，她们都可以轻盈灵巧地追逐嬉戏，还放风筝——令秧觉得，既然跟人家不一样，总归是自己的错处。

她对着镜子散开了头发。两个属于姑娘的丫髻，一左一右，乖巧地耸在耳朵上方，可是日子久了，再乖巧也觉得呆板，即使她非常用心地在每个发髻边缘盘了细细的一圈麻花辫，也觉得自己怎么看怎么像只蛾子。她知道自己的头发很美，浓密，漆黑，像房檐上的冰凌突然就融化了，拢在手上厚实的一捧，从小，嫂子在帮她梳头的时候都会看似淡淡地说："发丝硬，命也硬，嫁不到好人家。"她也听得出那是嫉恨。

她耐心地将头发篦至蓬松，一股一股地，盘在头顶，小心地试图弄成花瓣的形状。想给自己梳个牡丹头——女人出嫁以后才可以梳这样的发髻，她就是想偷偷看看，这样的自己，究竟好不好看——看看就好，她悄悄在心里跟自己说。去年冬天，她的海棠表姐嫁人了，嫁给了她们共同的表哥，正月里，表哥带着海棠姐回来娘家，海棠姐的模样居然镇住了她，她第一次看见海棠姐的头发全部盘在了头顶，洁白的脖颈露出来，整个人都修长了，头发梳成了一朵简单的花，就因为这花是头发缠出来的，有种说不出的妖娆。初为人妇的海棠姐穿着一件胭脂色的棉褙子，着石青色六个褶的马面裙，端坐在那儿，不像以前那么多话，一只手安然地搭在炕几上，笑起来的样子也变了，眼睛里有股水波一不留神就蔓延到了头上那朵牡丹花层层叠叠的花瓣里去。令秧想告诉她，她梳牡丹髻的样子真是好看，可是话到了嘴边，却成了："海棠姐姐怎么胖了些？"

还好海棠姐一向心宽,不在乎她语气里的讽刺,只是慢慢待嘴里的糖莲子吞下去了,才笑道:"一入冬便会胖,我素来不都是这样么。"一句"素来这样",又将令秧堵得接不上话。是的,海棠姐现在这样,曾经,少女的时候还是这样,一句简简单单,像是叹着气一样说出口的"素来",告诉令秧,海棠已经是个有过去有历史的妇人,而令秧什么都不是。

所以令秧觉得,一定都是因为那个牡丹髻。

只不过,镜子里的那个自己,即使换了发式,看起来,也并没有如海棠姐那般,换了一个人。不过她来不及沮丧了,门外那道狭窄的木楼梯吱嘎作响,除了嫂子不可能是别人。她急慌慌地把不如意的发髻拆开,罩上搭在床沿上的那件水田衣——那是嫂子拿零碎的布料拼着缝起来的,杂色斑斓,她不知道,其实这种每家女儿都有的水田衣穿在她身上,不知为何就更跳脱。门开了,她闻得出嫂子身上的味道。"还没梳洗?"嫂子问。"好了,就差梳头。"她一直都有点怕嫂子,也不是怕,说不清,总觉得嫂子站在她身边的时候,她们俩都成了摆错地方的家具——不能说不在自己家里,可总觉得有什么地方看着硌眼睛。嫂子淡淡地说:"记着帮我把剩下的那几个帐子补好,还有爹屋里那张罗汉床上用的单子也该……"她答:"记着呢。"嫂子皱了皱眉头——她不用看嫂子的脸,只消听着她的语气便知道她在皱眉头。"我还没说完呢。你记着什么了?"她不吭声,重新把满头长发分成两半,开始盘左边,她知道,耐心些等这阵沉寂过去了,也就过去了。果然,嫂子叹了口气:"等你嫁过去了,讲话难道也这么莽撞?你婆婆跟你说话,你也半中间打断说你记着了?人家只怕会笑话咱们的家教。"天井里远远地传来一些此起彼伏的说话声,听上去像是佃户家的女人们来了,嫂子急急地要去推门——她的一天比令秧的要忙太多了,临走,丢下一句:"要下雨了,天还是有点凉,再多穿一件。"

令秧的娘死得早,这些年来,嫂子就是家里挑大梁的女人。令秧有个年长自己十三岁的哥哥,算命的说,哥哥命硬,克兄弟姐妹——不知道准不准,不过在哥哥出生的十多年里,娘又生过一个男孩,一个女孩,都是在还没出周岁的时候就夭折了;还怀上过一个不知是男是女的胎儿,同样没留住——只有令秧安然懵懂地长大了,破了算命先生的咒。令秧是爹娘的宝贝,尤其是娘,看着令秧的时候总有种谢天谢地的感激。她给了令秧生命,可是令秧终结了她对生命的恐惧。病入膏肓的时候,娘甚至不再那么怕死。她只是平静地把令秧的小手放在嫂子手里,用力地对嫂子说:"照顾她,千万……"嫂子知道这句话的轻重,恭顺地回答:"我知道。"——嫂子不也一样没等婆婆说完话就答应了么?娘在那种时候,哪想得起来嘲笑嫂子的家教?嫂子就是喜欢把婆家描述得像阴曹地府一样,吓唬令秧——其实嫂子现在在家里管事儿,还不是说一不二——这个婆家还有个像令秧这样,有事没事会被她挤对两句的小姑子——能坏到哪里去了?

令秧也知道,一个姑娘家,总想象婆家是不害臊的。如果让任何人知道了这种想象,就更是该死了。可是除了这种想象,令秧实在没有什么有意思的事情可以做。若是像海棠姐姐那样识得几个字，还能偷偷看点书，或许好些——有一年，表哥发了水痘，不能去族学里上学，家里只好请了先生来教——海棠姐姐早在刚出生的时候就得过水痘了，那时候他们都才六七岁，且表哥一个人总是哭闹着不肯念书，所以大人们就叫海棠姐姐去陪表哥玩，海棠就这样跟着表哥学了认字——表哥在家里一关就是半年，半年过去了，大人们也就默契地定下了他和海棠姐的婚事。

要是令秧很小的时候也出过水痘就好了。

要是令秧能和海棠姐姐一起嫁给表哥，就好了。

这件事只能放在自己那里，即使是对最能掏心窝子的姐妹，也不能说——令秧知道什么是自己可以盼望的，什么不行。所以，就是想想而已，没关系吧。令秧一边想着，一边帮嫂子做着针线——那些单纯属于缝补的粗活儿看不出什么分别，不过若是细致一些需要绣功的活计，就不同了，比如那件做给春妹，就是嫂子的大女儿的小襦裙。上头的花饰是令秧绣的——其实并没有多复杂，是用令秧的旧衣服改的，只不过，姜黄色的粗布裙摆上，令秧别出心裁地绣了两只小燕子，配着一点淡淡的，几乎像是水珠滴出来的柳叶。令秧绣的时候心里沉甸甸的，因为她怕若有一天，海棠姐姐看见了这两只呼之欲出的燕子，就看穿了她的心事——其实这种担心纯粹荒唐，她自己也知道。完工那天，嫂子只是略微吃惊地看着她："真是长进了。"随后又摇头道："可是她小孩子家身子拔节那么快，不该穿这么精细。"令秧一反常态地对嫂子认真地笑道："就算我走了，也能给春妹绣衣裳，我做好了托人带回来给你。"嫂子的食指用力戳了一下她的眉心："少讲这些作怪的话。"

人们都说，令秧的亲事是桩好姻缘。既然都这么说，一定有些道理的，即便对方的年纪比令秧的爹小不了几岁，可好歹，是个什么老爷。令秧的夫君姓唐，名简，家在休宁，离令秧家不过二三十里。其实唐老爷家再往上数几代，跟令秧家一样，都是徽州的商户。不过唐家经营得高明些，虽然比不得那些巨贾，好歹也算是富户，还出了唐简这个自贡生一路中了进士的聪明孩子。殿试及三甲，入翰林院的那一年，唐简不过三十一岁，踌躇满志，男人在恰当的年纪得了意，无论如何都会有股倜傥——他并不知道那其实就是他一生里最后的好时光；他更加不知道，他此生最后一个女人将于十五年后来临——他只顾得上坚信自己前程似锦，不知道她那时正专心地注视着插在摇篮栏杆上的一只风车，她的窗外就是他们二人的故乡，绚烂的油菜花盛开到了天边去。

媒人自然说不清，为何唐简只在短短的四五年工夫里，就被削了官职，重新归了民籍；为何他在朝中的前途就这么莫名其妙地断了，不过只曾在西北一个偏远荒凉的地方做了一阵子知县——哪能妄断朝中的事儿呢，问那么多干吗，是会惹祸上身的——起初，媒人就是用这样危言耸听的方式，把令秧她爹的疑问堵了回去。家乡的人们只知道，唐老爷自己的说法，是在西北上任的时候染了沉疴，无心仕途，所以回乡的——这自然是假话，但是无论如何，唐家是个出过翰林的人家。唐氏一族仍然是徽州数得着的商户，相形之下反倒是唐老爷这一支穷些，可是守着祖宅祖产，耕读为本，没有任何不体面的地方。虽说是过去做妾，可是这是唐家夫人力主的,多年以来唐夫人只生过一个儿子,怕是比令秧还大两岁,却自幼体弱多病——为着添丁,唐老爷先后纳过两房侍妾,可是一个死于难产,脐带顺便勒死了胎儿;另一个,生过一个女儿之后就莫名其妙地疯了。提亲那年,令秧才十三岁,按理说年纪稍微小了些,可是八字难得地好,人长得也清丽,媒人几次三番地跟爹强调着,说唐家是难得的厚道人家,不会委屈令秧,还有个深明大义的夫人,夫人咳血已经有年头了,知道自己时日无多——所以,明摆着的,只要令秧能生下一个哥儿,扶正就是顺水推舟的事情。

令秧的爹说,得商议一下。媒人说,那是自然,只不过千万别商议太久。

其实,爹并没有和任何人商议,只是送走了媒人之后,交代哥哥说,他次日要带两个伙计到镇上和临近几个县里去收账,几天就回来,哥哥也不必跟着。哥哥奇怪地说还没到收账的日子呢,嫂子从旁边轻轻地给了个眼色。于是,爹就这样消失了几天,他只不过是在做决定的日子里,不想看见令秧。自从娘走了,爹越来越不知道怎么跟令秧相处。只是每年从外地经商回来,给令秧带一箱子他认为女孩子应该喜欢的玩意儿,说一句:"拿着玩儿吧。喜欢什么,告诉你哥哥,明年再给你买。"似乎是说了句让他无比为难的话。

那天晚上,十三岁的令秧静静地坐在狭窄的天井里,发现只要紧紧地抱住膝盖,收着肩膀,就可以像童年时候那样,把自己整个人藏在一根柱子后面。其实这个发现并没有什么意义,因为无论她藏或不藏，也没有人来寻找她。哥哥和嫂子在厨房里聊得热闹，声音在夜色里，轻而易举就捅破了窗户纸。哥哥说："我拿不准爹的意思是怎样，反正，我不同意。若是令秧去给人家做小妾，七月半的时候我可没脸去给娘烧香。"嫂子叹着气："这话好糊涂。你掂量一下，要是爹真的不同意，那他还出去收什么账，他是觉得这事情挺好的，只不过心疼令秧。"哥哥道："你也知道令秧委屈。一个翰林又怎么样了，我们不去高攀行不行？令秧怎么就不能像海棠那样配个年纪相当的，我们令秧哪里不配了？"嫂子又叹了口气："这话糊涂到什么地步了，谁说令秧不配，我还告诉你，假使海棠没许人家，保不齐舅舅他们也会愿意。你想想看，人家一个出了翰林的人家，风气习气都是错不了的，日后怎么就不能再出一个会读书能做官的呢？令秧若是生个有出息的哥儿，就算一时扶不了正，也终有母凭子贵的那天。我看令秧这孩子性子沉稳，不是载不住福气的样子。真像海棠一样，嫁去个家底殷实些的小门小户，倒是安稳，一辈子不也一看就看到头了？"哥哥突然笑了，语气里有了种很奇怪的亲昵："你是恨你自己这辈子一眼望到头了么？"嫂子笑着啐了哥哥一下："好端端地在说你妹子的终身，怎么又扯上我了？你比我一个女人家还糊涂。"哥哥似乎一时间找不到合适的反驳，只好说："左一个糊涂，右一个糊涂，就你不糊涂。"

　　令秧静静地听着，直到嫂子新生的小侄子突然啼哭起来，盖过了说话的声音。她能听见促织在叫，像是月光倾倒在石板地上的声音。她已经知道那就是她的未来了，尽管这些负责做决定的人还没有真的决定。三五天以后，爹就回来了。一家人静静地围着桌子吃晚饭。嫂子叫令秧多吃点，脸上带着种奇怪的殷勤。爹突然放下了筷子，跟嫂子说："明天起，把绣楼上的房间打扫出来，让令秧搬上去吧。"嫂子爽利地答应着，跟哥哥不动声色地对看了一眼。

没有一个人面对面地告诉过她这件事，但是每个人都知道，她已经知道了。

就这样过了三年。

都说令秧命好，可能是真的。因为就在正式答复了媒人之后，就传来唐家夫人病重的消息，没两个月就殁了。这种情形之下老爷自然是不好纳妾的，于是只能等等再说。又过了些日子，媒人再度眉飞色舞地登门，聒噪声在绣楼上能听得一清二楚。令秧从小妾变成了填房夫人。据说，是唐家老夫人，也就是唐简母亲的意思。

那天傍晚，她从嫂子手里接过新做的水田衣，她想跟嫂子说她不小心把梳子摔断了，得换把新的，又担心被数落莽撞。可是嫂子专注地看着她的脸，轻声却笃定地说："给姑娘道喜了。"

可惜她完全不记得自己的婚礼是什么样的，因为她根本就没有参加，她是那个仪式上最重要的一件瓷器，被挽进来带出去，只看得见眼前那一片红色。所有的鼓乐，嘈杂，贺喜，嬉笑……都似乎与她无关，估计满月酒上的婴儿的处境跟她也差不多。她用力地盯着身上那件真红对襟大衫的衣袖，仔细研究着金线滚出来的边。民间女子，这辈子也只得这一次穿大红色的机会。不过也不可惜——她倒是真不怎么喜欢这颜色。她轻轻地捏紧了凤冠上垂下来的珠子，到后来所有的珠子都温热了，沾上了她的体温。她希望这盖头永远别掀开，她根本不想看见盖头外面发生的所有事。前一天，嫂子和海棠姐姐陪着她度过了绣楼上的最后一个夜晚，她们跟令秧嘱咐的那些话她现在一句也想不起来了。她只记得嫂子说，用不着怕，这家老爷应该是个很好的人——知书达理，也有情有义，婚礼推至三年后，完全是因为他觉得这样才算对得住亡妻——这么一个人是不会欺负令秧的。可是令秧没办法跟嫂子讲清楚，她的确是怕，可是她的怕还远远没到老爷是不是个好人那一层上。她知道自己是后悔了，后悔没有在最后的时刻告诉海棠姐姐，令秧是多么羡慕她。她想起九岁那年，舅舅带着他们几个孩子一起去逛正月十五的庙会，她站在吹糖人的摊子前面看得入了迷，一转脸，却发现海棠姐姐和表哥都不见了。他们明明知道长大了以后就可以做夫妻，为什么要现在就那么急着把令秧丢下呢？昨晚她居然没有做梦，她以为娘会在这个重要的日子来梦里看她一眼，她以为她必然会在绣楼的最后一个夜里梦见些什么不寻常的东西——现在才知道，原来最大的，最长的梦就是此刻，就是眼下这张红盖头，她完全看不见，近在咫尺的那对喜烛已经烧残了，烛泪凝在自己脚下，堆成狰狞的花。

盖头掀起的那一瞬间，她闭上了眼睛。一句不可思议的话轻轻地，怯懦地冲口而出，听见自己的声音的时候她被吓到了，可是已经来不及。她只能眼睁睁地，任由自己抬起脸，对着伫立在她眼前的那个男人说："海棠姐姐和表哥在哪儿，我得去找他们。"

那个一脸苍老和倦怠的男人犹疑地看着她，突然笑了笑，问她："你该不会是睡着了吧？"他笑起来的样子很好看，清瘦的脸，微笑的时候搅出来的细纹让他显得更端正。他好像和爹一样，不知道该跟令秧说什么。他似乎只能耐心地说："你今天累了。"

"你是老爷？"令秧模糊地勇敢了起来，她知道自己可以迎着他的眼睛看过去。

他反问："不然又能是谁呢？"他把手轻轻地搭在了她的手背上，她有点打战，不过没有缩回去。

一直到死，他都记得，洞房花烛夜，所有的灯火都熄掉的时候，他和他的新娘宽衣解带，他并没有打算在这第一个夜晚做什么，他不想这么快地为难这孩子。黑暗中，他听到她在身边小心翼翼地问他："老爷能给我讲讲，京城是什么样子么？"

二

唐简淡淡地笑笑，像是在叹息："上京城是多少年前的事情，早就忘了。"

"老爷真的看见过皇上长什么样？"他不知道，令秧暗暗地在被子底下拧了一把自己的胳膊，才被逼迫说出这句话来。她听见他说"忘了"，她以为他不愿意和她多说话，但是她还是想努力再试一次，这是有生以来第一回，令秧想跟身边的人要求些什么东西,想跟什么人真心地示好——尽管她依然不敢贴近他的身体。

"看见过。"唐简伸展了一只手臂,想要把她圈进来——可是她完全不明白男人的胳膊为何突然间悬在了她的头顶。她的身体变得更加僵硬,直往回缩,唐简心里兀自尴尬了一会儿,还是把手臂收回去,心里微微地一颤——你可以抱怨一个女人不解风情,但是不能这样埋怨一个孩子。所以他说:"不过没看得太清楚,谁能抬着头看圣上呢?"

"你家里人叫你令秧?"她听见男人问她。她忘记了他们身处一片漆黑之中。唐简听见她的发丝在枕上轻微地磨出一丝些微的,窸窸窣窣的声响,知道她是在点头。"睡吧。"他在她的被面上拍了拍,"天一亮,还得去拜见娘。"

"老爷?"她觉得自己的声音很陌生。

"嗯?"回答过她之后,他听见她轻轻地朝着他挪动了一下身体,然后她的脸颊贴在了他露在被子外面的手臂上。她知道她可以这么做,他是夫君;可是她还是心惊肉跳,这毕竟是她有生以来做的最大的错事。男人的呼吸渐渐均匀和悠长,睡着了吧,这让令秧如释重负。她将一只手轻轻地放在他的胳膊下面,犹豫了片刻,另一只手终于配合了过来,抱住了那只胳膊。她不知道她的姿势就像是把身体拉满了弓,尽力地去够一样遥远的东西。因为这个简陋的拥抱,她的额头和一部分的面颊就贴在了他的手臂上——自然,还隔着那层鼠灰色麻纱的中衣衣袖。她屏息,闭上眼睛。不知什么时候,也许就在他睡意蒙眬之时,依然会隔着那床缎面的被子,轻轻拍拍她——若不是他这个举动在先,令秧无论如何也不敢这样大胆。她希望自己快点睡着，仿佛睡着了，这一层肌肤之亲就暂时被她丢开，不再恐惧，可是能融进睡梦里，更加坐实了。嫂子告诉过她，洞房应该是什么样的，她知道好像不该是现在这样——可是，也好。

她是被天井或是火巷里传来的杂乱脚步声惊醒的，一瞬间不知道身在何处。夜色已经没那么厚重得不可商量，至少她仰着头看得出帐子顶上隐约的轮廓。有人叩着他们的房门，然后推门进来了。唐简欠起了身，朝着帐外道："是不是老夫人又不好了？"那个声音答："回老爷的话，老夫人是又魇住了。喘不上气来，正打发人去叫大夫。老爷要不要过来瞧瞧。"她怀里的那条胳膊抽离出去的时候，她藏在被褥之间，紧闭着眼睛，她听见唐简说："不必叫醒夫人，我先去看看再说。"——整间屋子沉寂了好一会儿，她才明白过来，原来"夫人"指的就是她。她犹疑地坐起来，帐子留出一道缝隙，男人起来匆忙披衣服的时候，点上的灯未来得及吹灭。帐子外面，潦草灯光下，这房间的样貌也看不出个究竟。"夫人，"那是一个听起来甜美的年轻的女孩子的声音，"才四更天，别忙着起来。这个时候夜露是最重的，仔细受了寒。"一个穿靛蓝色襦衫，系着水红色布裙的丫鬟垂手站在门旁边，朝着她探脑袋，"我叫云巧，以后专门服侍夫人——老爷到老夫人房里去跟大夫说话，我琢磨着，大喜的日子，夫人是头一天过来，说不定睡得轻，还真让我猜着了。夫人要喝茶么？"她怔怔地看着口齿伶俐的云巧，只是用力摇摇头，随后就什么话也没了——云巧走过来拨了拨灯芯："夫人还是再睡会儿吧，还早得很，我就住在楼下,夫人有事喊我就好。"——她实在不好意思开口问,这丫鬟叫云什么,她没有记住这个名字——若真有事情,如何喊她。但是一句话不说也太不像话了,于是她只好问:"老夫人生的是什么病?"

云巧蜻蜓点水地笑笑——她长得不算好看,可是微笑起来的时候,眉眼间有种灵动藏着:"我只知道老夫人身子的确不好——半夜三更把大夫找来是家常便饭,好像好几个大夫也说不清是什么缘故,平日里也几乎不出屋子——别的就不大清楚了。"

事隔多年,她回想起那个夜晚,头一件记得的事情,便是自己的天真——伶俐如云巧,怎么可能什么都不知道,但是比云巧还小几岁的令秋,就不假思索地信了。终于再一次听见关门的声响,是唐简回来了。他重新躺回她身边的时候,她心里有那么一点点的欢喜。这点欢喜让她讲话的语气在转眼间就变得像个妇人,有种沉静像夜露一样滴落在她的喉咙里:"老夫人——是什么病?"唐简回答得异常轻松:"疯病。好多年了。""老爷的意思是——老夫人是疯子么?"她在心里暗暗气恼着自己为何总是这么没有章法,唐简却还是那副不动声色的神情:"自从我父亲过世以后,她就开始病了,一开始还是清醒的时候多些,这一两年,清楚的时候就越来越少,特别是晚上,总不大安生。不过她是不会伤人的。最多胡言乱语地说些疯话而已。不过还是得有人看着她,不然……"她静默着,等着他继续描述老夫人的病情——可是他却问她:"你怕了吗?"寂静煎熬着,唐简似乎有无穷尽的耐心来等待她的沉默结束,她却如临大敌。她知道自己该说"不怕"，该说她日后也会尽心侍奉神志混乱的老夫人，还该说这些本来就是她分内的事情——但是她却隐约觉得，他未必高兴听到这些。

他突然转过了身子，面对着她，她的脊背贴着拔步床最里头那一侧的雕花，已经没有退路。他抱紧了她，他说你身子怎么那么凉。她紧紧地闭上眼睛。他的手掌落在哪里，哪里的肌肤就像遭了霜冻那样不再是她自己的。她知道她腰间的带子已经在他手上，她觉得此刻听见他温热的喘息声的，似乎并不是耳朵，而是她的脖颈——颈间的汗毛全部竖了起来，因着侵袭，灵敏得像松鼠。男人不费吹灰之力，就将她的双臂掰开了。俯下头去亲吻她的胸口，她胸前那两粒新鲜的小小的浆果打着寒战，像是遇上了夜晚的林涛声。她知道自己不该挣扎，眼下的一切都是天经地义。她只能死死地攥紧了拳头，天和地都悠然寂静，顾不上管她。只有男人说："把手放我脊背上。"她听话地照做了，然后听见他在轻轻地笑："我是说，抱着我。"她恍然大悟，然后两人缠绕到了一起。男人讲话的语气其实依然温柔："你不用怕。"接着他略略直起身体，硕大的手掌有力地盖住她蜷曲的左腿膝盖——她没想到原来膝盖也可以被握在手心里的，他把她的左腿往旁边一推，像是推倒多宝槅上的一个物件儿，她的右腿也随着倒了下去，男人简短地说："再张开些。"

表哥也会对海棠姐姐说一样的话吗？

疼痛先开始是钝重的。然后像道闪电一样劈了过来，照得她脑袋里一片白惨惨的雪亮，还伴着轰隆一声闷响。她甚至没有办法继续让眼睛闭着——这件事也需要力气。她知道，那种疼带来的，就是从今往后怎么也甩不掉的脏。帐子上映着男人的半截影子，帐子凹凸不平，灯光随着坑坑洼洼，影子在挣扎，忽高忽低，像是就要沉下去。她就是他的坟，他的葬身之地。他的肌肤摸上去，总觉得指头能触到隐约埋在哪里的沙粒。他看上去比他的影子都要狼狈，脸上扭曲着，狰狞扑面而来。拿去了那些谦和跟威严，苍老纤毫毕现。她把目光挪开，看着他的胸膛，看着他胸膛跟腹部之间那道歪歪扭扭的线——此刻她才知道她的身体里有一片原野，可是她刚刚失去了它。他终于倒了下来，压在她身上。她费力地呼吸着，反倒觉得安心——因为噩梦快要结束的时候，不都是喘不上气么——喘不上气就好了，马上就可以醒过来。她知道自己在流血，这是嫂子教过的。另外一些嫂子没教过的事情她也懂了，为什么有些女人，在这件事发生过之后会去寻死。所谓"清白"，指的不全是明媒正娶，也不全是好名声。

　　他离开了她的身体，平躺在她旁边。她明明痛得像是被摔碎了，但是却奇怪地柔软了起来。她侧过身子贴在他怀中，根本没有那么难。羞耻之后，别无选择，只能让依恋自然而然地发生。她的手指轻轻梳了梳他鬓边的头发。男人说："我会待你好。"然后又突兀地，冷冷地跟了一句："你不用害怕老夫人，她是个苦命的人。"

　　云巧的声音传进了帐子里："老爷，夫人，热水已经备好了。我来伺候夫人擦洗身子。"

　　血迹仓皇地划在她的腿上，小腹上也有零星的红点。血痕的间隙里，还有一种陌生的液体斑斑点点地横尸遍野。令秧嫌恶地把脸扭到一边，她算是见识过了男人饕餮一般的欲望和衰败，男人也见识过了她牲畜一般的羞耻和无助，于是他们就成了夫妻，于是天亮了。

在唐家的第一个清早，是云巧伺候她梳头。"你会不会盘牡丹髻？"她问，怔怔地注视着镜子切割出来的，云巧没有头和肩膀的身体。"会。"云巧口齿清晰爽利，"不过我倒觉得，夫人的脸型，梳梅花髻更好看。""梅花头——我不会，你帮我？"令秧扬起下巴注视着云巧，眼睛里是种羞涩的清澈。云巧略显惊愕地看着她："夫人是在打趣了。只管吩咐就好，哪里还有什么帮不帮的话呢？"令秧欠起身子，将身子底下的束腰八脚圆凳挪得更靠近镜子些，重新坐回去的时候，那一阵痛又在身体里撕扯着。她皱了皱眉头，倒抽了一口冷气。"你刚才给我涂的那种药，真的管用？"她不知道此刻的自己又是一副小女孩的神情，充满了信任。云巧站在身后，拢住她厚重的长发，轻声道："听说管用。"令秧垂下眼睑，拨弄着梳妆台上的一支嵌珠花的簪子，听到云巧说："夫人把那个玳瑁匣子里的发簪递给我一下吧，我若自己拿的话，刚编好的就又散了。"令秧叹了口气："云巧，你——你跟老爷的第一个晚上，是谁把这个药膏给你的？"

她觉得，那是她成为女人之后，无师自通地学会的第一件事——至于这件"事"究竟是什么，她说不明白。

云巧默不作声，隔了好一会儿，才说："是老夫人。"

"你在这儿多久了?"令秧莫名觉得松了口气。

"有八年。"云巧从她手里接过了递上来的发簪,"是来这儿的第三年头上,开始服侍老爷的。不过,夫人放心,我会尽心侍奉老爷和夫人,不敢有什么不合规矩的念想儿。"

"老夫人为什么不让老爷娶你呢?"

没想到云巧笑了:"看来他们说得没错,夫人果真还是个小孩子呀。"

"那云巧,你会梳多少种发髻?"她有点沮丧,即使经过了洞房花烛,依然会被别人当成是个小孩子。

云巧的眼睛斜斜地盯着窗棂片刻:"十几种怕是有的。"

"你答应我,天天给我梳头?"令秧看着她的眼睛。

"自然啊,夫人这又是在说哪里的话。"

没过多久,休宁县的人们都在传,唐家老爷新娶的十六岁的夫人,进门不到一个月,就做主将一个丫鬟开了脸,正式收在房中成为老爷的侍妾。府里人都唤作"巧姨娘"。乡党之间,略微有些头脸的男人们都打趣着唐简的艳福。到了冬天,又传来了巧姨娘怀孕的消息——这下所有的打趣都变成了由衷的羡慕。自然,人们也好奇这位唐夫人是真贤良,还是缺心眼儿。谁也不知道,那其实是令秧嫁进唐家以后最快乐的一段日子——因为她总算是有了一个朋友。云巧帮她梳各种各样她梳不来的发式,给她讲府里上上下下那些事情——有众人都知道的,自然也有些不好让人知道的。云巧是个讲话很有趣的人,很简单的一件事,被云巧一说，不知道为何令秧就听得入了迷——这世上，甚至算上娘在世的时候，都没有人愿意花这么多的时间跟令秧说话。还有就是，云巧还可以代替她，去跟老爷做那件令秧自己非常害怕的事情。令秧知道，自己好像是举手之劳，就改变了云巧的命运——成为一个对别人来说举足轻重的人，令秧从来没尝过这么好的滋味。她小心翼翼地将手掌放在云巧的肚皮上，一遍又一遍地问号出喜脉的大夫："到底什么时候，云巧的肚子才会变大？"

唐家宅子里，从管家夫妇，到各房丫鬟以及跑腿小厮，再到劈柴挑水的粗使丫头婆子——虽说加起来统共不过三四十个人，倒是都觉得，这个新来的夫人很是特别。甚少能在天井，或是后面的小园子里看见她，多半时候，她都喜欢倚着楼上的栏杆，托着腮，朝着天空看好久——本来空无一物，也不知道在看什么，猝不及防地嫣然一笑，像是在心里自己给自己说了个笑话。这种做派，哪里像一个"夫人"。眼见着老爷十日里有六七日都睡在巧姨娘的房里，第二天一大早还照样欢天喜地，有说有笑的模样真看不出是装的。老爷的一双儿女——哥儿和三姑娘，见着她了自然要问安，照礼数称她"夫人"，她倒是羞红了脸，恨不能往老爷身后躲。老爷似乎也拿她没什么办法，就比方说，她和老爷一同吃晚饭，那天厨子炖了一瓦罐鸡汤，里面有正当时令的笋干和菌，瓦罐不大，她和老爷一人盛上一碗之后，还剩下一点点，一转眼工夫她那份见了底，她就那样直愣愣地冲老爷笑道："老爷听说过汤底是最鲜的吧？"老爷点头。她说："那老爷就让给我，如何呢?"谁都看得出,老爷有点蒙,但是老爷眉眼间那股笑意也是很久未曾见过的了。或许老爷也跟下人们一样,有时候不知该如何对待她——相形之下,倒是老爷和巧姨娘说话的时候,你来我往,有商有量,看着更像是寻常夫妻——叫旁人看在眼里也松一口气。在唐家待了快二十年的厨娘有些失落地说:"若是搁在老夫人身子还康健的时候,哪容得下家里有这么个行状不得体的夫人?"——虽如此说,不过人们倒是都有数,她不会存心跟任何人过不去,也因此,唐家宅子里当差的各位,也都打心里愿意称呼一声"夫人"。于是,在唐家,令秧反倒能够心安理得地做一个被宽容的孩子。

若是搁在老夫人身子还康健的时候——在唐家,这话时常听到,但其实,哪里有几个人真的见过康健的老夫人,最多只见过疯癫不发作时候的老夫人罢了。老夫人不发病的时候,一切都好,无非就是沉默寡言,且对周遭的人和事漠不关心而已。为家里大事下决断的时候,也是有的。发病的时候,虽说判若两人,也不过就是个寻常的疯子,有两三个婆子看着便好,灌几天药,人就会在某个清晨突然正常起来,安之若素地梳洗,进食,精神好的时候还会条理清晰地责骂丫鬟——全然不记得发病时候的种种形状。令秧自然是见过,老夫人说着话,突然间一口气接不上来,眼睛翻上去,脸涨成猪肝色,平日里照顾她的人自会熟练地冲上来,将一块布塞进她嘴里,抬回房中去——接下来的几天,宅子里最深那一进,总会传出些莫名其妙的喧嚣声,令秧听到过很多回：有时候是笑声，并不是人们通常描述的那种疯子瘆人的惨笑，病中的老夫人笑得由衷开心，元气十足，远远地听着，真以为房里发生着什么极为有趣的事情；有时候是某种尖利的声响——断断续续，虽然凄厉，但是听惯了，即使是深夜里传出来，就当是宅子里养着什么奇怪的鸟，也不觉得害怕。令秧从没对任何人说过，她其实更喜欢犯病时候的老夫人——因为在疯子的笑声和呼啸声里，她才能觉出一种滋生自血肉之躯的悲喜——老夫人清醒的时候，就跟塑像差不多吧，总是不好接近的。

没有人解释得通，为什么在老夫人发病的时候，令秧还总是愿意去老夫人房里待一会儿。这种时候，人们会用绫子缚住老夫人的双手双脚，将她捆绑在床上——因为她曾经拿着一把剪刀把自己的胸口戳出两个血洞。被缚在一堆绫子中央的老夫人，衣冠不整，披头散发，脸上却是真有一种自得其乐的神情，虽说神情麻木眼神涣散，喉咙里发着悲声，但令秧总觉得，此时的老夫人更像一尊凡人难以理解的神祇，全然不在乎被五花大绑的冒犯。令秧托着腮坐在这样的老夫人旁边，相信自己总有一天是能够和此时的老夫人对话的。府里的人自然是觉得，就算这位新夫人有些缺心眼儿，可是能做到在这种时候来陪伴着老夫人，也实属不易——换了谁不是硬着头皮进来呢，此情此景，目睹了难免伤心。也因此，就当是新夫人孝心难得吧。不然还能如何解释这件事呢？

直到唐简死的那天，令秧都相信，疯病中的老夫人，一定是想要告诉人们什么非常重要的事情。

第二章　元宵花灯

栏杆折了。一串飘荡着的,残破了的花灯像是盛开在了木头断裂的地方。

一

令秧在唐家的第一个春节，很快就到来了。一入腊月，阖府上下的忙碌对于令秧来说都是新鲜的事情——她家里过年的时候也就是嫂子带着三四个人忙几天罢了，何曾有过这么大的阵仗。厨房里早就悬挂满了腊肠和年糕，站在二楼的栏杆后面，她看得到院子里的坛子罐子恨不能堆成了一面墙——据说，腌好的萝卜梅干菜，或是鸡胗鹅掌之类的都堆在左边；做成蜜饯的各色果子还有糖胡桃糖莲子之类都堆在右边，咸的东西和甜的东西有条不紊，泾渭分明——当然这还并没有算上地窖里那些尚待清理的酒。蕙娘裹着一件很旧的靛蓝色猩猩毡的斗篷，站在冬天的寒气里对着二十多个人吆五喝六，像是指挥着一场战争。

"小丫头们记不住事儿，你可得仔细。"蕙娘吩咐厨娘的声音总是能清晰地传得很远，"从上往下数，每层的坛子盛着的东西都不一样的，哪层是哪些，你老人家别嫌麻烦，亲自盯着他们才好，不可叨混了。像前年不知哪个糊涂车子将酱瓜丝儿当成梅干菜烧到肉里去，险些儿就在客人跟前闹大笑话……"厨娘忙不迭答应着，这边管家娘子又跑来蕙娘跟前，说年下采买的账本须得蕙娘看一眼才好支银子。蕙娘愉快地叹着气："你且让我歇口气儿好不好，你便是催死我的命，我也变不成三头六臂地来支应你们。"又一会儿，哥儿从族学里回来看见这些壮观的坛子，问蕙娘道："蕙姨娘，不然我帮你写几个字儿，在每个坛子上面贴个签儿，便不怕弄错了。也省得你总得嘱咐她们……"蕙娘舒朗地笑了："罢了，谢过哥儿的好意。只是哥儿想想，这满屋子使唤的人，有几个识字儿的？"

令秧看得入了迷，由衷地对云巧说："蕙娘真是了不得，我若是有她一半能干，也好呢。"

云巧只是淡淡地笑："各人有各人的命。谁知道她背地里羡慕的又是哪个。"紧接着云巧的口吻又转换了些，"我说你能不能不要成日吊在那栏杆上，大冬天的，你就不怕冷？"说这话的时候，云巧端正地坐在二楼的暖阁里，怀里抱着一个精巧但是也用旧了的手炉，冲着令秧在回廊上的背影发笑。令秧悻悻然地转回了屋内，关上了窗子，跟云巧一道坐在桌旁，面前的茶盅已经微凉，云巧替她添上热的——令秧立刻惊呼道："啊呀云巧，如今这些事哪还用你来做，你要闪了腰动了胎气什么的，罪过可就大了。"云巧皱了皱眉头："哪儿至于就娇贵到这个地步了。""我在家的时候，"令秧的眼睛不知道落在窗棂上的哪个地方，"听我嫂子说，咱们家老爷有个妾，生了一个小姐之后就疯了——我那时候还以为说的是蕙娘。现在看来，媒人真的只会骗人，家里这么多人，吃穿用度，银子来去，都是蕙娘掌管着——干吗要编排人家。"云巧把手缩回了狐皮拢子里，道："老爷是要面子的人。家里三天两头地请大夫进来不说，老夫人一犯病，那声响你也听到过，大半夜地传出去老远，瞒不住谁。前五六年，不知什么人传谣言出来说是咱们老爷有个妾疯了,老爷也就任那些闲人去传,算是维持了老夫人的体面。老夫人原先还能时不时出来见个人,这两三年可就实在瞒不住了——"

"我不明白。"令秧摆弄着云巧放在桌上的鞋样子,"就算外人知道了老夫人有疯病,五谷杂粮,三灾八难,又有哪里不体面?"

"其实,我也奇怪。老爷为何那么介意这个。"云巧迟疑着,还是说出口了,"也可能,疯病就是不大体面吧。"

"蕙娘也奇怪。"令秧托起了腮,"那么喜欢张罗家里的事情,可是就是不喜欢跟老爷说话,你我想找她过来吃杯茶都难,我来了这么些日子,都没跟她同桌吃过几顿饭。"

云巧不再回答了。

不过令秧的兴致显然又转移到了别的地方:"过完年,哥儿就要娶媳妇了,听说跟我差不多年纪,也不知是个什么脾气的,要是我们又多一个说话的人就再好也没有了。"

云巧只是出神,并不回答。

"昨儿晚上老爷还说,这个年得过得比往年热闹些才好。"令秧眉飞色舞地说话的时候,没在意云巧出神地注视着她,"明年里会有好几件好事。哥儿娶亲,你要生了,还说要是年末哥儿的新媳妇儿能再有好消息,老爷就在祭祖的时候好生宴请全族。"大半年下来,令秧似乎稍稍胖了一点,脸庞更圆润些,不过说话间眼神还是直勾勾地看着人,又会突然间直勾勾地盯住别的什么地方——无论如何也不能将那种眼神称为"顾盼",倒更像是埋伏在树丛中等着捕食的小动物。

"老爷指定还说了,这些好事儿都是你带来的。我可是猜中了?"云巧笑吟吟地看着令秋涨红了的脸。

"你好聪明。"令秋冲着她丢了一颗蜜枣,不偏不倚地打中了云巧的肚子。

"我且问问夫人,"云巧凑近了她,声线软软地拂着她耳朵下面的皮肤,"夫人现在还害怕跟老爷同房么?"

"人家才拿你当个体己的人,你倒好……"情急之下,令秋又想丢出一颗蜜枣去,可是发现小碟中的最后一颗刚刚被她含在嘴里了。一时间手指停在小碟上空,脸窘得更红。云巧在一旁笑弯了腰,突然间捂着肚子说:"肠子都要绞成麻线团儿了。"

"哎呀云巧,"令秋的眼睛瞪圆了,"我丢那颗蜜枣的时候可真的没使力气呢。总不会是……"

"夫人且放心吧,不妨事,"云巧轻轻拍拍她的手背,"夫人的蜜枣刚好打中他,说不定,他就真的应了,还会早些出来呢。"

"早知道适才我就用糖莲子了。"令秋讪讪地笑道,"打中了,他应了我,就成了个哥儿。"

用不了多久,准确地说,仅仅一个多月之后,所有的人都暂时忘记了关心云巧肚子里的究竟是一个哥儿,还是一个小姐。唐家老爷躺在上房里昏迷不醒,生死不知——休宁县里,甚至是临近的地方有点名声的大夫全都请来看了一遍,可是说出来的话也都大同小异,尽人事,听天命罢了。最危险的那几天,总来诊治老夫人的大夫索性就住在唐家宅子里,日夜看护着唐简。顺便也必须给老夫人加重药的剂量，还得给云巧频频开安胎的方子。愁云惨雾，人仰马翻，正月将尽的时候，都没人想起来收拾元宵节那天，挂了满院子的花灯。

令秧第一次端坐在堂屋里，一个人，像个"夫人"那样地说话——但是她没想到需要应付的是这群大夫。不过也不算很难的事情，大夫行礼，她也欠身道个万福。然后恭顺地问大夫自家老爷的情形究竟如何——大夫们都说是伤到了要害的骨头，然后会说一大堆令秧听不懂的脉象。她只记得住老爷绝对不能被挪动，若能清醒，恐怕要到清明前后才能知道老爷以后还能不能走路了。她忘不了在开完老爷的方子之后，恳请大夫给云巧把一个脉——云巧眼睁睁地看着老爷从二楼摔出去，撞断了栏杆，重重地剐蹭了那盆芭蕉树，然后僵直地砸在天井的石板地上——砸在她面前。当所有人都惊呼着奔向老爷的时候，只有令秧从背后费力地抱住了像条鱼那样滑向地面的云巧。

大夫说，云巧是受了过度惊惧，又有忧思，胎像不稳，须得静养服药。其实这话不用大夫讲，谁都知道。可是谁都安慰不了她。老爷日复一日地昏迷，云巧也已经很多天没有出过她的屋子了。她整日倚靠在自己床头，不再梳头发，任黑发丝丝缕缕地顺着床沿垂下来，险些扫到地面。令秧不知道该对她说什么才好，平日里云巧才是伶牙俐齿的那一个。云巧的双手寂然垂在玄色被面上，令秧想握住它们，它们却灵巧地闪避开了。"老爷还活着，你这算什么？"令秧急了。她突然看见了自己手腕上那对娘留下的玉镯——它们跟着她，从往日一直来到了唐家。她不由分说地用力将右手腕上那只捋了下来,镯子穿过手掌的时候在白皙的手背上磨出一片红印子。她抓住云巧躲闪着的手,咬着嘴唇,一言不发地用力往云巧的腕子上套。云巧的手比她的略大些,镯子卡在了四根指头下面,云巧痛得用力地甩手,胳膊肘没头没脑地撞着了令秧的肩膀。"这是我娘死的时候给我留下的,你要是甩出去摔碎了,我跟你拼命。"令秧冲着云巧的脸大声地说,把身后给云巧送汤药的小丫头吓了一跳,手一颤,药盅子在托盘里歪了,一碗药洒了快一半,还有一些泼洒到令秧的后背上,她浑然不觉,硬是死死地将云巧的手掌攥着,直到她不再挣扎,一点一点,把镯子推到了腕子上——大小刚刚好。"我娘留给我两个,这就是她戴过的最好的东西,一个给你,一个我戴着,云巧我答应你,只要我在,你就在,我跟你一起把孩子养大,你懂不懂?"

云巧在哭。

令秧就是在这时候才发现,她的袖口脏污了一片,都是汤药。

她也想去换衣裳,可是当她坐在老爷床边的时候,突然就没了站起来的力气。她静静地看着他,她觉得他并没有变——跟平日里熟睡的样子别无二致,除了气若游丝。乱了这么些时日,她终于有空闲好好想想,这一切究竟是怎么发生的。她过了一个记忆里最好的年——初二的时候,哥哥嫂子来唐家瞧她,春妹已经有些认生了,不肯要她抱,直往嫂子身后躲。嫂子抓着她的手,端详着她的发髻,还有脸颊上的花黄,由衷地说:"姑娘出落得益发好了。"然后,就到了正月十五。

她们原本都在二楼的暖阁里摸骨牌——原本,元宵节她们是可以坐车出门去看一眼花灯，但是因为云巧的身子不方便，所以令秧也不肯去了——为了不让云巧看着眼馋。蕙娘也非常难得地跟她们一起玩。令秧对这些游戏素来不擅长，可是她不在乎输，她喜欢这份儿热闹。满院子的花灯都点上的时候，二楼的那道栏杆被一团一团的光线和影子切碎了，她不知道自己的眼睛水汪汪的，那件洋红色棉比甲上滚着的那些银线的花，全都细细地闪在眼神里，满屋子的人其实都在暗自赞叹夫人今天怎么这么好看；她也不知道云巧是什么时候扶着一个丫鬟，跟着哥儿走到了天井里，好像是想凑近了看看那座精致的八仙过海灯；她不大确切知道老夫人是什么时候被请了过来：除夕夜的爆竹声又让老夫人犯病了，十几天里老夫人也没怎么见客。她倒是记得蕙娘对老爷说了一句，不然算了，老夫人肯定已经歇下了。可是老爷说，那就差人去看看，若老夫人还没睡下，就请来一起看看这些花灯。她记得老夫人端正地坐在一角，衣裳头发都整整齐齐，可是神情却还是像被绑着。她也记得她还跟老夫人说了两句话，把回廊上的灯指给她看，老夫人似乎还冲她奇怪地笑了笑。

　　灯谜都是老爷和哥儿做的。念出来，大家猜。蕙娘猜中的最多。令秧头一样就吃了亏——她不识字，所以那些谜底是字的灯谜，她全都不懂，只能跟着猜一猜那些谜底是物件儿的，这个令秧倒是擅长。一整排悬在栏杆上方的花灯里，她就喜欢一盏做成花篮样子。她想看看那盏灯上究竟有什么灯谜，于是她走出了暖阁，不想灯谜没有写在面向她的那一侧——她伸手费力地去够，想要把这盏灯调转个方向。云巧在天井里急慌慌地仰着脖子冲她喊："夫人，仔细别掉下来——"老爷就是在这个时候站到她身边的，她的手臂太短，可是老爷轻松地一伸胳膊就碰到了那个花篮。她终于看到了灯谜——那几行蝇头小楷是出自蕙娘的女儿，三姑娘的手，她虽不认得，可她由衷觉得它们秀美安宁。老爷站得远了些，笑道："看着了又怎么样，你念出来试试，给众人猜。"身后众人都笑了，她听到或是蕙娘，或是一个老夫人身边的丫头说："老爷您不能瞧着夫人好性儿就欺负她呀。"

  她就是在这个时候听见一阵家具倒地的声音，她以为不过是谁弄倒了凳子，老夫人张着双臂冲了过来，像是被一只鸟附了体。当众人回过神来的时候，老夫人已经对着栏杆边上的老爷撞了过去。撞完了，自己栽在地上歪向一边，像平日里犯病时候那样念着别人听不懂的话。栏杆断了，老爷砸在了云巧的眼前。老爷下坠的时候扯住了悬挂花灯的线，线断了，顷刻间，一长排的花灯像是雁阵一样从两边像中间靠拢，自半空中倾倒下去。所谓火树银花，指的原来是这个。老爷悄无声息地躺在地上，身子压瘪了一个鲤鱼灯，老爷的袖子被鲤鱼灯蹿出的火苗烧着了，可是近在咫尺的云巧没想起来把它们踩灭，只知道尖叫。

  栏杆折了。一串飘荡着的，残破了的花灯像是盛开在了木头断裂的地方。

  自那日起，老夫人就又重新被关在了自己房里。

  她轻轻地摸了摸老爷的手。她觉得这几天里，他沉睡着就瘦了好多。抚摸他的皮肤向来不是一件让令秧觉得愉快的事情。可是，她第一次认真地想，或许他们这么快就要告别了。她不知道她为什么会遇上他,也许正是因为如此,不知道何时会失去他,才显得公平。可是,她才只过了这一个由衷开心的年。她没那么贪心,她知道人不可能总是开心快活的,她只是以为,他写灯谜,她来猜的元宵节能多上一些,至少多过一个吧。他的手臂沉重得吓人,但是她还是将它抬了起来,用他的手掌轻轻拂着自己的脸。

她没想到,那天深夜,轻叩她房门的是蕙娘。

"我看到有灯,知道夫人还没睡。"蕙娘规矩地行礼。她笨手笨脚地还。"老爷病着,有几件事情,须得和夫人商议才好。"她说不准蕙娘多大年纪,三十五六总是有的。据说当年,她因为年纪大了,从京城的教坊司里脱了籍出来,才跟了老爷,原本就能弹得一手好琵琶,还会唱。即使如今荆钗布裙,言行举止也自然不同些。

"蕙娘有事——讲就是了。"令秩知道自己其实一直都在躲避着蕙娘,因为——因为只要面对面,谁都感觉得到的那种"阵仗"。

"头一桩,从明天起,我要给夫人过目家里的账本了。自打我来,十二三年,家里的进项一直是刚刚够得上开销。只有那么三四年是有盈余的,所幸老夫人和老爷都是勤俭的人。不过从去年开始,有好几件大事,一个是夫人进门,还有就是哥儿按说年下就要娶亲,现在加上老爷——若老爷情形安稳就还好,若真的——夫人懂我的意思,那就须得在热孝期里把哥儿的亲事办了,不然就又得等上三年,如此说来,今年府里怕是吃紧。我会裁度着，要紧的时候跟夫人商议，可使得？"

她除了点头，想不起别的。

"另一件，是想跟夫人商量，无论哥儿今年里娶不娶亲，家里这个状况，怕是有段日子不方便总去族学里了。我有个远房表哥，早年也试过乡试，后来不知何故总是落第，人却是极聪明，性子本来就闲散，家里又有些家底，也就断了考功名的念头。听说还在他们那里的衙门做过几年师爷，文章是出了名的好。又通些医道，若是夫人觉得合适，我就把他请来府里住些日子，一则帮着哥儿的学业，二则还能帮着照看老爷，我在京城的时候家里来信说，他帮着我娘开过几服药，吃下去比大夫的管用些……"

"好。就按你说的办吧。"

蕙娘也许是没想到谈话这么快就结束了。面前杯子里的茶吃完了，人却不见起身。令秧拿不准自己该不该劝她续上杯子，反正她总是被这些细小的事情难住。云巧要是在旁边就好了，还能拿个主意。

蕙娘果然还是安静地说："有件事，我觉得得告诉夫人。族里的几位老太爷听说了老爷的事情，肯定不出三两日就上门了。到时候，夫人千万小心应付着。"

"蕙娘我没听明白。"

"我担心——他们会逼着夫人断指，立誓，万一老爷归天，余生誓死不改嫁他人。"

令秧以为自己回到了童年，在听嫂子讲鬼故事："不改嫁就不改嫁好了，为何非得断指不可？"

"夫人你可知道,老夫人的疯病是怎么得的么?"

二

将近二更天,云巧的丫鬟蝉鹃披着衣裳起来,点上了灯:"巧姨娘还没睡啊。"云巧没有任何反应,还是倚靠着枕头端坐着。蝉鹃叹了口气:"大夫都说了,得好生歇着才好安胎……"随后,自己住了口,暗暗地摇头。外面隐约的一点响动替她解了围,蝉鹃的口吻像是突然间愉快了起来:"我出去看看,大概是风把门吹开了。"其实她并没觉得真的有必要去看那扇门——云巧自己不知道,现在所有靠近她的人都在害怕她。

云巧听见了蝉鹃的惊呼:"哎呀,怎么是夫人,这么晚了。"云巧微微地侧过脸,看见令秋就站在多宝槅旁边,蝉鹃尴尬地跟在她身后,举着盏灯。她说:"云巧,今晚我想睡在这儿。"令秋的钗环已经全都卸了,鬓角有一点松垮,这让云巧突然想起她们俩头一遭见面的那个夜晚,云巧站在一盏屏风后面偷偷地看着,令秋迟疑地掀开帐子探出了脑袋,她脸上此刻就挂着跟那时一模一样的神情——还是有不一样的地方,她脸上现在多了点清清爽爽的凄然。云巧心里面微微地一抖,就好像刚刚才觉察,有人在她心里面放了一个稍微一碰就会溢出水的茶杯。多日不说话,云巧听着自己的声音都觉得别扭,她终于说出来一个完整的句子:

"蝉鹃,弄盆水,伺候夫人洗漱和换衣服。再抱床被子出来。"往日,她不会在令秧面前这样语气简洁地命令丫鬟,她一定会和蝉鹃一起为令秧铺床叠被,就像曾经做惯了的那样。她没有力气再去恭顺和殷勤,也没发现自己的脸在一夜之间冷若冰霜。

令秧胡乱地解开了衣服,利落得让蝉鹃显得多余。她钻到云巧身边,伏在枕上盯着云巧的脸:"你还坐着干什么,怎么不躺下来?"蝉鹃如释重负地为她们吹灭了灯。蝉鹃觉得自己终于可以睡一个安稳觉了——只有蝉鹃看到过云巧试着在某个深夜把自己吊死——蝉鹃拼了命地扑上去,一边应付厮打着的云巧,一边答应着她不会对任何人说起这个。

"蕙娘刚才跟我说了好多事。"令秧的声音听上去像是自己做错了事,但是格外清亮。

云巧躺了下来,令秧的呼吸把她的左臂吹得一阵温暖,她涩涩地说:"还能有什么事儿?"

"蕙娘不让我告诉别人。"令秧的脑袋凑了过来,贴住了云巧的肩。

云巧笑了:"随你便。看你能忍多久。"

"云巧你笑了。"令秧得意地翻了个身,"反正你不是别人。蕙娘说,万一老爷真的殁了,族里那些老人家们会来逼我断指立誓,要我守住。我守就是了,为何还要断指呢,真吓人,会疼死吧?"

"守什么守,"云巧静静地冷笑,"你才多大。你又不是我,我怀着这孽障,哪里都去不得。你不一样。"

"怎么讲这种遭天谴的话。"令秧轻轻打了云巧一下,"你这人好没意思,我都应承你了,我哪儿都不去,我跟你一处把这孩子带大,这辈子。"

"这辈子长着呢。"

"不一定,我娘的一辈子就没有多长。"

"也不知是谁该下地府拔舌头。"云巧对着令秧的脊背回打了一下。

"蕙娘还说,"令秧在黑暗里深深地注视着头顶上的帐子,"先头太老爷归天的时候——就是老爷的爹,族里那些老人,他们本来也想逼着老夫人断指立誓,可是后来有人想起来,太老爷走的时候,老夫人已经过了三十,断指的事儿才不再提。"

"怎么讲?"云巧很糊涂。

"好像是说,女人若是没到三十的时候丧夫,肯好生守着,到了五十岁,朝廷就给立贞节牌坊。若是过了三十再丧夫,就不给旌表了,不管守到什么时候。要是一个族里出一个烈妇,整个族里的徭役都会跟着减免——云巧,"令秧不知道自己此刻的眼睛微微发亮,"一个女人,能让朝廷给你立座牌坊,然后让好多男人因着你这座牌坊得了济,好像很了不得,是不是?"

"我不知道呢,"云巧不自觉地摸了摸自己的肚子,这是她的新习惯,"反正,都跟我们这些妾室没什么相干。"

"我琢磨着,这倒是件了不得的事儿。"令秧突然有些快乐了起来,"要是老爷真的非走不可,接下来的日子总得有件事情可以盼吧?"

"神天菩萨,我的夫人,"云巧在黑暗中双手在胸前合十,略略晃了晃,"你这话若是隔墙有耳,不怕被人抓去凌迟么?"

"我又不是盼着老爷死。"令秧熟练地钻到了云巧的胳膊底下,"如果那座牌坊不是很了不得,那族里的老人们为什么那么在乎呢?蕙娘还跟我说……也不知道是真是假,可是蕙娘看上去不像是诓我的。"

"当心着点蕙娘。"云巧静静地说,"你我二人加起来,也抵不上人家的聪明。"

"她说早先家里有过一个管账的先生,和咱们老夫人……"令秧脸上一阵发烫,"你明白,就是那种见不得人的事情。府里当年的人其实都知道。一气儿瞒着。后来老爷不做官了,带着蕙娘回来,觉察到了风声——总之,管账先生有个晚上投了后院里那口井,那之后,老夫人就得了疯病。只是当初没有现在这么厉害。"

"不是那么回事儿。"云巧轻轻地斩钉截铁,"老爷跟我说过,管账先生投井是因为老爷离家好些年,回来头一件事就是要查家里的账。他自知账面上亏空很大,老夫人一直相信他,不闻不问,可是老爷就不同了,他眼见着捂不住才寻短见。老夫人守寡那么多年,那些烂了舌根子的人捕风捉影,也是有的。"云巧突然悲从中来,因为她终于知道了,原来老爷愿意告诉她的话,有那么多都没有告诉过令秧。

令秧安静了好一会儿,慢慢地说:"可是管账先生投井那年,你也没来府里啊,你还不一样是听来的。"

"听老爷说的,能一样么。"云巧话一出口就有点后悔,她伸开了胳膊,再把令秧的脑袋搂得更紧了些。她以为令秧到底是有些吃醋了，可是令秋的呼吸越来越均匀，微微地推她一下，她的肩膀立即顺从地塌了下去。云巧吃惊地发了一会儿呆，暗暗地自言自语："你倒真睡得着。"

大夫们说，要到清明的时候，才知道老爷究竟还能不能走路。可是老爷归天的时候，还没到清明呢。老爷的卧房里外响起一片号啕声的时候，令秋出神地看着那张熟悉的脸，心里问他："若是真的不会走了，黄泉路上要怎么办呢？"

二月初的时候，老爷的神志清醒了，他在某个黄昏突然睁开眼睛，令秋背对着床在点灯——她打发丫鬟去厨房看着药罐。二月的徽州还是湿冷，老爷房里必须一天到晚生着火盆。她弯下腰用火筷子拨了拨炭——就是在这个瞬间，然后听见身后有个喑哑的声音："令秋。"

她如梦初醒。丢下火筷子奔到床边去。第一个念头居然是，别让其他人知道他已经醒了。她小心翼翼地抓住他冰冷的手——其实她的手也暖和不到哪里去，还像小时候那样，生着难为情的冻疮。她的手指缠绕着他的，她只是想知道他的手还有没有知觉——但是不成，她自己也紧张到什么也感觉不出来了。她用力地把他右手的四个指头捏拢在自己手心里——然后对着它们呵一口温热的气。一股委屈突然就从深处涌了出来，她费力地说："老爷，你别死。"老爷唇边泛着一圈青灰，似笑非笑："我不死。""老爷看花灯的时候摔下来了，不过大夫说，清明以后，老爷就能下床走路。"——大夫当然不是这么说的，不过这有什么要紧。当丫鬟捧着药罐子进来的时候，老爷又重新睡了回去，她费了很大力气才让众人相信病人真的跟她说过话。

老爷的清醒是断断续续的，每天能有那么几个时辰，跟人说话毫无问题。但是他始终感觉不到自己的腿，也无法完全坐起来——他似乎完全不在乎到了清明能否重新行走——他本就是个脾气温和的人，病入膏肓之际，已经温和到了漠不关心的地步。有一天清早，令秧推门进去帮他擦身子的时候，闻到屋里有一股淡淡的腐朽的泥土气味——她就知道，那日子快到了。蕙娘早就在跟做棺材的师傅交涉着，选木材，选颜色，选雕刻的纹样——先交订银，每道工序完了，打发管家夫妻去看过，再一步一步地给钱。棺材刚刚刷完最后的一层清漆，两三天工夫，老爷就用上了。

蕙娘跪在女眷的人群里，恣情恣意地大放悲声。令秧虽说跪在她前面，但是好像蕙娘的哭声是所有哭声的主心骨。令秧哭不出来，她只是静静地流着眼泪，她心里还在想着云巧，云巧的身孕已经五个月，身子已微微显了出来，她不该这么长久地跪着。老爷的丧事办得很体面，族里拨了一笔钱给他们，上上下下的事情都是蕙娘精打细算地操持着。令秧不晓得蕙娘是如何做到在每一天死去活来的号啕大哭之后，再语气干脆地核算着灵堂里的香烛纸钱的数量，并且关心着丧席的菜式——一定要打点好来念经的和尚们的素斋，这是她挂在嘴边上的话。此刻，她只是恐惧着自己没能如众人那般，将面部撕扯成狰狞的样子。老夫人看起来倒是一切都好，哀而不伤，引人敬重，只是人们随时都得提心吊胆，害怕那种凄厉的鸣叫声又猝不及防地叨扰了亡者的典礼。

有一件事，令秧甚至没有告诉过云巧。在老爷刚刚清醒的某个午后，令秧迈进老爷房里的时候，看到老夫人独自坐在老爷床边上。她抚摸着老爷看上去已经和她一样苍老枯瘦的手背，令秧不知为何就躲在了屏风后面。她就是觉得自己不该过去。

母亲问："疼得好些了么？"

儿子答："不疼。"

母亲说："不疼就好，好生养着。"

儿子说："会好生养着，老夫人放心。"

屋里就在这时有了一股粪便的气味。老爷已完全无法控制自己的排泄。老夫人伸手掩住了自己的鼻子和嘴巴，想了想，用那只闲着的手也盖住了老爷的口鼻。令秧看不见老爷的神情。隔了一会儿老夫人松开了双手，那双手突兀地悬在她和老爷之间。老夫人笑了。

母亲一边笑，一边摇头："你小时候也这样。"

儿子说："老夫人是故意将儿子推下去的，我清楚得很。"

令秧慢慢地朝门边倒退，尽力让脚步声消弭。她知道自己此刻的身形步态滑稽可笑。她也用手掩着自己的鼻子。她得不露痕迹地出去，叫人来帮忙给老爷换洗，也需要叫伺候老夫人的人过来，将老夫人领回去。她不是害怕老夫人知道她听见了他们说的话，她害怕老爷看见她也掩着鼻子。她第一次为老爷清洗粪便的时候，就曾经心惊肉跳地想，若是老爷要这样活到老夫人那个年纪，还真不如从现在起就让她守寡，那样至少还有牌坊可以拿。

老爷在灵堂里停了七天。"头七"时候，做了最后一场法事。

送葬那日,纸钱飞了满天,在田间小道上零落成泥。他明明答应过令秋,他不死。只是人出尔反尔,也是常有的。

现在终于没有了满屋子憋屈的腐朽气,没有了被屎尿弄脏的铺盖被褥,没有了那男人沉重得像石块一样的身体,没有了他摸上去像苔藓一般的皮肤,没有了即使怎么小心也还是长出来的褥疮,没有了病人和照看病人的人都会忍受的满心受辱的感觉——都没有了。床前明月光,疑是地上霜。死亡就像是平仄和韵脚,把脏污的人生修整成了一首诗。令秋觉得老爷的棺材很好看,纹饰简单朴素,可是有股静美。正因为他躺在里面,她才能如此干净地怀念他。她成为唐家夫人,还不到一年。似乎嫁给他,就是为了送他一程。

她记得那应该是惊蛰前后,一个下着微雨的下午。她看到蕙娘到哥儿的书房里去,叫哥儿拿主意,挑选棺材上的纹饰。她跟蕙娘打招呼,蕙娘就招着手叫她进去一起看。她好像还从没进过哥儿的书房。书房一张小榻上,坐着个穿了一身鸽灰色的陌生男人。一见令秋进来了,就起身唱了个喏。她知道,那个就是蕙娘的远房表哥,暂时请来指点哥儿的文章。她忙不迭地道万福,都没看到其实哥儿也在给她行礼。

那是令秋头一回见到谢先生。她没敢仔细看他究竟长什么样。谢英,字舜珲。唐府里无论主仆,索性人人都称呼他"谢先生"。

老爷下葬的翌日,族里的人便来了。蕙娘认得,上门的是唐六公的侄子唐璞。六公是族长,六公的侄子年纪不大,可是辈分却其实比老爷还高。唐璞看起来倒不是个嚣张的人。只准那几个跟着他的小厮站在大门口候着。对蕙娘道："族里的规矩是这样，新寡的妇人，须得到祖宗祠堂里去跪一夜，由长老们口授女德。"蕙娘做了个手势叫丫鬟出去，自己为唐璞斟上了茶，殷勤备至："族里规矩自然是要守，只是我家夫人也要有个贴身的人跟着才好，方便伺候，夫人前些日子一直操劳着照顾老爷，身子虚弱，还望长老们担待。"蕙娘用力地盯着唐璞的眼睛，重重地说出"担待"两个字。"也罢。"唐璞放下了没动过的茶杯，"只带一个。可是有一样，夫人什么时候回来，那丫鬟就什么时候回来，中间须得在祠堂候着听使唤，不可中途擅自回府。"唐璞带着令秧离去的时候，蕙娘的嘴唇已经被自己咬得发白，她吩咐身边的一脸忧心管家娘子："快点去把大夫请来，今晚就留在咱们府里，还有，让大夫多备点止血的药。"

很多年后，令秧即使非常努力地回想，也还是记不得祠堂的样子。她只记得那几位长老一人坐一把红木的太师椅，然后一个四五十岁的婆子放了张蒲团在她膝下，眼神示意她下跪。至于跟着她过来的那个丫鬟，早已被唐璞的随从们拦在了外面。她不记得自己对着那一行又一行的灵位究竟磕了多少个头。总之，磕到最后，俯下身子的瞬间她就错觉那些牌位马上就要对着她飞下来，"枭枭"地叫着，淹没她的头顶。她袖子里藏着一小瓶白药——是来的路上，那丫鬟偷偷塞给她的，想必是蕙娘的主意。不过她却不知道这药究竟该用多少。那些断过指的女人，砍掉的是哪一根？用左手拿刀还是用右手？要是自己真的下不了手，砍不断怎么办，难道还会有人来帮忙不成？

六公清了清嗓子，不怒自威，讲话的声音中气十足："唐王氏，你可知道这是什么地方？"

她不知道自己算不算得上"知道"，所以只好看着六公的眼睛。六公边上那个不知是"九公"还是"十一公"的老者慢条斯理地放下了茶杯："唐王氏，今天找你来，是为着好意提醒你做女人的本分，也自然是为着光耀咱们唐氏一族的门楣。咱们唐家的男人向来体健长寿，上一个朝廷旌表过的贞节烈妇，怕是二十多年前了……"他朝着半空中拱了拱手，然后另一个声音截断了他的，这声音从令秧的右手边传过来，沙哑，调门却很高，听着直刮耳朵："是二十九年了。中间只出过两个未满三十的寡妇，一个有辱门楣，沉潭了；另一个回娘家了，也是因为那妇人的父亲当时升了巡抚，来接她走，这个面子不能不给。如今我们唐氏族中也该再出个烈妇，唐王氏，恰好轮到你，也是老天垂怜。"

听起来，他们像是灾民求雨那样，盼着一个年轻的烈女。

唐璞站在她的左手边，打开一本册子，高声诵读起来，六公缓缓地说："唐王氏，你且仔细听着，听完了，我们还有话要问你。"

唐璞抑扬顿挫地念完了一大段话，她其实一个词都听不懂。她能听懂的部分，只是一长串的名字，似乎无穷无尽。

洪武四年，河南南阳府，刘氏，十七岁丧夫，触棺殉夫，亡。

洪武十二年，陕西平凉府，张氏，十八岁丧夫，矢志守节，至二十二岁，公婆迫其改嫁，自缢而亡。

洪武二十三年，徽州府婺源县，林氏，二十一岁丧夫，绝食七日而亡。

永乐四年，湖广黎平府，赵氏，十八岁丧夫，投湖而亡。

永乐十年，山东莱州府，冯氏，十四岁定亲，完婚前半月，夫急病暴毙，自缢而亡。

正德元年，河南汝宁府，李氏，夫亡，年十六岁，公婆欲将其改嫁其夫幼弟，执意不从，自刎而亡。

嘉靖九年，徽州歙县，白氏，二十岁丧夫，时年幼子两岁，矢志守节，其子后染时疫暴卒，卒年四岁，白氏遂投井而亡。

嘉靖十一年，徽州休宁县，方氏，二十三岁丧夫，吞金而亡。

嘉靖二十年，山西沁州府，苏氏，十九岁丧夫，矢志守节，侍奉家翁，后家翁病故，其父母欲使其改嫁，自缢而亡。

嘉靖二十三年……

原来这世上，有这么多种自尽的死法。只是这"嘉靖年间"为何这么长，令秧的腰间已经麻木，略微一挪动，人就像木偶一样散了架，不听使唤地朝前匍匐，她用手撑住了冰凉的地板。这一次，她没有力气再抬起头注视六公的脸。

"我真的，跪不动了。"一颗泪重重地砸在手背上。唐璞的声音不知疲倦地继续着，有一个字像雪片一样飞满了令秧的脑袋：亡。

"也罢。时候不早，大家都乏了。"六公挥手将先头那个婆子招进来，"扶她去隔壁歇着，明日接着念。你要知道，给你念的这些，都是朝廷旌表过的节妇。过去的规矩，填房继室都不予旌表——可是圣恩浩荡，自洪武年间，恰恰是在咱们休宁穆家的一位继室夫人身上，太祖皇帝把这规矩破了。往后，才有了你们这般填房孀妇的出路，要说你的运气也算是够好——那本册子才念完不到两成，你若生在早先，还不配有她们的归宿，最好的归宿，你明白吗，唐王氏。"

三

祠堂的后面是一个小小的内院，影壁两旁，有翠竹，新绿冒了出来，却还有枯黄的竹叶没能落尽，遮挡住了影壁西侧的小屋。令秧就被关在里面。一张旧榻，一个摇摇晃晃的矮凳，一张小炕桌被丢在屋角，桌子摆着几个碗和杯子。破晓时分，竹影泼在窗户纸上。那婆子坐在矮凳上慢吞吞捶打着自己的腿，终于开口道："我知道夫人睡不着，好歹闭上眼睛歇歇。天一亮，可就又不能清静了。"令秧抱紧了膝盖，往榻角处缩了缩，像是要把自己砌进身后的墙里，或者变成一块帐子上的补丁。她想要伸展开双腿，稍微一动，膝盖就钻心地疼。似乎不知道该拿这个僵硬的自己如何是好。她也不想跟这个看守她的老妇说话——人们似乎叫她"门婆子"，虽然相貌可憎，却也不曾为难她——可是令秧知道，眼下，她对任何人和颜悦色，都没有用。

"依我看呢，"门婆子的声音听上去元气十足，佝偻着腰，捏自己的小腿，眼睛直直地看住她，她有一只眼睛是斜的，裸露在外的一大片眼白呈现一种蒙尘的黄色，像是茶垢，"夫人不懂得守一辈子的苦处。别怪我说话粗糙，夫人未必做得到。"婆子熟练地盘起腿，把自己准确地折叠在了那张小凳子上，突然间成了一个诡异的神龛，"又没个儿女，也就没什么牵挂。跟着老爷去了，左右不是坏事。博了名节自不必说，省得熬往后那些看不见头的日子。夫人现在年轻，觉得活着有滋味儿——可是信我门婆子一句话，一眨眼，活着的滋味儿就耗尽了。等当真觉得死了比活着痛快的那一天，就由不得夫人您了。"

令秧不吭声，像是打瞌睡那样闭上了眼睛。门婆子随随便便地从那把破壶里倒出一杯看起来像是泡了很久的茶，再拿起一只粗瓷的碗，转身在屋角的水缸里舀了一碗水。"夫人？"门婆子将杯子和碗并排搁在炕桌上，也不管脏不脏，就将炕桌横到令秧面前的被褥上。"夫人若是想好了，就喝了那杯有颜色的。我跟你保证，喝下了，只需忍不到一个时辰的工夫，就什么都过去了。若是还没想好，就把那碗水喝了——等会儿还要再去祠堂跪着听训呢，不喝水撑不住的——我老婆子也没法子，长老们吩咐过了，只准我给夫人水，不准给吃的。"

片刻之后，令秧听见了关门的声音，她知道此时屋里只剩下了她自己，和那碗毒药。她怕，可还是忍不住睁开了眼睛——毕竟，长这么大，还没见过毒药是什么样的。捧起那杯子的时候胳膊都在打战，但是她还没有意识到那其实是因为饥饿。不然——先稍微用舌尖舔一下呢——她还是把那杯子丢回到炕桌上，还以为它会被打翻或者直接摔碎，但是它只是危险地颤了颤，像是转了半圈，就立住了。她从小就怕死了喝药，这跟那药究竟是为了治病还是为了死根本没关系。手抖得太厉害，洒出来的一点点弄湿了她胸前的衣裳，若是让嫂子看到了准又要数落的，她已经很久没有这样自然而然地想起嫂子了。一夜之间，成为唐家夫人的那段日子似乎已经成了一场梦，她的心魂又回到了童年去。

死就死吧。既然这么多人需要她死——那可能真的像门婆子说的，不是坏事。虽然说她若真的守到五十岁，也有牌坊可拿——但明摆着的，长老们不相信，也等不及。一具新寡的，十六岁的女尸换来的牌坊更快，也更可靠些。到了阴间，能看见娘，还能看见唐简——糟了，娘认不得唐简长什么样子，他们如何能够聚在一起，迎接令秧过来呢？令秧像是被人兜头泼了一盆冷水，在这世上，她最亲的两个亲人都已经走了，可是他们彼此还形同陌路。令秧并未期盼过会有人来救她，因为她从不觉得自己能有那种好运气。唐家大宅里，每个人有每个人的位置，每个人有每个人要做的事情，老夫人只消隔几日兴师动众地犯疯病，宅子里的岁月就没什么两样，蕙娘继续日理万机地管家，厨娘年复一年地记清每排坛子里究竟装了什么，哥儿要等着迎娶新媳妇，云巧的孩子一旦出生她就有了偿不完的债——可能，唯一让大家不知如何是好的，便是她这个没了老爷，并且什么都不会的夫人。就像是筷子一样，哪怕是象牙雕出来的又镶了金边和宝石的筷子，其中一根丢了，另一根又能怎么样呢？若是她成了一座牌坊，就不同了——她有了恰当的去处，所有的人都会在恰当的时候想起她。

有道光照了进来。她不得不抬起胳膊，用袖子遮挡住眼睛。发髻松垮了好多，软塌塌地堆在脖子那里，几缕散碎的发丝沿着脸庞滑出来，脸上的皮肤不知为何紧得发痛，就好像躯壳马上就要裂开让魂魄出窍。她仰起头，注视着光芒的来源。门婆子站在门槛里面，垂手侍立。院子里是唐璞和那几个随从。"夫人。"门婆子不疾不徐地说，"长老们马上就到，是时候去祠堂了。"

令秧微微一笑，端起面前那碗水，一饮而尽，然后小心翼翼地把那空碗捧在胸前，轻声道："知道了。"

门婆子走到卧榻边上："我来扶着夫人。"令秧的右手轻轻搭在门婆子的手腕上："我不敢喝。你来帮我一把？"门婆子摇头道："这种事，除却夫人自己，谁都插不得手。"令秧的笑容突然间有了一丝慵懒："灌我喝下就好，谁还能为难你呢？"门婆子弯下腰，摆正了令秧的鞋："夫人若是实在下不去手，也别为难自己。凡事都讲个机缘，夫人说对不对。"

多年以后，当令秧已经成了整个休宁，甚至是整个徽州的传奇，唐璞依然清晰地记得那个三月的清晨。她一瘸一拐地停在他面前，一身缟素，衣襟上留着毒药的污渍，粉黛未施，眼睛不知何故明亮得像是含泪。昨天把她带来的时候，她还不过是个只能算得上清秀的普通女人而已。可是现在，有一丛翠竹静悄悄从她身后生出来。发髻重新盘过了，不过盘得牵强。她宁静地垂下眼帘，甚至带着微笑，对唐璞道了个万福。屈膝的瞬间她的身子果然重重地趔趄了一下，她也还是宁静地任凭自己出丑——唐璞奇怪，自己为何会如此想要伸出手去扶她一把，又为何如此恐惧自己的这个念头。他清早出门的时候，接过他的小妾递过来的茶盅，还轻描淡写地抱怨过，也不知这个妇人能不能知晓进退，早些了断了自己，也好快些结束他这桩差事——毕竟谁愿意白天黑夜地守在祠堂里看这些长老的脸色行事呢。

可是此刻，一切都不同了。令秋的眉头始终顺从地垂着，眼睛却停在他已经往前稍稍凑了几寸却马上收回的右臂上。她柔声道："有劳九叔。"唐璞心里长叹了一声：人们常说的老话有些道理的。若是让这妇人一直活下去，她怎么可能不变成个淫妇。

他却实在说不清，为何，当他再一次在这妇人面前打开那本记载节妇的册子，开始念的时候，悄悄从散发着一股霉味的纸张后面看了看她的脸。她和前一晚一样，跪着，眼神清爽地凝视着那些林立的牌位——今日长老们决定换个地方，挪到了唐氏宗族的女祠。这里供奉的，都是整个家族几百年来恭顺贤德的女子。如果一切顺利的话，她很快也会加入她们——并且成为她们的荣耀。

他的诵读的声音不知不觉放缓了，有了一点琅琅的韵律。他甚至有意识地跳过了一些过于残忍的例子——比方说，有个女人，为了不改嫁，拿银簪捅穿了自己的喉咙，生生挣扎了一天一夜才死；还比方说，有个女人，在临盆的时候丈夫突然落水溺亡，她在守灵的夜里撞了棺材，脑浆迸裂，人没有马上断气，却在这撞击中惊了胎气，她死的时候婴儿也死了——婴儿的脑袋已经出来,身子还在她肚子里;还有个女人自己跳进了烧着开水的大锅里,人们把她捞上来,却救活了她,从此她带着一个怪物一般的躯壳活着,她算是一个比较特别的节妇,殉夫未死,却也拿到了牌坊……

唐璞跳过了所有这些记载,他只把那些轻描淡写的"自缢而亡""溺水而亡"之类的读给她听。不过他不知道,令秧其实早就听不见他的声音了。她清楚有个声音在持续着,可是就像知道雨水滴落在屋檐上而已。她的腰支撑不住了,不得不用胳膊撑着蒲团,她觉得自己像个木偶,若不是有提线拎着,四肢早就已散架。门婆子时不时会走进来,为长老们添茶。终于,也靠近她,在她身旁的地面上跪下,擎着一只水碗,喂她喝下去,似乎门婆子知道她的胳膊已经抬不起来。周遭突如其来的寂静刺进她的耳朵里,她扬起头,静静地看着六公的眼睛。

"又给你念了两个时辰了,唐王氏。"六公的嗓门比昨晚小些,更家常了点,大约也觉得这戏没那么好看了,"你明白了点儿什么没有?"

"我依长老们的意思。"令秧心无城府地笑笑。长老们面面相觑,神色惊喜,十一公道:"这话可就岔了,这不是我们的意思,这是天道。"

"我死就是了。"令秧的笑意更深,"我夫君走了,我也该跟着,长老们满意了吗?"

"天佑我唐氏一门,难得有唐王氏深明大义。"六公突然间声若洪钟,祠堂里所有坐着的老人们都跟着笑了,好像看戏的时候心照不宣地知道什么地方有个好。

"只是六公，那毒药，我实在喝不下。我一个妇道人家，胆子太小。我上吊行不行？"唐璞默默地合上那本册子，垂手侍立到一边去，经过令秩的时候，他的腿极为小心地一闪，怕碰到她。

"也好。"六公向唐璞道，"马上叫你的人去准备点白绫过来，要上好的。"

"依我看……"长老中那个从未开口说话的老人放下了茶杯，跟其他长老比，他面色上泛着奇怪的红润，"在祠堂自缢，不妥，打扰了祖宗们的清静不说，祠堂这地方，可是一点秽气都见不得的。"

"这容易。"十一公摆摆手，"叫人押着她回她们家里不就得了。在自己府里自缢，说出去也没有不妥的地方。"

"只怕又生枝节。"

"这话糊涂，谁又敢生什么枝节？哪个不知道这是整个宗族的头等大事，我倒借他个胆子……"十一公的胡子伴随着说话，一飘一飘的。

线断了。祠堂的屋顶在不停地转圈，就像小时候哥哥给她做的那个陀螺。眼前的一切隐匿于黑暗之前，她觉得自己能稍微看清的，是唐璞俯下来的脸。然后，她真以为自己用不着上吊，就已经死了。所以她不知道，门婆子冲上来掐了一阵她的人中，未果，又搭着手腕把了她的脉。

门婆子不慌不忙地对六公说："老身略略通得一点岐黄之术，唐夫人的脉象，怕是喜脉。不敢乱说，还请诸位长老赶紧找个大夫来给瞧瞧。"

祠堂里顿时嘈杂了起来，似乎没人再在乎打扰到祖宗。唐璞微微地攥住了拳头，也许她用不着去死了——正因为这个，他胸口才划过去一阵说不清的疼。

唐家大宅里，不少人都度过了一个无眠的夜晚。

云巧坐在蕙娘的房间里，不肯走。"出了再大的事情，你现在都得去歇着。"蕙娘把这句话用软的，硬的，软硬兼施的语气讲了无数次，一点用也没有。不只是云巧，这几个人房里的丫鬟都静悄悄地站成一排，正好挡在蕙娘的屏风前面，没有丝毫要散的意思。蕙娘颓丧地把脸埋在十指尖尖的手掌中，重重地叹气："你们都在这儿耗着也没有用，早就差了好几拨人去打探了，离祠堂还有好几丈远就被九叔的那班小厮拦了下来……""我不信，就连她的一点儿声音都听不见。""罢哟，"蕙娘无奈地摊手，"真听到什么动静，哪有不告诉你的道理？""那就让他们一直在远处守着！"云巧的声音里带上了哭腔，"你不是说他们要逼着她断指立誓吗——她总不能连叫喊声都没有吧——可是若真的断指，哪用得了这么些时辰？别看她十六了，其实她根本就是个孩子她什么也不懂……"云巧放声大哭了起来，蝉鹃也即刻跟着抹起了眼泪。

"这算什么意思！"蕙娘气恼地站起身，椅子在她身后"轰轰"地划拉着地面，"深更半夜的，你是不是非要吵醒了老夫人和哥儿才算干净？断指也是我过去听人家说的，谁能真的亲眼看见……"管家娘子在此时推开了房门："蕙姨娘，小厮们回来，听说祠堂里散了，六公十一公他们的轿子都走了，只是没有咱们夫人的信儿，那个跟着的小丫头也不知被指使到哪儿去了。夫人好像是就在祠堂的后院歇了，族里看祠堂的那对老夫妇伺候着她，祠堂里彻夜都还有九叔的人轮班守着，咱们靠近不得。"

蕙娘招呼管家娘子在圆桌边上坐了，云巧急急地招呼蝉鹃，扶她起身离开圆桌，坐到旁边的矮凳上去。却立刻被蕙娘拦住："都什么时候了，还讲这些虚礼。若真的丁是丁卯是卯地论起来，她是伺候过老夫人的人，她坐下的时候我都该站着。"管家娘子也劝道："巧姨娘眼下可千万哭不得，不能伤了胎气。依我看，今晚夫人不会有什么事情，明天天一亮咱们家的小厮也还是会过去打探着。不过九叔家的那些人向来跋扈——""使些银子罢了，倒没什么。"蕙娘苦笑道，"我最心慌的，就是不知道这班长老究竟是什么意思。我怕就算是打探到了消息，咱们也来不及想主意……宗族里的事儿，官府都能躲就躲，我怕咱们……"眼看着云巧又要哭，管家娘子硬硬地给蕙娘递眼色："我倒觉得，谢先生像是个有主意的，他一向起得早，明天，我打发人早点把早饭给他送过去。""正是这话。"蕙娘会意地点头道，"我一早就去跟他商量商量，看他有没有什么法子。"

次日清晨，跟着令秩去往祠堂的小丫鬟被一众唐府的小厮骑马带了回来，他们是在去往祠堂的半路上遇到了她。蕙娘和众人都在哥儿的书房里。一见着蕙娘，小丫鬟便跪下哭道："蕙姨娘，可了不得了，我一整夜被他们关在祠堂的柴房里，根本连夫人的面都见不着。是一大早，那个看祠堂的老婆子，有一只眼睛有毛病……"蕙娘急得斥道："你这孩子就不知道拣紧要的说么，都火烧眉毛了还管人家的眼睛！""是她偷偷放我走，嘱咐我来给咱们府里报信的。"小丫鬟从袖子里掏出一张叠得四四方方,像是从账簿上扯下来的纸,"那老婆子说,把这个交给咱们府里管事的就好。""一个看守祠堂的婆子,倒会写字?"蕙娘惊愕地挑起了眉毛。打开匆匆看完,却僵硬地跌坐在椅子里,都忘记了叫小丫鬟起来。

"到底怎么回事?"云巧面如土色,甚至不敢正视蕙娘的脸。

蕙娘把那张纸交给她的丫鬟:"去给谢先生看看。"云巧此刻才想起来,谢先生一直安静沉默地站在回廊上。

"没事。"蕙娘用力地笑笑,朝向管家娘子道:"叫你当家的马上去把罗大夫请来。告诉罗大夫人命关天。再去账房支银子,有多少拿多少过来。"

"蕙姨娘,"管家娘子面露难色,"老爷的丧事刚完,现在要银子,只怕都得动厨房买菜的钱了。"

"不怕。我房里还有体己的首饰。"蕙娘笑笑,"顾不得这些了,救命要紧。等一下,你知道六公平日里都请哪个大夫么?"

"这个得去问九叔身边的人。他们一准知道。"

"那就叫小厮们去打听,把跟六公熟的大夫和罗大夫一起请到咱们家。顺道把我的首饰押到当铺去,全是在京城的时候攒下的好东西,只怕还真值个六七十两。"

"要那么多?"管家娘子倒抽了一口冷气。

"这么多,只怕人家大夫还不肯收呢。"蕙娘似笑非笑地看了云巧一眼,"咱们又不是叫人家来诊病,是求人家来撒谎的。"

"我横竖听不懂你在说什么。"云巧淡然地抿了抿嘴唇,"不过我就知道一样,若是大夫不肯收你的首饰,我跟我肚子里这个孽障,一块儿死在他们跟前。"

谢舜珲站在回廊上,背对着窗,注视着远处烟青色的天空。

"谢先生?"哥儿站在他身后,"蕙娘她们,究竟在商议什么?夫人到底被带走做什么呢?"

他转回头看着这十七岁的少年,头上依然纶着月白的方巾,白皙,清瘦,俊美,有一双大且漆黑的眼睛。谢舜珲知道自己答非所问:"这几天,怕是没心思想功课吧?不打紧的,咱们缓两天再念书。"

哥儿微笑的时候,眼神里却总有种动人的无动于衷:"让先生费心了,这时候还惦记着我的功课。"

"你们族里的长老们,希望说动你家夫人殉夫,以死明志。"

"倒也好。"哥儿轻声道,"若真这样,我父亲也走得安心。"

"不过现在怕是不成了。"谢舜珲来到唐家也住了月余,早已习惯了哥儿的性子:大事小事,在哥儿那里都是轻描淡写。"你家夫人有了身孕。现在请大夫过来瞧——若真如此,长老们便不好再提殉夫的事。"他犹豫了片刻,决定先不提门婆子撒的大谎。

"这又为何?"哥儿的口吻似有遗憾。

"若是损伤了你父亲这一支的香火,岂不是更让你父亲走得不安心。"

"也罢。夫人命不该绝,都有定数。"哥儿的双唇对于一个男孩子来说,委实太薄了些。尤其是在他抿嘴的时候更是明显。挺直的鼻梁下面,就剩下细细的一道线,若硬要在他脸上吹毛求疵地挑个缺点,恐怕就是这个了。

第三章　节妇名册

所有的节妇、烈妇，不过是让世人都知道了她们的贞烈而已。就像是看戏一样，他们要看你扮出贞烈。

一

好像是没死。令秧微微张开眼睛的时候,几种模糊的颜色在亮光里微微抖动,她看见的是自家卧房里的帷帐。拔步床上的雕花,像沿着木头做的坚硬藤蔓一样,一直延伸到了屋顶上。都是爹挨个督促着师傅刻出来的。那个时候爹和哥哥都说,虽然论门第根基,王家高攀了唐家——可越是这样,令秧的嫁妆才更加不能委屈。他们倾其所有,发狠地去各家铺子里收了欠账——比不上是自然的,但是总不能让人家觉得新娘子的娘家不得体。爹还一直问师傅,像唐家那样的诗书人家一般都偏好什么式样跟花色,切不可突兀了惹人笑话。自打老爷从楼上跌下来,令秧每每想到爹或者哥哥嫂子,总像是怕烫着那样,轻轻一触就闪避开。不能想,想多了,哪里应付得来那些没有尽头的煎熬日子。而这些娘家的亲人,也的确不曾来看过她一次。只是托人带过信来罢了。

大概是没死吧。不然,心魂怎么会如此从容地在人间事上停留这么久。略微挪一下身体,就被满身莫名其妙的酸痛冷不防推到帐外的灯光里去。她眨了一下眼睛,听得有人惊喜地说:"醒了!"然后就看见云巧,急匆匆地冲着她俯下脸,一把攥住她的左手:"你可醒了,哪里不舒服就说,好生躺着别动。"蕙娘的身影从帐子边缘移出来,笑道:"云巧,跟夫人说话,满嘴你我,像什么样子,合该着掌嘴了。"随后歪着身子坐在床沿上,"恭喜夫人了,大夫说夫人已有了两个月的身孕,应该是正月头上受的胎。夫人放心,族里的长老都已经走了,他们也知道此刻最要紧的是延续香火,夫人不用怕了,只管好生歇着。"

她想说:这不可能。——在老爷归天的前几日她还见过红潮,她自己心里有数——但是云巧用力地盯着她的脸,下死力在她手心里更重地捏了一把,她像是被吓住了那样,不敢说话了。蕙娘的声调也是斩钉截铁的,令秧的眼睛放在蕙娘滑在裙子里的那块玉佩上,还隐隐看到了露出来一点点的,绣花鞋上宝蓝色的云头。管家娘子的嗓门更高些,她忙不迭地招呼小丫鬟:"还愣着干什么,跟我一块扶着夫人起来,先把安胎的药喝下去,隔一会儿再喝汤。"

"他们要我死。"令秧怯生生看着管家娘子,声音粗哑得都吓到了自己,"我都拿好主意了,我去便是,我给大家换一座牌坊,也没什么不值得。怎的又不叫我去了呢?"

管家娘子像是听到了一个笑话:"夫人怎么又说这些孩子气的话,都是要当娘的人了……"蕙娘也微笑:"族里那些老人家,无非是啰唆几句,教夫人安分守己罢了。何至于论到死不死的,夫人没有跪过祠堂,一时吓坏了,也是有的。"云巧一言不发,依旧灸热地盯着她的脸,用力得像是要盯出泪水来。安胎药很苦。感觉跟那门婆子端给她的毒药一样难以下咽——那毒药她究竟有没有试着喝一点点呢?她觉得其实有,她记得尝到了一些味道,那一点估计还不至于要她的命——药汤热热地熨过喉咙,似乎要把嗓子里的皱褶全都熨平整了，五脏六腑内的寒气全都顶了上来，她挣开药碗的边缘，对着地面一阵干呕，什么也吐不出。管家娘子一面拍着她的脊背，一面叫小丫鬟倒水，她的言语间全都是愉悦："不妨事的，夫人怕是开始害喜了，明早再问问大夫，看开些什么药好……"

所有的人都言之凿凿，好像祠堂里那个夜晚只不过是令秧一个人的梦。

难不成自己真的怀孕了——反正，是女人总有这一天的。既然众人都说是真的，那自己就当这是真的好了。她听见自己的手缓缓地从云巧的手心里垂下来，睡梦趁她虚弱，重重推她一把，她就像是滑了一跤那样顺势跌进去。她不知道自己睡了多久，只晓得再清醒时，依然是深夜，满身的疼痛已经消失了，她没有叫人，撑着身子坐了起来。屋里不知为何，灯还点着，明明只有她自己一个人——她慢慢地想起来了一些事情，她站在那丛看着让人心软的竹子前面，对唐璞说：有劳九叔。那时候她以为，唐璞就是她在阳间看到的最后一个算得上"认识"的人。她对他恭顺地笑，不带恨意，她只能这样跟所有的人道个别。她幽幽地叹了口气，感觉已经糊里糊涂地到了来世。

云巧悄悄地靠近了帐子："夫人，眼下这屋里只有你我。"令秧像是怕冷，抱紧了自己的肩膀："云巧，我是真的像你一样，怀了孩子吗？"

"夫人自己清楚吧。"云巧的行动的确越来越迟缓了。她坐下来，习惯性地摸着自己的肚子。

"跟着你的人呢，你为何一个人在这儿？"

"因为我想跟夫人说的话，不能让丫头们听见。"云巧将手里那盏灯放在床边的小几上，半边脸被晕成了微醺的样子，"夫人有身孕的事，是祠堂里那个看门的婆子一时情急想出来骗长老们的。随后，他们也怕真的伤了子嗣，就叫人把夫人抬回咱们家里——蕙娘当了体己的首饰，塞了银子给大夫，大夫才跟长老们说夫人的确是喜脉。咱们原先谁也没想到，他们叫你去祠堂，原来比断指还狠上百倍。这次要不是多亏了那个看门婆子，只怕我是真的再也见不着你了。"云巧的手指轻轻滑过令秋的脸，四目相对，一个惊喜，另一个恻然。

"那又怎么样呢？能瞒多久？"令秋终于学会了短促地冷笑，"这种事情，就算我腰里缠着枕头挨上十个月，然后呢？孩子在哪？你们，着实不必救我的。"

"谢先生说，这也容易。到时候暗暗托人打听着，四邻八乡的总有穷人家生了孩子养不起，到时候给些银子，抱过来养在夫人房里就是了。除了我，蕙娘，管家娘子，和谢先生之外，府里再没人知道这件事，所以当着小丫鬟们，我们几个才必须做戏给她们看。蕙娘说，等这阵子熬过去了，是一定要去重重地谢那个看门的婆子的。"

"我不信真能瞒过去。"令秋摇头，随即缓缓地倒在枕上，头发如月光一样沿着被面滑下去，"云巧，你们为何要这么辛苦？"

"当时那么紧急，谁也想不了太多。夫人觉得，我们应该不闻不问，任凭你去死么？"

"我会连累你们。"令秧闭上眼睛,突然像小时候那样拉起被子,把自己脑袋蒙进去,"行不通的,一个大夫使了银子,还有别的大夫,府里这么多人,全是眼睛……"

"蕙娘也想到这一层了。这回,真真是咱们运气好,族里六公和十一公最常请的那个大夫家去给他母亲过三周年祭了,说是过几个月才能转回来。蕙娘也怕,六公他们会请那个大夫过来诊脉,这就真的不好办了。"

"我就说了,行不通的。"

"可是,"云巧静静地掀开令秧蒙在脸上的被子,"夫人若是真的在这两个月里怀上一个孩子,不就都行得通了么?"

哥儿年幼的时候,曾犯过一阵子梦游的毛病,这毛病来得快去得也快,犯了一年多,无声无息地自己好了。只是梦游症好了以后,哥儿便再也没在二更天之前睡着过。府里人都晓得,哥儿书房里的灯,总是不会熄的,大家早已习惯——哥儿身边伺候着的丫鬟,中间起来给他添两次茶就好,哥儿便安然地清醒着,和巡夜的更夫一起,注视着唐家大宅一个又一个的深夜。

所以他很惊讶,管家娘子提着灯笼,身边一个人都没有,叩响了他的门。管家娘子脸上没有平日的殷勤,只说:"哥儿且随我来一趟,有紧要的事,老爷没了,只能跟哥儿商议,千万别惊动了老夫人。"

他对管家娘子,从小就有些忌惮的。侍奉过几代主人的老仆,关键时候的确有种从天而降的威严。

令秧目瞪口呆地看着云巧，一翻身，劈手一个耳光打在云巧脸上，打完，她自己吓住了，云巧却是若无其事地看着她，指尖挑起手帕的一个角，抹了抹嘴角其实并不存在的血痕。"云巧你当我是牲口？"令秧含着眼泪，感觉自己像灯芯旁边的火苗那样，微微发抖。

"我只知道我得让你活着。"云巧站了起来，像是挑衅。

"这么活着我还不如死了好。"

"主意是我出的，我没料到蕙娘也说可以一试。你放心，这种事情，哥儿他自己不可能跟任何人说，若老天真的肯帮忙，给你一个孩子，也是唐家的血脉。就试这一个多月，若是久了，孩子出生太晚，自然也行不通。夫人我跟你保证，哥儿很快就要娶亲了，新少奶奶来了以后自然不可能再有这种事情。若是这一个月里什么消息也没有，我们听天由命，按照原来的法子办。"云巧说话的时候没有看令秧的眼睛，只是注视着她下巴上，那些越来越多，像是雨滴落下的细小的波纹。

"我就是不依。"眼泪涌了出来，令秧知道，自己在哭什么。其实不全是觉得屈辱，而是觉得，其实云巧的话，仔细想想不是没有道理。她哭的恰恰就是这个"道理"。"老爷才刚刚下葬，你叫老爷如何闭眼睛呢！"

"夫人。"蕙娘不知何时站到了云巧身旁，她二人肩并肩地立着，从来没觉得她们有如此亲密过，"我知道实在是委屈夫人了。只是我怕，若是六公他们真拆穿了咱们撒的谎，那到时候就不是夫人一个人的事情，夫人觉得自己死不足惜，可是咱们府里上上下下的人从此在族中如何立足呢？"蕙娘脸上掠过一点悲凉，"若是咱们真的把这关过去了，夫人放心，有生之年，咱们几个没人会提起这个。百年以后都到了阴间，我去跟老爷请罪。"

"还请什么罪。"云巧嘲讽地扬起嘴角，"咱们一道下十八层地狱就是了，都没什么可辩解的。"

门轻轻地响动，管家娘子轻巧地迈进来，身后跟着哥儿。

云巧粲然一笑。轻轻地走到哥儿跟前，弱柳迎风地跪下了。哥儿不自知地倒退了两步，眼睛下面一阵隐隐的抽动，好像满脸的俊秀遇上了狂风。

"管家娘子想必都跟哥儿说清楚了吧？"云巧仰起脸，看似心无城府，"云巧知道自己卑贱，不敢求哥儿救夫人，只是……"她拔下一根银簪，若无其事地对准了自己的肚子，"哥儿若是不依，只管回房去睡就是了。只是哥儿若是把这事情说给旁人知道了，云巧头一个死，也带上老爷的骨肉。"

哥儿说话的腔调还有一点点稚嫩，他皱紧了眉头，轻轻干咳了一声。接着他说："你们都出去吧。"那是头一回，他知道了做"一家之主"的滋味。管家娘子沉稳地走到云巧身边，娴熟地跪在哥儿脚下，深深叩了个头。他凝视着蕙娘眼睛里的狂喜，也凝视着令秧满脸像是死期将至的神情，他知道自己心满意足。

灯吹灭了。一片漆黑。

伸手不见五指，但是令秧依旧紧紧地闭上眼睛。哥儿年轻清瘦的身体上，满满地溢出来一种隐秘的芬芳。哥儿的身子紧贴上她的时候,光滑的皮肤遇见了同样的光滑,自然而然就融化在了一起——这些都是老爷没有的。这念头像个冷战一样,从令秋的脊背上流畅地滑过去。那双白皙瘦削的手在她的腿上捏了一把,不疼,可是捏得很重。他跪在她的身体前面,俯下来,嘴唇隐约地划过她的胸口。蜻蜓点水,像是给她皮肤上留下了一粒朱砂痣。

"夫人就那么怕死吗?"她听见这孩子的问题。

她屏住呼吸,在枕上拼命地摇头。哥儿突然间抽掉了枕头,她的脑袋重重地砸在床铺上,又被他的胳膊捞了起来。他的气味环绕着她,她想将自己的身体藏到被子里去,可是被子不知到哪里去了。

"你什么都不懂吧?"她的手臂终于环绕住了他的脊背。

"不至于。"哥儿把头埋在她肩窝处,像是在笑。

"你行过这回事?"问完这句话的时候,她意识到自己已经在自然而然地亲吻他,"是和你房里的丫鬟?还是堂子里的姑娘?你应该没去过那种地方吧,老爷管得那么严……"

他发狠地拽住了她的头发,把她的脖颈弯出一个弧度。她痛得说"哎哟",他就在此刻按住了她的胯部,他降临。她的身体突然之间变得比魂魄还要轻。像是轻轻松松从高处被抛下来,长风浩荡,直直地从里面吹得畅通无阻。她咬住了嘴唇,一阵眩晕。那么险,那么陡峭,可是她觉得快乐。她知道自己该死,从此以后,即使有天真的死在那祠堂里,真的被他们喂了药沉了潭,也不算冤屈。可反倒正是因为弄懂了为什么不冤屈,她也弄懂了为何云巧她们那么舍不得她死。

哥儿终于倒在她身旁，呼吸把她胳膊内侧的肌肤吹热了。有那么一瞬间，她觉得自己不该去抚摸他的头发，就像她总对老爷做的那样。她故意地，继续问那个没问完的问题："你真的去找过勾栏里的姑娘？老爷不知道吧？"她清楚，此时，这个孩子已经丢盔弃甲，不再有力气凶暴地对待她。老爷就这样重新回到了这个房间里，她虽然看不见哥儿脸上的神色，但是能感觉到他的慌乱。她的手指还似有若无地缠绕着他的，这孩子凑了过来，潦草地抱了抱她，但是她推开了。她听着他默默地摸黑下了床，听见他捡起衣服，他朝门边走的时候踢到了一张圆凳——他似乎赶紧停下来扶住了它。所以令秧确信他会守口如瓶。管家娘子默契地进来，静静地把他带了出去。

她一动不动地躺着，眼泪流了下来。因为有那么一刹那，应该是哥儿的脸庞贴在她怀中的时刻，她险些脱口而出："老爷想喝茶么？"随后她好像真的看见了唐简，每次云雨结束的时候，他脸上总有一种说不出来的忧伤。哥儿身上似乎也有——虽然看不见脸，可是他们手指交缠的时候她明明白白地感觉到了。这忧伤的源头是唐简，她的夫君，她在这似曾相识的忧伤里，安心地流着未亡人的眼泪。

她知道了一件事。她不再怕死了。

三日之后，唐璞的随从们又把令秧带到了祠堂。

六公端详着这命不该绝的妇人，清了清嗓子："唐王氏，既然唐氏一族的香火要靠你延续，殉夫的事情，就暂且不提。"这妇人恭敬地叩了个头,清脆地回答:"令秧感激不尽。"就在此时,一只麻雀无声地飞过来,悄悄地停歇在祠堂的门槛上。

"只是现在,你须得当着列祖列宗起誓,安分守节,至死不渝。"

"令秧明白。"

"唐王氏,"十一公的嗓子里永远像是卡着一股浓痰,"你要知道,我唐氏一门有多少眼睛看着你。"

她不慌不忙地又叩了一个头:"令秧答应诸位长老,恪守本分,至死不渝,生是唐家的妇人,死是唐家的鬼。必定穷毕生之力,为唐氏一门换得一座贞节牌坊。"

不做唐家的鬼,又去做谁家的?她在心里对自己笑了笑。

再从祠堂回来的时候,蕙娘问她:"夫人怕是有好久没有见过娘家人了吧?我可以差人去带个信儿,这些天,他们若有空,过来府里住两日,陪夫人说说话儿。"

她说:"不必了。"

二

令秧是在谷雨的时候发现自己未见红潮的。她耐着性子等了四五天,才告诉云巧她们。管家娘子长叹一声,对着窗子双手合十,用力地拜了拜,念念有词:"当真是菩萨看着咱们呢。"蕙娘笑道："罢哟，菩萨看着，只怕清算咱们的日子在后头。"虽然口吻讽刺，却是一脸如释重负的喜悦。云巧用力地抱了她一下，硕大的肚子顶得她透不过气，云巧含泪笑着："我就知道你可以。我当初就知道，夫人就是有这种福气的人。"令秧默不作声，她没觉得有多惊喜，因为自从哥儿进她房里的第一个深夜，她便相信了——她能得到自己想得到的所有东西。至于她为何坚信满天神佛都会如此偏袒她，她也说不好。

传来了一阵笛声，让满屋子狂喜的女人都安静了下来。"谢先生又在吹笛子了。"云巧怔怔地看着窗棂——随着身子日渐臃肿，她脸上常常浮现这种神情，好像是没有往日伶俐了，可是令秧却觉得她愚钝些的样子更美。"好听呢。"蕙娘将五指伸展在自己眼前，像是打量自己葱管一般晶莹的指甲，"难为他，把个简简单单的《点绛唇》吹出这么多故事，依我看，不比京城里的那些乐工差，这么聪明剔透的一个人，偏就不喜欢做正经事情。"管家娘子若有所思地朝向蕙娘道："有件事我这几日总挂着，现在族中上下都盯着咱们府里的女人们，尤其是夫人，谢先生总在咱们家待着，只怕又有人要生事端。"蕙娘面不改色，但是沉默。云巧转过脸道："人家帮过咱们那么大的忙，现在怕别人嚼舌头就叫人家走，这不是显得我们家太没良心？请他来，原本就是给哥儿请先生，旁人又能说什么呢！等哥儿亲事办了，什么时候能回族学里去念书，再请谢先生回去也不晚。"管家娘子苦笑道："我也是想着这一层，若是咱们开口请谢先生去，真是没脸——只是这谢先生也有意思，来咱们府里两个多月了，像是越住越惬意了，昨天我看见他在后院墙根下头，跟浇园子的刘二有说有笑……"蕙娘笑了："他自小就这样，走到哪儿，三不五日便混熟了。""我是说，他不记挂着家里么？"管家娘子大惑不解，"他家难道没有父母家小？"

令秧好像听不到她们的声音了，她知道身边的对话还在持续着，一直谈论着那个神明一般从天而降帮这群女人出谋划策的谢舜珲。可是听不清楚蕙娘回答了什么，然后云巧又好奇地问了一句什么……因为她心里突然掠过一缕似有若无的叹息。也许，保佑她顺利地怀上这个孩子的，不是菩萨，而是老爷。这念头让她微微一个冷战，却又迅速地柔软了下来。一日夫妻百日恩，原来是这个意思。她不由自主地，像云巧那样，摸了摸自己的肚子——然后又轻轻把手放回到了膝盖上，她恨这个动作。

哥儿的婚事迫在眉睫，老爷离世快要七七四十九天，难得新娘子家里的老爷夫人通情达理，同意在热孝期内匆忙完成大礼——谁也不想再耗上三年。这新妇娘家姓周，是池州人，算得一方富户。虽说比不得唐家的书香，可到底也出过两个举人。令秧听到云巧她们的话题已经转到这个婚事上来，只听得蕙娘笑道："咱们谁也没见过新娘子，不过我倒听说是个美人儿，不然也配不起咱们哥儿。当年定亲的时候，老爷还犹豫着，觉得她是庶出，可是听说周家就这一个女儿，周家老爷太太都把她宝贝得什么似的，从小就在周家老太太房里长大，也就不提庶出的话了……我还记得，当日，先头的夫人劝老爷说：老爷想想看，若是有朝一日有人嫌弃咱们家三姑娘是庶出，不愿跟咱们攀亲，老爷会不会觉得可恶。"蕙娘停顿了半晌，"平心而论，咱们先头的夫人真是宽厚。只可惜走得太早。"管家娘子也跟着叹息，说谁说不是呢。

"走得早点有什么不好？"令秧手肘支着炕桌，慵懒地说，"活到今天又能怎样了？老爷殁了的时候她也过了三十，横竖拿不到牌坊。"一句话轻轻地丢出来，满屋子鸦雀无声。云巧急得顿足："我的夫人，这话在屋子里说说也就算了，千万不能给外人听了去的，赶明儿等哥儿的新媳妇过门了，你做婆婆的说话更不能如此没有分寸……""我说错了不成？"令秧没有一丝笑意。蕙娘在旁静静地打了圆场："如今夫人眼里，除却守节倒是没有第二件事。"众人只得尴尬地哄笑。一个小丫鬟就在这时候来了，说是唐璞差人送来了戏单子。管家娘子过去接了，捧给令秧，令秧怔了怔，随即笑着挥手："你又欺负我不识字。"最终戏单子到了蕙娘手里，蕙娘笑道："九叔倒真的有心，知道咱们家有孝在身，不好太热闹排场，又怕新娘子娘家亲友笑话，特意把他家的戏班子拿出来，哥儿喜酒的时候，想听戏的去他府上，倒真周全。"云巧像是吸了口凉气："他家还真是财大气粗，养着一个戏班子。"令秧知道，唐璞这么做，还有一层原因，守孝自然是最冠冕堂皇的说法，但其实，即使老爷仍在，他们目前也未必有能力请戏班子。

蕙娘掩着嘴笑了出来："叫我说九叔什么好，三天的戏，居然掺进来一个青阳腔的班子，这岂不是让人家笑话了，我们是乡下土财主不成？"管家娘子道："蕙姨娘怕是有日子没听戏了，青阳腔现在红火得很，况且新娘子是池州人，青阳腔就是从她家乡来的，按说也不算失礼。这毕竟是九叔的人情，我们也不好太狷介……""老爷最不喜欢青阳腔。又俗又嘈杂，也就是其中滚调还略微中听些。"蕙娘皱眉，"九叔喜欢青阳调也罢了，大喜的日子唱什么《失荆州》，造孽，这个换了，换成《结桃园》。加一出昆腔，《浣纱记》里《游春》那折，是断不可少的。"小丫鬟答应着，蕙娘又眼睛一亮："对了，把我改过的单子也拿给谢先生看看，他可是个行家。"

令秧知道，蕙娘最喜欢听《浣纱记》，只是她也只能在戏单子上指点一阵，过过瘾罢了。到了正日子，她们几个，还不是因着守孝，绝对不能露面的。也许，能听见些隐约的丝竹声，蕙娘就可以在屋里悄声地哼唱上几句："芙蓉脂肉绿云鬟，罨画楼台青黛山。千树桃花万年药，不知何事忆人间。"令秧不懂，但是也觉得错落有致，美好得很。

每个人都热火朝天地忙着哥儿的大婚。然后就忙着给令秧请大夫诊脉安胎——自然是换了个大夫，只不过坚持对大夫说令秧受胎已有三个月。大夫自然觉得棘手，三个月的话，胎像未免太弱，于是不停地开各种安胎，调理气血的方子。时不时担忧这样弱的脉象，孩子未必能足月出生。大夫来了三四回，令秧自己也开始觉得，这孩子原本就是老爷的。

白天的事情归白天，夜里的事情，自然不同些。

令秧的贴身丫鬟被蕙娘换了，那正是令秧被带去祠堂之后的事情。准确地说，是令秧昏睡时候的事情。原有的那一个丫鬟，自从老爷病重之后，她父母便频频地上来府里，想把她领回去嫁人。当众人人仰马翻地围着被抬回来的令秧的时候,蕙娘没忘记做一件事,即是准了这丫鬟回家。没有别的原因,令秧从此就要带着秘密活上一生,身边那个人必须绝对可靠才行。新来的丫鬟原是老夫人房里的,名叫连翘。长得普通,也不见她跟任何一位主子多说哪怕一句话。也许是名字真的取对了,她最擅长的便是给老夫人煎药,一天几趟,什么火候,什么时辰,什么药引——任凭大夫的方子和指示如何复杂,也没出过丁点差错。后来老爷卧床不起了,煎药的事情自然也由她承担起来——常常出入府里的大夫们早已习惯直接把药方交代给连翘。只要是守着药罐,她的神情就安逸得不得了,无论需要多早起来多晚去睡,都是怡然自得,眼睛里也没有丝毫倦意。简直让人怀疑,她怕是希望府里每个人都常年病着才好。蕙娘静静旁观了几年,觉得在此时把她调到令秧房里,算是妥帖的。不知道是连翘太安静,还是令秧太粗心,从祠堂抬回来以后令秧缩在床上发了三天的呆,连翘也不言不语地伺候了三天,第四天清早令秧终于发现,给自己端药进来的是张陌生的脸孔。

陌生,但是安宁。令秧知道她原是老夫人房里的人,却惊觉为何自己甚少看到她。她说:"夫人该喝药了。"然后垂着眼睛,对着那盅汤药微微笑一下,就好像那碗药里有涟漪。这样的笑容看久了,令秧会觉得,自己那么害怕喝药实在是一件不体面的事情。比夜深人静时哥儿会到她房里来,还要不体面。

也许连翘睡觉很轻,总之,令秧常常是在一片墨黑中,被连翘轻轻地晃醒,连翘一言不发,灯也不点,弯下腰熟稔地把令秧架起来倚靠在枕头上,她的呼吸吹着令秧的脸,不知为何就有股更深露重的劲道。然后连翘就沉默地点起一支小小的蜡烛,萤火虫一般,轻巧地走到门边放哥儿进来。然后那抹小小的光亮就消失了,令秧掀开被子,裹挟住男人的体温。等哥儿走的时候,黑暗中,她能听见连翘行走时候空气里细碎的颤动,接着就是门被拴好的声音。接下来,就剩下等着天亮了。天亮的时候,令秧和连翘之间,从不谈论夜里的事情。令秧也不知道蕙娘究竟都跟连翘交代过什么,既然无从开口,不说也罢了。深夜的合谋让令秧有了种奇怪的顾忌,当她需要连翘做什么事的时候,从不开口叫她,只消眼睛注视她一下,连翘自会走上来;若是连翘不在跟前,她宁愿满屋子兜着圈地寻她,也不想大声叫她的名字,寻见了,连翘轻轻说声:"夫人叫我就是。"她便像是松了口气那样,她总不好说,她不好意思直接叫连翘的名字。

但是今夜,有些不同。朦胧中她听见连翘在她耳朵边低声说:"夫人,哥儿在外面,要不要我叫他回去?现今不同以往了……"那应该是她第一次真切地从连翘嘴里听见这件事情,就好像只要连翘不开口,她就可以假装连翘什么都不知道。她连忙说:"叫他进来吧,我同他讲,这是最后一次。"她打断连翘,是因为她不想听到连翘说"现今"究竟哪里"不同以往"。事情发生了便发生了,可是说出来,就是胆战心惊。

哥儿凑近床沿的时候,胳膊肘不小心撞到了她床头的雕花。他似乎是冷笑了一下,令秧知道那代表疼痛。她的手掌慢慢覆盖到他的胳膊上,手指触到了肘部那两个浅浅的窝,他低声说:"不要紧。"令秧的手骤然抽回来："你不能再来了。现今不同以往，不能伤了胎气……"她自己也惊讶居然重复着连翘的说法，"这是老爷的孩子。"说完，她自己也吓住了。她索性咬了咬牙，心里有种手起刀落的痛快："你也是要娶亲的人了，新娘子来了以后，要好好待她。从此以后，你就真的是大人。她给你生儿育女，你要做的无非是好好用功，考个功名，支撑起咱们家……"哥儿从床边站了起来，暗夜里她只看得到模糊的一点瘦削的轮廓。"我拜托你，"令秧的声音沉了下去，"云巧的孩子，还有我的孩子，都是你的弟弟妹妹，千万记得，看顾着他们。"她听见哥儿在笑，然后笑着说："夫人教训得是。"

她笑笑："等亲事办完了，就不能再总是'哥儿哥儿'地叫你了。蕙娘也说过，以后，下人们都得规规矩矩地叫'少爷'呢。"

她知道他不会再来。

连翘擎着那段蜡烛走了过来，转过身去闩门的时候，幽幽的一点亮光就不见了。好像幻化成了她清冽的声音："夫人睡吧，现在放心了。夫人最要紧的就是养身子安胎，剩下的什么也别想。"

"你过来，在我床头坐一会儿，好不好？"

连翘斜着坐下来的时候，吹熄了蜡烛。黑暗重新摧枯拉朽。令秧像得了大赦那样拉住了连翘的手。

"你稍稍坐一会儿就好。"令秧觉得连翘的手很凉，可是凉得舒服。

"不妨事，夫人只管睡，我原本四更天就起的，现在也差不多了。"自然是看不到连翘的脸，不过令秧觉得她笑过。

"你不困？"

"我自小就这样，瞌睡少。四更天起来正好，老夫人的药得熬上两个时辰还不止，我现在虽然伺候夫人，不过老夫人的药还是我管着。"

"那么喜欢熬药，将来等你要出去的时候，把你许给一个大夫，或者开药铺的。"

"夫人这是说笑话了，我早就想好的，我不嫁人，我就一辈子待在咱们府里，夫人嫌我吃得多么？"

"你说奇怪不奇怪？"令秧突然笑了，"有件事，我总是想，整夜整夜地睡不着。跟老爷的时候，从没有过动静，为什么——和他，这么快就有了？"

"夫人是在说梦话吧，老爷临去的时候，留给夫人这个孩子，这可不就是天意，要给夫人这辈子的念想儿么。"

令秧的嘴角微微翘起来，她觉得好像是时候睡着了。

因为重孝在身，哥儿的婚事不算太热闹，不过算是体面。不，现在没人再叫"哥儿"，都改称他"川少爷"。哥儿大名叫唐炎，不过年幼的时候，老夫人觉得名字里带着这么多的火，也不大好，于是就给取了个小名，叫"川儿"。小名里带着这么一条河，总归能平衡些。不过待到哥儿五六岁以后，这个小名就没人提了，如今倒是方便，再捡起来，"川儿"就长大成人了，成了川少爷。

由唐璞代表族里出面，上上下下张罗了很多事情，种种妥帖让府里很多人暂时忘记了他平日里的嚣张跋扈。拜过天地，洞房花烛的第二天,所有人都到唐璞园子里去听三天的大戏。令秧自然是不能去的。蕙娘和管家娘子忙着在前头招待往来贺喜的人,还时时得去老夫人房里转转——怕老夫人房里的婆子丫头一心只想着跑去听戏,没人当值看着老夫人。

令秧只好一个人坐在中堂二楼的暖阁里,论礼她不该到中堂来,只是那实在算是卧房之外,唯一一处清静的地方。她原先以为天边能传来戏台上的丝竹声,但是四周太静了,所有花团锦簇的热闹都是昨晚梦里的事情。"夫人怎么一个人在这儿,连翘又跑到哪儿去了?"蕙娘的声音从背后传来,吓得她一个冷战。

"连翘在厨房,看着给老夫人的药。"她转过身,跟蕙娘坐在了一处。

"这丫头,下辈子也不用做人了,我看托生成个药罐,倒是能称她的心。"蕙娘说完,喊着小丫头沏壶新茶拿过来,"这几天我腿都要断了,好不容易得个空儿,偷一下闲。云巧呢,把她也叫来说说话儿吧。今儿难得没有客,就咱们几个人。"

托着茶盘过来的小丫头答道:"巧姨娘在新房里,跟新来的川少奶奶说话呢。"

"说的什么,你听见没有?"蕙娘像是突然来了精神。

"我打新房前头过来的时候,就只听得巧姨娘一个人的声音,没听见川少奶奶的。"

令秧侧着脸,困惑地说:"倒也是呢,来了快三天,好像没听见过她说话。"跟着小丫头的声音突然欢快起来:"谢先生来了,可是有事找蕙姨娘?"

蕙娘冲着楼梯口的谢舜珲挥手道："谢先生过来喝茶，难得家里今天清静，不用拘那么多的礼……"跟着她对小丫头说："给我们下去拿两盘果子，然后你就可以去听戏了。"

谢舜珲闲闲地在蕙娘和令秋的对面坐下，笑道："今儿的戏不算好，不看也罢。"然后谦恭地对令秋拱拱手，"夫人可好？"

"我那出《游春》唱完了没？"蕙娘看着令秋嗫嚅着不知该回答什么，立刻解了围。

"昨天就唱完了，你不看也不可惜——那个唱西施的一点都不好，干巴巴的看了难受。"谢先生笑起来的神情，看不出来是在刻薄别人。

"罢了，唐九叔家的班子在这儿也算是好的了，你什么好戏没见过，入不了你的眼是平常事。"蕙娘举起茶壶，斟满了三个人的杯子。

"在我眼里，嗓子是第二件事，头一样要紧的，既是唱西施，就得有那股缠绵劲儿。一张嘴，声腔里就既无水气也无怨气，凭他再美的美人儿，也未必勾得走范蠡的魂儿，你说是不是？"谢先生的折扇捏在手里，扇柄轻轻叩着手背。

蕙娘笑着啐道："越说越不像话了！我听惯了你胡说八道，这儿还守着夫人呢。你当这是你们男人的花酒桌么。"

"冒犯夫人了。"谢先生略略欠身道，"我是有事跟你说。两三天之内，我想动身回家去，学生新婚燕尔，做先生的总在旁边提醒着功课也没意思。来你们府里也打扰了这些日子，是时候回去了。"

蕙娘心里一块石头落了地，嘴上却笑道："你牵记着家小，我若强留倒显得不懂事呢。缺什么你尽管说，我叫人到你房里去替你打点行李。"

"倒还真不是家小的缘故。"谢先生也笑道，"我有个老朋友，早年我四处云游的时候认识的，最近到咱们徽州来看戏，想把徽州的几种声腔都听一遍，必须得我陪着。我早先没跟你提过汤先生？"

"谁记得你那些狐朋狗党。"蕙娘冷笑。

"妇人之见。汤先生跟你家老爷一样中过进士，如今官拜礼部祠祭司主事，十年前我们认识的时候他还未进京，只是直到如今仍旧是个戏痴。不只喜欢看，也喜欢写，你听过有出戏叫《紫钗记》的没有，就是汤先生的大作。"

蕙娘惊讶地瞪大了杏眼："听戏听成精的我见多了，可是会写戏的还真是没见识过。"

"你们是说……"令秧有点糊涂，"戏台上唱的那些戏——都是人写出来的？"

谢先生和蕙娘愕然对看了一眼，谢先生问道："正是。唱词若不是有人写，夫人觉得是从哪儿来的呢？"

令秧知道自己一定脸红了："我小时候以为，戏台上的那些词儿，最初，都是神仙教给人的。"

蕙娘大笑了起来："夫人真是有趣儿。"令秧讪讪地看着她："你又取笑我。"谢先生却没有笑，反倒若有所思地看着她，这让她一瞬间觉得谢先生是个好人。

刚刚端茶的小丫头又急慌慌地奔了上来,人没露面,声音先过来了:"蕙姨娘,可了不得了,厨娘和老夫人房里的一个婆子在后头打起来了,那疯婆子打破了厨娘的脑袋呢……"

蕙娘恨恨地站起身:"真是片刻的安宁也没有。"说罢也只得起来跟着小丫头去了。圆桌前只剩下了他们俩。

谢舜珲觉得自己该告辞,可是他迟疑了一下。他发现这个名叫令秋的夫人满脸好奇地看着他。仔细想想,谢舜珲来府里这几个月,跟她除了见面问安之外,再无别的话。可是现在,她看住他的眼睛,居然开口了,声音细小,像是微微发颤,她说:"谢先生是读书人,一定知道很多事情,见过很多世面对不对?"

他一怔:"不敢当。"

令秋问:"有件事,我不知道该问谁才好,想请教谢先生。"

"夫人这么说就太客气了。"他微笑。

"谢先生知道不知道,若是一个女人,一直守节,不是说到了五十岁,朝廷就会给旌表吗?但是,天下这么大,女人这么多,该如何让朝廷知道呢?"

这其实是个认真的问题。谢舜珲不由得正襟危坐,他打量着面前这个女人,这个十六岁的孀妇,脂粉自然不能再用,就连发髻上也卸掉了所有的钗环——她想问的,关于自己的终生,或者说,"终生"给她剩下的,唯一一条路。他想了想,回答:"应该是先由这女人的乡里有些名望的人,把她守节的事情写出来,呈给县衙,县衙再呈给州府,州府呈给省里的布政司大人,最后呈送给京城的礼部。礼部的官员审过之后,最后盖上圣上的玉玺,就成了。"他竭力使用浅显些的说法，使她能够听懂。

令秧垂下眼睑，轻轻叹了一声："明白了。说到底，能不能让朝廷知道这个女人，还是男人说了算的，谢先生我没说错吧？"

谢舜珲点点头，这个以为所有的戏都是神仙教给世人的女人，她不知道她自己很聪明。

"我什么都不懂，谢先生可以帮我吗？"她热切的神情依旧像个孩子盯着心爱的陀螺，跟她一身暗沉的灰蓝色衣服一点都不合适，"谢先生都看到过，先生那时候帮着蕙娘她们救过我的命，看见过我的处境。你懂得那么多道理，也会写文章，还有朋友在京城里面做官——我找不到比先生更合适的人了。我会做的，也无非是守着熬年头，剩下的事情，只能拜托你。等孩子出生了以后，我不知道那班长老们还会怎样为难我，我也不知道，我能不能平平安安地熬到五十岁——全靠谢先生提点了，我和我肚子里的孩子，来世给先生做牛做马。"她的右手轻轻地按住了肚子。

谢舜珲皱了皱眉，不待他开口，令秧若无其事地说："我知道谢先生在想什么。先生觉得哪有什么肚子里的孩子，不是说好了到时候去偏僻地方抱一个回来么……这件事，蕙娘连谢先生也没有告诉，现在，这个孩子真的在我肚子里了，我们觉得这样才万无一失。至于这孩子是谁的，你就还是别问了吧，这种事还是不知道的好——我知道你不会说出去，先生现在明白了吧，我非要那座牌坊不可。"

虽然他一言不发，可是他眼睛里的那股寒气让令秧知道，他其实脊背发凉。令秧粲然一笑，艳若桃李——她只是想安抚一下他,不过谢先生到底不是个大惊小怪的人,只是安静了片刻,沉稳地说:"谢某会为夫人尽力。"

令秋突然想起来,那一天,正好是她十七岁的生日。

三

侯武初来唐府的时候,还不到十四岁。他一直记得,管家娘子操着比如今年轻多了的嗓音跟他说:"快给夫人跪下。"当初的唐夫人正在喝茶,将茶盅拿在手里,待他磕完头才缓缓放回桌上,手指间那个蓝宝石的戒指像她的笑意那样,不动声色地一闪。夫人摆手道:"起来吧,这么小的孩子就出来讨生活,够不容易的,你爹娘也真舍得。"管家娘子在一旁笑了:"夫人是心慈又有福的人,哪能想得到,穷人家的日子没有办法,舍不得也得舍。"侯武知道,怕是唐家每次买进来一个人,夫人都会说句类似的话——这府里有的是进来的时候年纪比他还小的小厮丫鬟,不过,和煦地说出这句话的唐夫人,一点都不令人生厌。

那时候,府里上下都在议论着那位新进府里不过一年多的如夫人,蕙姨娘。都说这蕙姨娘来头不小,千金小姐落了难,沦落风尘,然后遇上老爷——这倒也算不上是什么出奇的故事。众人都道唐夫人真是好涵养——听说了老爷带着教坊出来的蕙姨娘到西北那个穷山恶水的地方赴任,不过淡淡地笑笑说:"也罢,走远些好，横竖我眼不见心不烦。"只可惜，让夫人心烦的日子终究还是躲不过了，老爷辞了官回乡，还是大张旗鼓地将蕙姨娘带进了老宅里。

若只是这样倒也还好，可是近几个月里，自从老夫人突然染病之后，蕙姨娘渐渐地开始插手这个家的经营。起初，只说是替代老夫人暂管几天；后来，老爷看似若无其事地，当着夫人和管家夫妻的面，把账房和库房的钥匙都交到了蕙姨娘手里——那不过是侯武进府之前十几天的事情。

见过了夫人，下一个自然要去拜见蕙姨娘。进门之前，管家娘子突然不动声色地说："我看你倒是个伶俐的孩子，若真的是那些榆木疙瘩，我这话也就不嘱咐了。"侯武连忙道："多谢您老人家提点。"管家娘子笑道："如今咱们府里管事的是蕙姨娘，她出身不一般，人也见过世面，你见了便知道是个厉害角色。这个宅子里上上下下，最不缺那些见风使舵的人，一窝蜂似的去巴结她。你呢，既然是新来的，她吩咐你做什么你没有不做的道理，毕竟当的就是这份差——可是你也得认清楚，谁才是这个家里的正经主子，你看上去规规矩矩的一个孩子，若是跟着那起没脸的轻狂货色学，不把夫人要你做的事情放在眼里，我头一个不答应，叫我当家的吊起来抽一顿再撵你出去，可不是吓唬你。"侯武也笑道："管家妈妈尽管放心，我初来乍到，管他什么夫人什么姨娘，都不是我做奴才的该问的事情，我一切听着管家妈妈的吩咐。你叫我往东我便不敢往西，你叫我侍奉谁我便侍奉谁，你认哪个作正经主子，我便为哪个效力。"管家娘子这下喜不自胜，拍了一下侯武的肩膀："好猴儿崽子，倒真没错看你。"

送他离家的时候，他娘把家里唯一一样值钱的东西塞给他：一个赤金的小挂件儿，约有半锭银子那么大，做成一个鲤鱼的形状，鲤鱼的眼睛还是两颗细小的红宝石。他娘让他把这小鲤鱼揣在怀里，嘱咐他："自己学机灵一点，主子家里谁是管事的，便塞给谁，也好寻个靠山，别像你爹那样——只懂得卖力干活儿，糊里糊涂地被人暗算了也不知道。"

他原本觉得，这个小鲤鱼该趁没人的时候送给蕙姨娘。可是这件事会不会太难办了些——蕙姨娘可是个活在传说里的人物。不过当他跨进那扇门的时候，反倒略略一怔：蕙姨娘是个好看的女人不假，可是，远远不是众人嘴里那种沉鱼落雁的狐狸精。通身的打扮倒是比夫人还朴素些。说话也干脆利落，没有那么多过场，只微微点个头，对侯武道："知道了，下去吧，管家要你干什么，就好生跟着学学。会不会骑马？"但是还没等侯武回答，便回过头去跟身旁的人安排起下一件事情。

从账房旁边的议事房里出来，侯武咬了咬牙，把在手心里攥了多时的小鲤鱼拿出来，塞到管家娘子手心里："管家妈妈若是不收，就是看不起我了。我家里就剩下这么一样好东西，我娘给我带了出来。他日我若是出息了，定会好生地孝顺管家妈妈。"管家娘子反倒不知如何是好了，长长地叹了一声："猴儿崽子，人太伶俐了，也不是什么好事，我劝你仔细点。"

一晃，已经过去了这么多年。

那几年，众人都兴奋地期待着，夫人究竟什么时候会按捺不住，开始清算蕙姨娘。只是随着老夫人的疯病越来越严重，蕙姨娘的权力便越来越大。众人已经习惯了她来管事情，而且，有目共睹，在蕙姨娘手底下，大小事情也都统筹得有声有色，她又有很多让收支更为合理的法子。这下众人的兴趣又变了，等着看蕙姨娘什么时候开始气焰嚣张地压过夫人——结局自然是扫兴，几年过去，日子平淡如水，他们期待的事情全都未能发生。夫人自然不会跟蕙姨娘情同姐妹，但是表面上的和善总是不会错的；况且蕙姨娘面对夫人的时候总是知道分寸，二人当着老爷的面，说说笑笑的时候也是有的。一个宅子的屋檐底下居然聚齐了懂事的人，真是不能不让人觉得沮丧。管家娘子也在人后慨叹："到底不能不服，蕙姨娘真是好有胸襟。"似乎完全忘了几年前她还声色俱厉地警示侯武，别忘了谁才是正经主子。

总之，的确没人记得那个跳了井的账房先生。即使是下人们乘凉闲聊的时候，都鲜少有人提起——那个在老爷刚刚卸任回府，就被冰冷井水泡得肿胀惨白的账房先生。想起来，还真觉得有点惨然，不过，都忘了也好。

人们都还挺喜欢侯武这个孩子，虽说不爱说话，不大合群，可是真的遇上需要他说话的时候，嘴巴也甜得恰到好处。上点年纪的婆子们都喜欢他，又听说了他家里没爹并且母亲再嫁，更是连连叹息，都想对这苦命的孩子好一点儿。见他在众人里人缘不错，管家娘子便也知趣，不会刻意地做出提携他的样子来，只不过在没人的时候，暗暗指点他一些府里的人情冷暖，尤其是这些冷暖背后的纹路和道理。

无论如何，他对管家娘子的感激，倒是出自真心。

他知道，他在等待一个机会。至于那机会究竟是什么，暂时也不清楚。

也许，他至少需要长大，到那时候，便不再是一个给人牵马跑腿送信打杂的小厮；到那时候，也许他能有机会接近一下那间总是让他觉得幽暗并阴冷的账房，翻看那堆混杂着霉味和墨香的账簿——看看账簿里是不是真的记录着账房先生的阴谋和遮掩——他并不相信这样的痕迹存在，这样便能确信，账房先生并不是瞒不过去亏空才悄然投井。其实账房先生算不得是一个好父亲，一年回不了几次家，在家的时候就是沉着脸对他们没完没了地指责和训斥。

但那毕竟是父亲。

"侯"，原本是他母亲娘家的姓氏，他自作主张地告诉牵线的荐头，他叫侯武——也许这是多此一举，因为账房先生本姓"张"，即便有人重了，也算不得什么引人注意的事情，但是他觉得小心一些总是没错的。还有，还有就是——既然立定了心思要做一个故事里的复仇者，那么"隐姓埋名"就像一碗壮行酒那样不可或缺。他毕竟还是个孩子。

公平地说，只要不看见那口如今已经被封上的井，唐家大宅里的日子称得上是快乐的。饱暖无忧，他学什么东西都轻而易举，也遇上了这些善待他的人。比如夫人。其实他没有多少跟夫人碰面或者说话的机会，只有一回，夫人带着贴身丫鬟回娘家探视病人，管家派了他跟着马车同去，以防路上有什么事情需要他这个男孩子来跑腿。那是个春天，他看着自己的腿在车辕上轻巧地晃动着，树叶的香气和马身上的气味混在一起，还有天空的气味，都让他觉得愉悦。行了半日，身后突然传来了夫人丫鬟的声音——那姑娘的手从车厢的帘子里伸出来，帘子略微敞开了一点点，戴着镯子的水灵手臂递出来一只精巧的食盒，并笑道："侯武，夫人说了今儿个一路辛苦，这点心是夫人给你的。"他看着那食盒的式样，知道是老爷夫人平时用的东西，一时间只是惶惑得不敢去接。他涨红了脸摇头，心里又深深地为自己羞耻："不，姐姐还是拿回去，我手太脏了。"丫鬟笑了，他也拿不准她在笑什么——平日里跟他说话的丫鬟都是那些做粗活儿的小姑娘，这些各个主子们房里的贴身丫鬟——他远远地看见了也是躲着走。

车厢的帘子又挪开了一点点，他看见了夫人的脸。车厢的窗格一左一右装点着夫人，夫人端然一笑："这孩子，给你你便拿着，这点心做得精致，你在家里必定没见过的。"说话间，帘子又合上了，独留下那只好看的盒子被他抱在怀里——他并不稀罕吃什么好东西，他只是想再看一眼夫人那一脸母亲一般的笑容。夫人在宅子里决不会这样对他笑，他知道，这只能是在旅途中才会发生的事情。

夫人去世那年，所有的下人都戴着孝跪在吊丧的队伍里。没有人知道，为何侯武哭得那么认真。管家娘子只是在心里慨叹这孩子越来越有城府——她并不知道，侯武只是哀伤地想着：无论如何，夫人走了也好，她从此便与我所有的计划毫无关系。虽然当时他其实什么计划也没有——他只是觉得，所有的阴谋与恶意都应该远离夫人,哪怕——最坏的情形,哪怕夫人手上真的也沾过账房先生的血,那也一定是不得已——上苍总是秉承着一种残酷的仁慈,替卑微的侯武做了免受折磨的决断。

夫人"头七"那天起,管家把"巡夜"的活儿派给了侯武——不错的兆头,通常管家信赖谁谁才有巡夜的资格。一拢灯笼模糊的光晕里,老宅的建筑轮廓模糊,巡视各房的时候,他总是莫名地觉得内心柔软,他脚下那一小块路被照着,他静默无声,他知道也许会和同样游荡在这院子里的游魂静默地擦肩而过——他们萍水相逢,因此不会恋恋不舍地回首。往往,一抬头,便遇上哥儿书房里遥遥相望的灯火,老夫人诡异的呻吟声或号叫声听惯了,便也觉得那不过跟月色一样,都是景致。只有他自己才知道,他爱这宅子,他爱这个他发誓要毁灭的地方。

那一晚,账房的灯亮着,他走上去,提着灯的手微微颤抖,他知道总会有那么一天,父亲的魂灵会引他至此地。他毕恭毕敬地叩门,里面却传出来一个活泼泼的嗓音,带着点娇嫩的怒气:"今儿个究竟哪个糊涂东西上夜,好大的胆子,不知道蕙姨娘要核算账目么!倒来拍我们的门——接下来要进来数落我们坏了府里规矩不成……"他紧张得脑袋里一片空白,却觉得掉头就跑又会更糟,他嗫嚅道:"姐姐别恼,再怎么也不敢惊扰蕙姨娘,只是提醒姐姐,蕙姨娘如此操劳,倒拜托着姐姐留心着火烛——账房里都是纸张,万一燃起来可不得了——"他听见蕙姨娘笑了,那个舒朗的声音甚至有股慵懒:"她是跟你逗着玩的,你进来吧,瞧把你给吓的,亏你还是个小子。"

账房里的情形令他略微失望，因为并没有如他想象的那般，触目所及全是铺天盖地的账簿——也许它们都被锁在满屋的柜子里。桌上的油灯敦厚地弥漫过蕙姨娘的脸，让她看起来毫无白日里那么精明。她吩咐她的丫鬟道："给这孩子喝杯茶，走了这半日也该累了。"他想道谢又说不出口，觉得自己该伸出双手接丫鬟递过来的茶杯，但是灯笼可怎么办——挣扎了半天终于想出了办法，将灯笼放在脚底下，不过躬身接茶杯的时候又险些踹翻了——总之，丫鬟在他面前暗笑得快要断气。其实他一点都不想喝这杯茶，这让他没法马上逃离这里，低着头盯着茶盅半晌，突然发现丫鬟已没了踪影，不知被差遣到哪里去了——蕙姨娘垂首凝神的时候，鹅蛋脸上泛着一层难以形容的光芒，嘴角是微微翘起的，他看得痴了过去。"蕙姨娘查账目，用不着算盘么？"然后他被自己吓了一跳，才发现居然把心里想的这话说了出来。

蕙姨娘抬起眼睛，眼神略微惊讶："你倒还真是个聪明孩子。"见他又困惑地红了脸，便笑道："可你不懂，算盘只能核对出来哪里算岔了，这不用我操心，咱们府里有的是人能保准在数目上不出岔子。我只消看看每笔来龙去脉清不清楚，有哪项的开销名头看上去不合道理——数目错了事小，看不见哪里的数目撒了谎才是至为要紧的。"

他似懂非懂地点头，直到多年以后，才恍然大悟。

他打算退出去的那个瞬间，蕙姨娘轻柔地开口道："侯武，再问你句话。夫人去了这些时日，下人中可有人传过我会扶正的话？"他大惊失色，着急忙慌地跪下："蕙姨娘我……我，实在不知道。"

蕙姨娘无奈地托起了腮："如此说来，便是有了。你若是再听见有人嚼舌头，替我告诉那些人——我一个罪臣之女，能遇上老爷来咱们府里已是上辈子的造化，别的我不会多想，尤其告诉那几个成天在夫人跟前献媚的——安生做自己该做的事情，就比什么都强。背后的小动作都省省吧，我见不得那些。"

他用力地答应着，心里模糊地知道，也许这便是他一直等候着的那个机会。夫人既然已经去了，夫人的那杯茶便也凉了。这大宅中的"正经主子"就成了蕙姨娘，不管是什么人再来做"夫人"。无论一直庇护他的管家夫妻在想什么，对他来说，便是到了换个码头的时候。

蕙姨娘总有办法的，有办法把他带到这个宅子里最隐秘，也最要害的地方，让他终究能够接近那个传说中疯得莫名其妙的老夫人。他不急，他甚至是贪婪地享受着唐家大宅里的少年时光，他是天底下最有耐心的复仇者——因为他真的做得到在大多数时候，放下自己的恨意。

真正让他开始焦躁的，是老爷的死。老夫人已经疯了，老爷再一死——他什么也没有做，就莫名其妙地见证了天意。老爷出殡那日他在队伍里用力地撒着漫天纸钱，他的右手和半个身子有节奏地，张扬地在旷野的天空下舒展并裂开。他知道那是因为愤怒——还有谁能比他更失败呢？他的仇家再也没机会知道他的存在。他悲哀地觉得自己心里那把利剑早已没了光泽，再这样下去，他慢慢地会说服自己相信账房先生是真的罪有应得。他不能允许这种事情发生。

第四章 旷野戏台

再金碧辉煌的大场面,也躲不开那些江湖人情的小道理。

一

对谢舜珲来说，万历十八年是个不寻常的年份。过年的时候，徽州知府邀他跟十几个乡绅来府里吃酒，觥筹交错之际，大家少不得互相耳语几句从京城传来的信息：皇帝已经有一段日子没上朝了，说是身体不好，朝政都是靠着传口谕维持的，据说大年初一还晓谕内阁说自己连站起来都困难；听说最近京城里波斯来的胡姬紧俏了起来，没错就是当年戚将军献给张居正的那种波斯美女，如今京城的达官显贵们的宴席上，若有一个波斯胡姬跳舞，才是真正的排场……知府大人请完了，大家自然都得还席，他们都还等着谢舜珲做东的席上请什么人来唱什么曲儿——谢舜珲在这上头的品位是有口皆碑的，听说知府喜欢喝他带来的那种北方的柿子酒，他即刻叫人又抬了几坛送去……他原以为就会这样过完整个正月，可是上元节后，他就被蕙娘的一封信召到了唐家大宅——他也未料到，就这样住了一百天，离开的时候，已近初夏。这一百天过得委实热闹，原本以为只是给一个十几岁的公子当几天先生，结果为学生的父亲选了棺材，写过讣闻，发过丧送了葬，还帮忙想法子救了遗孀一命。然后托热孝的福，赶上学生敲锣打鼓地拜了天地。像在台底下听戏，几盏茶的工夫，自己毫发无损地看完了旁人的半生。

不过对谢舜珲来讲，生活里越是这样意外的状况发生，他便越觉得如鱼得水。返家的路上，打马经过的一路风光虽说怡人，可到底，他还是有点落寞。唐家派来护送他的小厮被他甩在了后面，一迭声地唤他："谢先生不急的，时候还早——"若不是这小厮的马背上驮着一整套他刚刚托朋友弄来的新书，六卷本的《李氏焚书》，他才懒得慢下来等。也罢，回家也没有那么难熬，在汤先生到访之前，手边还有李贽的书——然后，再过几个月，至少入冬以前，一定要想法子再去唐家看看——此刻，他是真心记挂着那一屋子摇摇欲坠却相互支撑的女人，那个十七岁便做了婆婆的唐家孀妇，还有那个脸庞粉雕玉琢但却魂魄孤寒的哥儿，也还有他的远房表妹蕙娘。

他们只是在小的时候一起玩过，他娘还在世的时候坚持这一点，于是他只能把记忆深处某个出现在童年时代的小女孩的脸当成是蕙娘的。那一年，蕙娘的父亲把所有家眷接到京城的时候，整个家族的人津津乐道了好久。蕙娘从此就成了京城里从三品大员家的千金小姐，他相信也正是因为如此，他娘才反复强调着他们小时候的确一起玩过。他的马似乎累了，蹄声放缓，也不再轻盈，他凝望着不远处那片长生果的田地，叶子小而轻俏，通透地团簇起来，就像小家碧玉手底下的女红，有种细细碎碎的喜悦。正是蕙娘去京城的那一年夏天，他知道了原来长生果在田地里是这副模样的。这件小事倒是记得清晰。

蕙娘一去便是十几年。他在家乡，遵循着所有像庄稼一样的规律，长大，娶妻，生子；有一天听说了她落难的消息。蕙娘的爹被斩了首，家里的女人有的自尽了，没自尽的则被卖掉，要么为奴婢，要么去教坊。家乡的人传得有鼻子有眼，都说什么教坊，什么歌伎，根本就是成了粉头。这倒也帮了谢舜珲的忙，他落第的时候，他娘倒像是松了口气："也罢，你还记得蕙娘她爹么，考中了又能怎么样，荣华富贵，梦醒了更难看。还不如留在家里太平。"后来他彻底断了考试的念头，专心做他的野鹤。听戏，吹笛，画画，搜集各种珍本，四处云游，结交一班同他一样日理万机的闲人……谁都知道他文章好，于是他也去县衙里做过刀笔吏，替自家和朋友家里的佃户，以及周围的商号写过诉状，他们那里的县令整日盼着能遇上谢舜珲写的诉状，读完了只觉得满口余香，案情倒真在其次。他妻子的脸色越来越难看。她倒是一心想做个敦促夫君出人头地的女人，只可惜，错嫁了一块朽木。她常常会在他计划着下一次出游的时候躲在房里哭，明明就是哭给他看的，却硬要做出一副暗自垂泪的样子。就等着他询问，然后便可以掏心掏肺地劝说他要懂得上进要接着去考功名，做人风雅是没有错的可是不该把光阴都虚掷在消遣上，不是她贪慕着夫贵妻荣，而是旁人都会觉得是她不懂得辅佐夫君晓以大义，会背上不贤良的恶名……

后来他终于学乖了，当她端坐在那里哭得胸有成竹的时候，他便视而不见。渐渐地不常回家，在勾栏酒肆之间，倒是赢得了不少名声。他以为过上几年，她会看清他绝对不会再去考科举，认命了就好了——但是他没想到，女人就像是植物，即使死心也不过是一个冬天的事。明知毫无指望的期盼必定会在某个有阳光的时刻复苏过来,这种期盼在她脸上立刻化作绝望,来折磨他,就像朝露必定会消失在太阳底下。她的确是不再提科举,但是她寻得到别的由头来垂泪一番,一点一点地精卫填海。比如他不那么在乎儿子的功课,比如她娘家堂弟在谢舜晖的指点下顺利地考上了生员令她感慨岁月如梭……甚至是当他在书房里独自喝北方买来的烧酒——她坚信烧酒有毒,并且她的夫君怎么可以如此迷恋这种下等人才喜欢的味道,所以从那以后,在她面前,他只喝扬州雪醅或是女儿红。他十六岁那年娶了她,快二十年了,她做得到在他们共同生活中的任何一处细节上按一把,就能精确地点到穴位,提醒他的失败和不务正业。这也是一种令谢舜晖叹为观止的技能。也不是没有人劝过他纳妾,他不肯——女人都一样吧,即使是一个不盼着他出人头地的女人,也必然会在别的事情上对他怀着某种他永远无法满足的希望。他和她们的希望之间,永远是道高一尺,魔高一丈——无论怎样他都是个负心人。

十二年前,蕙娘回来了。她跟着休宁人唐简——一个替她赎身的恩客回到了徽州。对蕙娘来说,已然是最好的着落。只是没人想得到,她能这样若无其事地重归故里。起初,唐简并没有将她带回唐家大宅去,而是安置在了休宁城中的一处僻静小院里,随后要在这别院中宴请一些旧日的朋友。谢舜晖的舅父曾与唐简同一年中过乡试,所以舅父也在一个秋高气爽的日子接到过唐简的帖子——他跟着舅父同去,他就是想知道,蕙娘看起来过得好不好。

她落落大方地从屏风后面走出来,同唐简的故交们打招呼。

明眸皓齿，双眉入鬓——真该有个人提醒她，这种画眉的习惯只怕是教坊里的，此刻住在别院还好，若是正式进了大宅的门，还这样画眉，只怕唐家的老夫人会有话说。当然，这话不是他能讲的。他已完全无法把记忆中那张小姑娘的脸跟面前的她联系起来，他只看到一个装扮娇艳，举止却含蓄知礼的妇人，脸上有种凛凛的秀丽，一看就知道，有很多事曾经从她的眼神里狠狠地碾过去。他没有打算跟她相认，但她却眼睛一亮，脱口而出："五哥哥。"——看来他娘还真没有撒谎。那次见面之后不久，她便跟着唐简回去大宅，拜过了老夫人和夫人，正式进了门。那眉毛究竟有没有落下话柄，不得而知。十二年间，家乡的亲戚们全都避之不及，只有他去唐家看过蕙娘好几次，他不想让人们以为这女人已经没了娘家——眼看着蕙娘浑身上下的装饰越来越朴素，不过神情倒是日益舒泰了，尤其是在渐渐负担起管家的责任以后，那一身运筹决断的做派怕是在教坊学会的，时常令他看了窃笑。唐氏一族在邻近几个县算是数得着的，可是唐简家的这一支真称不上富裕，跟原先蕙娘的娘家和如今的谢家都没法比，不过好在唐简这个进士算是整个家族的书香与根基，族中规定，那几支经商为主的富裕支脉，每年须得给他们家一笔分红。唐简性情虽有狷介的地方，但懂得宽厚待人，叫谢舜珲也跟着放了心。

谁都知道唐简为什么离开京城。那套在偏远蛮荒地方染上沉疴的说辞，最多只能骗得过他家的仆妇。徽州的男人，即便不入官场，大都是走南闯北地经商，商号开得满天下，真正的世面见多了，便也懂得——再金碧辉煌的大场面，也躲不开那些江湖人情的小道理。唐简刚入翰林院的时候，初出茅庐，少不得仰仗朝野间根基深厚的人的提携。若是提携他的人阴沟里翻了船，唐简自然得不到什么好结果。彼时朝中，是元辅张居正的天下，唐简的恩师据说是为着什么税赋的事情冲撞了国相爷，暗自角力了几年，终于败下阵来。紧跟着，唐简就被派到北边的边陲做县令，他自知无力回天，借口养病，辞官返乡。——即便周围人的推测有夸大的成分，事实大抵还是循着这个谱儿，错不到太远的地方去。谢舜珲清楚，他不想再接着考功名，不是因为真的生性散淡，而是因为恐惧。

这是他的妻子无论如何不可能明白的。

不，他倒不是觉得男人的事情用不着跟女人解释——除却十月怀胎一朝分娩，他不觉得男人和女人之间真有什么天壤之别。天下之大，不过只有皇上一个男人。满朝文武匍匐在天子脚下，还不是个个都像怨妇。都说为着江山社稷，不能说全是假的——施尽浑身解数以博得皇帝的信赖倚重，战战兢兢地证明自己的忠肝义胆，皇帝偏听了佞臣便声泪俱下乃至以死明志——史书里早已写尽了所有这些阵仗，仿佛真在竭尽全力跟天子一道演一出《长生殿》，只要唱好了天子身边的那个旦角，江山社稷从此就安稳了，江山社稷就成了一只千年老鳖，为他驮着坟前那块碑。反正那块碑上，镌刻的都是煞有介事的文字，他们在朝堂上被当众褪下裤子廷杖得血肉模糊的事情，是不会写出来的。能在天子面前做成男人的臣子，千百年也许有那么寥寥二三人，但是谢舜珲不可能。这些话，岂止是不能告诉他的发妻，谁也不能告诉，只能烂在肚子里，天知地知。也只有天地，不在乎江山究竟是谁的。天地有大美，想不起来追究这么无足轻重的事情。

他家的大门终于浮在了石子路的另一头，替他驮着书的小厮语气还有点不舍："谢先生一定要常来咱们府里串门呀，谢先生这一走，还真觉得府里没什么意思呢。"这帮油腔滑调的孩子，倒是会讨人喜欢，他自然是痛快地打赏了他，让他回去的路上自己买酒吃。

回到自己家，他一向睡在二楼的书房。书房就是有个好处，进来添茶倒水的丫鬟会告诉妻子，说他在看书——他身旁的每一个丫鬟都是妻的耳目。他想象得到，她听了之后会撇撇嘴，道："不过是看那些没用的闲书罢了，又不钻研什么正经学问。"不过一个不识字的女人，对"书"这样东西总是存着点本能的敬畏。至少知道他看书的时候，她不会哭。

在家里的日子，常常能收到蕙娘的信。蕙娘总是需要一个唐府之外的人跟她闲话点家常，更何况，他们如今已成同盟。蕙娘的字不算好，不过讲起事情来倒是语句活泼，事无巨细都津津有味：云巧在六月末诞下了一个哥儿，乳名当归，上苍保佑唐家终于又有了儿子，只是这苦命的遗腹子此生没机会看见父亲；川少爷的新妇脾气委实古怪，跟府里上下都相处得不好，并且眼里没人，对夫人的态度也一向冷淡，也不知道娘家的父母究竟是怎么教的；上一次他给老夫人泡的那种药酒的确管用，老夫人最近安静了许多，若以后再得着什么好用的偏方千万记得写给她；他临走前提起过汤先生写的《紫钗记》，终于想起来了她曾经的确看过，只是另有一出戏的名字叫《紫箫记》，她混淆了二者所以一时没能想起来，汤先生以后若是再写了什么，要告诉她；夫人的身体最近不大好，让人担心，连翘那丫头伺候得倒是周到把她调来夫人房里是对的……好几封长长的信，提及令秩的，却只有这短短的一句"欠安"。

他明白，蕙娘也不知道，提起令秩的时候，该说些什么好。

头一次看见她，他便觉得，这位夫人是从王江宁的七绝里走下来的。"忽见陌头杨柳色，悔教夫婿觅封侯。"她就是那样的少妇，脸上还有天真烂漫像蝴蝶那样绚烂地扑闪过去，即使她马上就要成为一个寡妇，即使她眼睛里全是哀伤和惶恐——她本人还是那抹陌头杨柳色，挡都挡不住的亮光。那一瞬间他心里其实在想：唐简虽说官场失意，可在"女人"这回事上，倒是占尽了风光呢。这世上，还有什么比娶到一个"悔教夫婿觅封侯"的女人更令人艳羡的？

掌灯的时候，他刚刚看完蕙娘最近的一封信，这封很短，也许是写了一会儿便被管家娘子打断了，之后也没心思接着写，便草草收尾托人带了出去。只说新添的小哥儿当归真是乖巧煞了人，夜里都不怎么啼哭，好像知道带他的人不易，从出生就懂得给别人行方便。最令人担心的依然是夫人，大夫总是怕她会滑胎吩咐尽量卧床，她便像个绢人儿那样整日躺在被子里就像是没有声息，话也几乎不说，大夫又说是忧思郁结阻了气血，真不知道该怎么办才好。

估计这一次拜托的信差耽误了，看看落款的日子，从休宁送到歙县来,竟然耽搁了二十多天。

他的书童静悄悄地自己进来了,谢舜珲并未唤他,不过他从不会因为这个怪罪。听得出,轻轻的脚步声停顿在那嵌螺钿的座屏旁边。他头也没回,笑道:"锄云,你这孩子越来越没个正形了,倒像只猫。"

"锄云这名字还是先生给起的呢,只怕以后用不上了。"这声音淡淡的,把他惊得猛然回头,锄云端着盏灯,站在阴影里。这孩子向来清瘦,灯光把他白皙的脸映得暗了,却益发显得嘴唇红润。

"什么意思?"他冲他挥挥手,"你靠近些啊。"

"先生一去一百多天,也不带着我,怕是用不到锄云了。"他将灯放在了炕几上,自作主张地在卧榻上坐下了。

"不要总说这些孩子气的话。"他蹙了眉头,把笔搁在那方传了很多代的龙尾砚上,"我到表妹家里是去帮忙的,中间还办了场丧事,人家家里剩下一屋子孤儿寡妇,凄凉得什么似的,带着你岂不是叨扰人家,没这个道理的。"

"我是来跟先生辞行的。"锄云幽幽地看着他,"先生不在的这些日子,太太要打发我走。我也明白,太太看我不顺眼不是一天两天。先生前脚出去,太太后脚就撵我。是我百般叩头央告,说我只想等先生回来以后跟先生辞了行,太太才准了。昨儿晚上太太又说了,先生已经回家有些日子了,我若再不走就差人捆着我出去……"两行清泪终于挂在锄云清秀的脸上,身子一滑,就顺理成章地从卧榻上跪到了地上去:"侍奉先生一场,是我的福气。

只盼着先生能记得锄云，哪怕此生不复相见了，锄云走到哪里都为先生祝祷着，求菩萨保佑先生平安康健。"

他把茶杯盖子重重地掷到桌面上，盖子被震得打了个旋，磕飞了一个角。像是魂飞魄散了。锄云伸出手在脸上抹了一把："先生快别这么着。叫人听见了传到太太耳朵里，锄云可就罪该万死了。先生不用替我担心，太太给了我盘缠，我给家里去信说是我自己要走的。"

他重重地叹了口气，走到锄云面前，蹲下道："你起来吧。"

锄云眼睛通红地笑了："先生，你这样蹲着，我倒起来了，成什么话？"笑着笑着，又悲从中来，深深叩了个头，泪珠滴在地板上圆圆的两个水印："锄云从此别过先生，出了这个门，往后'锄云'这两个字便再也没人叫了。"

他站起身走到窗边，不敢再看匍匐在那里的锄云。他对类似这样的场面原本就是刻骨地厌恶，看到锄云的眼泪在地上滴出来的那几颗圆印子，他不知为何，不忍踩着它们走过去，可心里看着也觉得有种类似肮脏的不舒服。他听见锄云已经起了身，在理身上的衣服，布料抖动的声音闷闷的。他问道："你回家以后有什么打算？"

"我到明州去，我舅舅在那里做木材生意，人手原本就不够，我正好过去做学徒。我爹娘原本就想我娶舅舅的女儿，就是我表妹。"他的声音越来越低，但是谢舜珲听清楚了。

"是好事。"他转过身，锄云慌张地对他一笑，眼睛里还残存着一点哀戚，"你人聪明，学什么都通透……记得好生过日子。几时动身——我就不送了,你是知道我的,我最不喜欢送行。"

"送不得的。"锄云莞尔一笑,"先生之前给我刻的那个印章,我拿走了,会一直带着,就此别过。"

直到他出门,他也没再回头,听着楼梯吱呀作响,他心里全是惨然。走了也好,走了的确干净。即使不是他的妻子动手,锄云终归是要回家娶妻生子,在人间烟火中,除尽身上带着的那点仙气。每个人,都要离开他,亲自动手挖自己的那个坟,只剩他一个孤魂野鬼罢了。他倏忽间猛然转身,疾走几步猛然把门拉开,门板开合带起一点风,似乎吹得门外的妻子摇摇欲坠。她一脸来不及躲闪的尴尬,只好"哎呀"一声,夸张着她的惊吓。

他静静地问:"想进来便进来,偷听做什么?"

被戳破了,她索性坦然:"锄云可是跟你辞过行了?那孩子他爹前些日子上来咱们这儿,说要带他回去学着做买卖,那孩子又聪明——跟着你成日家疯跑厮混的,倒不如放他去学门正经手艺。你又不在,我就做主放他回去了,咱们不能为着自己舒心,就耽搁别人的前程,你说是不是这个道理?我原本想差丫鬟过来问你,晚饭是跟我一块儿吃,还是你自己在书房吃,可是我的猫又跑得没影儿了,我就差她去寻猫,自己来问问你。"

他笑笑,点点头,然后非常温和地说:"出去。"

多年夫妻,这点默契还是有的。她面不改色地看着他,少女时娇憨的杏眼如今波澜不惊,她笑道:"明白了,就在书房吃。我叫银钗给你送上来。"她缓缓转过身,她用惯了这套"大人不计小人过"的平静。

他颓然地坐回桌前,他要给蕙娘回信,他想告诉蕙娘——他愿意去唐家喝小哥儿当归的满月酒,若是重孝在身不宜大事张扬,满月时他的贺礼也一定会到——他甚至盼着唐家能再出点什么事情,能让蕙娘再度十万火急地把他招去。可不是疯了?他苦笑。

只要能离她远一点,去哪都好。

二

令秧的女儿乳名唤作"溦姐儿",是蕙娘给起的,因为她出生那天空中零星飘着雨滴。说不清是这孩子自己争气,还是菩萨又一次不动声色地帮了她们一把——她没能在令秧的肚子里待够十个月,腊月未到便急匆匆地出生了。如此一来,倒是暗合了当初谎称的受胎的月份。"好懂事的小姐呢。"管家娘子端详着襁褓中皱巴巴的小脸,得意地自言自语——这几个女人谁都没有想到,那个让她们心惊肉跳不得安宁的问题,居然轻而易举地被这个孩子自己解决了。这个名字叫溦的女孩,就这样安然地得到了所有人的珍爱,似乎比当归哥儿还要宝贝些。

令秧想不明白,为什么同样是生产,云巧只用了不到两个时辰,随后就带着点倦意地靠在枕上喝起了红糖姜水——淡然地微笑着,瞟一眼奶娘怀里的小哥儿,白兔一般柔弱的人,转瞬间也有了大将风度。可是半年后,轮到了令秧自己,就成了鬼门关上的劫难。

她明明以为，剧痛将她一分为二了，另一半身体在那个接生婆手里任意地拿捏，已经跟她没有关系，她是被腰斩了，可是即使腰斩了，那个胎儿也依然牢牢地吸附着她，幻化成疼痛继续把她残留的这半身体再切为两段——如此这般切下去，最后怕是只剩下脑袋吧，只剩下脑袋在喘气，人怎么还活着呢——满室灯光就在此时变成了一种奇异的灰色，她觉得自己柔若无骨，后来就听见了一阵啼哭，疼痛依然存在，不过不再猛烈，似乎打算和她的血脉和平共处，周遭寂静。她听见接生婆慌乱地说："快，热水，多给我拿些布来，再止不住血可就了不得了。"她不顾一切地任凭自己睡去，反正，十万火急的是"血"，并不是她本人。

大家都说，夫人福大命大，才挨过了这一关——那一夜，蕙娘面色惨白地从产房里出来烧香，顾不得裙裾上溅着斑斑点点的血污，手也一直抖，香灰掉了一大块在手背上——令秧无数次地听人们重复着这些细节，听到精彩处也勉强跟着翘一翘嘴角——溦姐儿已经四五个月大了，令秧的脸色还是泛着青白，撞上光线的时候，耳廓都是透明的，眼神也懒散，下地三两日便得在床上躺一天，始终没能恢复元气，她自己也纳闷那些参汤都喝到哪里去了。蕙娘胆战心惊地烧香的时候，云巧就把溦姐儿抱进了自己房里。一只小襁褓睡在当归身旁，露出溦姐儿小小的一张脸，益发衬得当归是个英武的男孩子。早产的孩子身子弱，溦姐儿半夜里的啼哭自然会吵醒当归，此起彼伏，差点就要了云巧屋里所有人的命：云巧本人，加上蝉鹃，再有一个原本做粗活的小丫鬟以及两个孩子的奶妈,加起来也斗不过这两个漫漫长夜里一唱一和的小人儿……蝉鹃都曾半开玩笑地央求云巧,能不能云巧出面求蕙娘破个例,允许她们屋里再多添一个丫头帮忙,因为原本潋姐儿也该是夫人房里人照看的。被云巧啐了回去:"看把你金贵的,回家去问问你娘,你小时候是被几个人带大的——你要是嫌辛苦,夜里就多叫醒我几遭,反正我没那么金贵,我原本就是老爷房里的丫头。"倒是唬得蝉鹃再也不敢提"添人"的话。

春天的时候,哥哥和嫂子一起到唐家来看过令秧一次。三月末的时候了,令秧却还抱着手炉在怀里。嫂子隔着一张小案,跟她在榻上相对坐了,哥哥则坐在榻对面的椅子上——不过一年多的工夫,哥哥眉宇间莫名地有股衰老,嫂子倒还是那副丰润精明的样子。他们瞧着她的眼神里都有隐隐的畏惧,这让令秧莫名地满意了起来。她知道,他们不可能承认自己有点怕她的,他们甚至说不清究竟在怕什么,因为她经过了生死,总算坐稳了一个"夫人"的位子;因为她是孀妇,这位子就更加坚不可摧。

"爹的咳嗽,可是又犯了?"她斜斜地朝嫂子的脸望了过去,她不知道自己是不是故意要用不慌不忙的腔调提这个问题,"前日里我打发人送去的补药,不知嫂子给爹熬了没有。"

"难为姑娘想着。"嫂子匆忙地赔笑,"爹都吃了好一阵子了,他老人家说,都是上好的药材,托姑娘的福了。"

"罢哟,嫂子又说笑了。我们府里如今没了当家的老爷,还有哪门子的福可托,不过剩着一个往日体面些的空架子,熬过一日算一日吧。"令秧也不知道这些话是如何熟练地从她嘴里流出来的，她自己都觉得惊讶，却也免不了畅快，"我也不懂什么药材的好坏，只不过，还是有几门见多识广的阔气亲戚，这补药就是族里九叔给的。人家都可怜我一个寡妇，有了什么不算太金贵的好东西，也都乐得想着我。"

"姑娘这是说到哪里去了……"嫂子略微尴尬，"老爷去得早，可是府里上下都敬重姑娘，又难得族中也宽厚体恤，不能不说是菩萨保佑，姑娘千万往好处想，保重身子，你瞧生下姐儿都已经四个月了，你还是病快快的，不只是你哥哥和我看了心疼，只怕你娘在天上看着也不安生呢。"说出"娘"这个字以后，眼泪准确地掉下来。拭泪的时候，连翘在一旁沉默地为嫂子的茶杯续上了水，她欠身急匆匆地道谢，便也顾不上继续哭下去。

"提娘做什么呢，好端端的。"令秋语气黯然。后堂的某个角落突然传出来一阵凄厉的号哭声，令秋望着哥哥犹疑的眼神，淡淡笑道："不妨事的，是蕙娘的女儿这些日子在缠脚，八岁的孩子了，再不缠来不及，过去是老爷心疼她，总说晚些再缠也来得及。"

"八岁倒真是晚了些。"嫂子叹气，望了望依旧不发一言的哥哥，"骨头怕是都长硬了，难怪孩子遭罪，可怜见的。"

"春妹缠脚的时候也这样哭闹么？我倒不记得。这几天听着她白天黑夜地哭，我就打心里觉得，还是我们春妹乖巧。"令秋咬了咬嘴唇，终于有了一点点让她嫂子觉得熟悉的神情，"你们怎么也不带着春妹一起过来，往常我们老爷都很喜欢春妹的，总说她伶俐。"她知道，自己在不断刻意地提起"老爷"，老爷不在了反倒更方便,她能在任何需要的时候随意地提起他,任何人都不能说什么。

"还没来得及告诉姑娘,"嫂子笑道,"春妹住到姑娘原先的绣楼上去了。过两三年便打发她出阁。"

"许给了谁家?怎么不早点告诉我啊。"

"你放心,是好人家。"哥哥突兀地开了口。"正是呢,"嫂子驾轻就熟地将哥哥的声音淹没在自己的话音里,"那家姓陈,在池州,就是远了些,他家的买卖比咱们家大了十倍还不止,人家知道咱们家有个嫁给进士的姑娘,还带着遗腹子守着,敬重得跟什么似的,立刻就托媒人上来提亲了。春妹的这桩姻缘,又是多亏了姑娘你。"

道别的时候嫂子免不了又要哭一遭,令秧没陪着掉眼泪,只是轻声说:"等我好些了,我再给春妹绣点衣裳带给你,我一早答应你的。"

她其实很想告诉嫂子,爹和哥哥给她做的拔步床很好,可惜生产的时候褥子下面的床板被血弄出印子来,怎么都擦不掉,她会找人来重新漆。她也想告诉他们,往后不用来看她——不是不想念他们,只是真的不想再看见他们了。不过,她一样都说不出口。

她也不怎么想去云巧的房里看溦姐儿,只是这话更是说不得的。

比起溦姐儿,她倒是更愿意去看看三姑娘。

虽说她近来多半在床上躺着,但是也觉察得出,蕙娘来她屋里的次数明显地少了，不止这样，蕙娘对家里的上上下下，也不像平日里那么事无巨细地盯着。三姑娘缠一回足，焦头烂额身心俱疲的，却是蕙娘。唐家人平日里都说，三姑娘这孩子古怪得很，不善言语，却是牛心左性儿的。眼下，缠足才刚刚到了"试紧"的时候，真正遭罪的日子还没来，就已经不分白天黑夜地哭号，一昼夜不睡都不嫌累，闹得最厉害的时候几个婆子一起按住她。每隔三日，裹脚条子须得拆下，仔细清洗双足，再捆上的时候必须将前脚掌再往足心处多压一寸——那绝对是整栋大宅的灾难，负责替她试紧的婆子已经换了三个，每个都被她的小手发疯一般地抓住满脸满脖颈的血道子，最近的这个更惨，赶上不哭闹的时候，满心欢喜地以为这烈性的小姐终于认命了，哪知道头一低，手刚刚碰到她的脚趾，却被三姑娘冷不防从身后抄起的一只茶杯砸得眼冒金星，再回神的时候已是一地的碎片，额角上滴滴答答地掉着血珠儿。事后那婆子一边扶着自己包扎过的额头，一边气急败坏地在下房中压着声音跟人骂："我二十多年帮着多少姑娘家缠过脚，就没见过这样的，究竟是给人缠呢，还是驯头野驴子？"蕙娘气得浑身发抖，命人反锁了三姑娘的房门，收走一切剪刀盘子之类尖利或者易碎的东西。众人见蕙娘是真的动了气，又议论道："也真是一物降一物，蕙姨娘平日里那么说一不二的人，到底碰上了克星。"

令秧站在三姑娘门口的时候，偏偏遇见蕙娘手执一根藤条在屋中央站着，柳眉倒竖，脸色蜡黄。三姑娘就穿着一件淡粉色的袄裙，也不着外面的比甲，缩成一团在屋角坐着，任凭蕙娘怎么吓唬就是不肯站起来。

蕙娘的藤条"嗖"地在凳脚上掠过去,像是抽了个冷子。三姑娘小小的肩膀跟着这声音隐隐痉挛了一下,嘴唇却还是紧紧抿着,紧得嘴角都弯了下去。"你给我站起来。"蕙娘道,"再在那儿装死,我下一次就抽到你腿上去。""抽啊,我还怕什么!"三姑娘的眉眼依稀就是又一个蕙娘,就连挑着眉毛怒目而视的时候也是一个模子刻出来的,"又不是没挨过。""你当我愿意这样?给你好好说了道理你只是不听,你现在不站起来走路,好不容易裹好的就又长硬了,哪个女孩儿家不得经历这一遭,怎么单单你就受不得?""外面那些种地的女孩儿就不用。""你存心想气死我!"蕙娘说着走过去,眼看着藤条落下来,却还是抽在了三姑娘身边的窗棂上。"你直接勒死我算了!"三姑娘两团丫髻下面的小圆脸突然有了股肃杀气。蕙娘惊愕地安静片刻,丢了藤条,一巴掌打在她脸颊上:"你在跟谁说话?你当你真的是那些缺家少教的野丫头?""我就是缺家少教!老爷死了,我爹死了,他看不见了你们就合着伙儿来欺负我。"言毕,嘹亮地大哭起来。蕙娘声音发颤地回头吩咐她的丫鬟紫藤:"愣着看什么,给我把藤条拾起来,我今儿个非得,我非得……"

令秧轻轻地推了一下门,弄出一尾悠悠的"吱嘎"声。"夫人来了。"紫藤欠了欠身子。蕙娘厉声冲着屋角喝道:"见了夫人也不言语一声么,紫藤,着几个人来把她给我架起来再绑到外面柱子上去。"紫藤为难地看了令秧一眼,连翘此时已经敏捷地走过去将藤条拾了起来,令秧柔软地拉着蕙娘笑道:"好了,这是唱哪出？要演'拷红'也得是我来打，且轮不到你，再说咱们三姑娘怎么说也得是莺莺呢，你是气糊涂了，演错了本子。"

蕙娘神色凄然地笑笑："夫人早晚也得经历这一遭，我只盼着溦姐儿懂事，知道体恤娘的辛酸。这几日，我真想抹了脖子去见老爷，至于这个遭瘟的孽障就拜托夫人替我打死，反正我下不了手，我看不见的时候倒也干净。"说着，眼眶红了。

"越说越不像话了。"令秧暗暗给紫藤递了个眼色，"要死也得是我先死，我才不活着掺和你们的官司。"紫藤上来搀住了蕙娘的胳膊，令秧看似随口道："去跟厨房说，煮点银耳汤来给蕙姨娘去火。你平日里也该小心提醒蕙姨娘，多歇歇，这么多要她操心的事情，你们再不周到，不是招她生气么？"紫藤答应着，心里却暗暗惊异，印象中，夫人从不曾如此像个"夫人"。

蕙娘和紫藤已经走到天井里，屋内的人还听得见蕙娘恨恨地说："今天晚上谁也不许给她饭吃。"

三姑娘见屋里剩下的是令秧和连翘，便也不再哭，兀自将腿抱得更紧，下巴搁在膝盖上，就像是一个瓷娃娃的脑袋从一团衣裳后面露出来。令秧蹲下来，犹豫地在她肩上拍了拍，见她不闪躲，便放了心，抬手替她擦净了泪痕。"你别怪你娘，"令秧认真地看着她的大眼睛，"你娘那么辛苦，你整天这么哭，她其实是心疼才恼火的。"

三姑娘困惑地看着令秧："夫人，你是说——溦姐儿夜里哭闹的时候，你也要去打她不成？"连翘在她们身后，"噗嗤"笑出了声。

"那怎么能是一码事儿呢。"令秧脸红了一下,"溦姐儿还是小娃娃,可是三姑娘你已经长大了啊。你都要开始缠足,紧跟着,就是许人家;再然后,就是备嫁妆,日子过得快着呢,说话就出阁了。"

"我疼。下地走路的时候,只要踩下去,我能听见脚上的骨头响,我害怕。"

"我绝不诓你,不会疼一辈子的,熬过了这一年多,就不疼了。到那个时候,你就知道好看,你想想啊,走起路来,裙子底下像有两朵花儿,轻轻盈盈的,旁人远远地看见三姑娘走过来了,像是踩着水波纹漂来的,你说是不是?要是你不肯缠,等过些年个子再长高些,这么标致的一张小脸儿,裙子底下却踩着两片柴火,可不是糟蹋了?"

"会像花儿一样?"三姑娘歪着脑袋,"可是前几日,那个有龅牙的蔡婆子说,过些日子她们要拿碎瓷片裹在布带子里缠在我脚上,我一边走路,就得一边流血。她说流血的时候还在笑,牙都是黄的,我就想着,我先让她流点血算了。"

"那些婆子的话如何信得?她们嘴里哪吐得出象牙?"令秧抓着三姑娘的双臂,"来,站起来。"两个人的腿都有些发麻,各自颤颤巍巍还偏偏相互扶着,险些就要脸对脸地栽倒下去,连翘即刻从旁边扶了一把。

"你来看这个,"令秧小心翼翼地将裙裾往上抬了一寸,因着守孝,绣花鞋的颜色也自然不宜鲜艳,藕荷色的鞋面配了雪青色的云头,同时勒着雪青色的边,鞋面上隐隐用银丝线绣出来的暗花,都是她自己的手艺,"这鞋子好不好看?等你缠到'裹弯'的时候,我绣双更好看的送你,好不好?你自己挑颜色和花样。"

"两双,行不行?"三姑娘此时只要一站起来,双脚上传过来的痛就像绳索一样企图把她拽倒在地面上,她牙缝里吸着气,晃悠悠地伸出两根稚嫩的手指在令秧面前,像只小木偶。

令秧笑了:"三双,一言为定。"

这时候连翘清了清嗓子道:"夫人,川少奶奶来了。"

川少奶奶不紧不慢地跨过门槛,令秧才看清她身边并没有跟着丫鬟。她将手里一个小小的漆盒放在桌上,拘谨地行了个礼:"夫人身子可好些了没有?"

令秧凝视着这个面若桃李却总是没有笑容的"儿媳妇",一恍神,一句"你来做什么"差点脱口而出——她心里暗笑自己不成体统,嘴上说:"好些,等天气再暖和点儿,就能四处走动了。我也有日子没看见哥儿,他身子可好?"

"他最近整日忙着读书,谢先生前些日子托人带了一包袱的书给他,我也不晓得是什么。他看着倒是入迷,又带了书信给回去,说要邀谢先生来咱们家住几日聊学问呢。"其实川少奶奶知道,那几卷哥儿看得如痴如醉的书,不过是白朴的《唐明皇秋夜梧桐雨》,或是《苏小小月夜钱塘梦》之类的元杂剧,川少奶奶是识字的,只不过她没让任何人知道这点,包括她的夫君。

"这么说,谢先生又要来咱们家了。真是缘分,谢先生如今倒真成了哥儿的先生。"令秧其实费了些力气,才让自己的神色尽量显得若无其事——也不知川少奶奶知不知道,她的池州口音在休宁人的耳朵里,总是显得土气。下人们都常在厨房里偷偷地学舌笑她——自然,哥儿讨厌川少奶奶,否则这些下人们也不敢如此猖狂。

三姑娘歪歪扭扭地走过来,实在受不了大人之间无聊的对白,走路的样子滑稽得令人心疼,小手在川少奶奶的玉佩上扯了一把,委屈地仰着脸。

川少奶奶整个人顿时融化了一样,嘴角还没扬起,眼神就笑了:"嫂子给你带了马蹄糕来,刚刚出锅的。"

"我娘不让我吃。"三姑娘抱住了川少奶奶的腰,脸也埋了进去。

川少奶奶不声不响地,驾轻就熟地把小女孩搂在怀里,甚至轻轻合上了眼睛。这是令秧无论如何也做不出的举动。不知道究竟是从什么时候起,她们二人变得这么亲厚的。

令秧有些心酸,她自己刚嫁进来的时候,身边怎么说也还有云巧;如今,川少奶奶却只有个三姑娘。

三

当天晚上,蕙娘命人将三姑娘阁楼上的闺房挂了锁,还将一楼通上去的楼梯门也关了锁上,又将老夫人房中的婆子抽调了两个来，命她们好生看着，不准任何人送吃的上去。众人见蕙姨娘是真动了气，也只能遵命。令秧想要过去劝解，却被连翘拦住了。连翘柔声道："夫人是心疼三姑娘没错，可是满院子的人看着，难保有人觉得夫人是在借着管教三姑娘这个由头，想杀杀蕙姨娘的威风，那多没意思呢。"令秧瞪大了眼睛："你发烧了不成，好端端地说起哪家的胡话来了？"连翘微笑："夫人别嫌我多嘴，那起好事的人哪个不是无风都要掀起浪的。按理说，眼下府里主母本来就是夫人，老爷房里的儿女无论嫡庶，怎么管教都是夫人说了算的。可偏偏三姑娘是蕙姨娘亲生的，夫人现在过去说话，旁人自然要看蕙姨娘的好戏，蕙姨娘若是不听，他们觉得夫人在府里只是个摆设；蕙姨娘若是这次看了夫人的面子，那往后的日子可就难说了——蕙姨娘管着家已经这么多年，什么事情宽了什么事情严了，难免有人记恨。他们会想着老爷去了一年多，夫人终究要动手牵制住蕙姨娘，到时候万一有人跑来跟夫人面前邀功，告状……夫人可就不得安生了，还会坏了跟蕙姨娘的情分，夫人说是不是呢？"

令秧愣了半晌，直到她确信已经弄懂了连翘的意思。她看着连翘，像是吃东西被噎着了一样，拍拍胸口："连翘，你最知道，我心里哪装得下这么多？"连翘浇着多宝槅上的一瓶杜鹃，没有回头："夫人若真是心里装得下这么多的人，连翘就该把嘴巴用蜡封上，一句不会多讲。我知道夫人的心思不在这儿，但是该提防的总得提防些。夫人跟蕙姨娘如此亲厚，原本再难得也没有了……"她住了口，突然笑笑，"已经太聒噪了，夫人莫要怪罪。不过夫人放心，蕙姨娘最是舍不得三姑娘了——嘴上说着宁愿三姑娘饿死了省心，川少奶奶送去的那几盒马蹄糕，她可没让人收走。紫藤背地里告诉我了，有那些马蹄糕，三姑娘撑个一两天，不会有什么闪失的。"

令秋也跟着笑了，她不清楚对于别人，承认自己的丫鬟比自己聪明，是不是一件很困难的事——不过对她而言，这没什么不好意思的。她只是盯着那瓶杜鹃道："我记得谢先生好像说过，这种'映山红'不好摆在屋里的。""那我这就去换。"连翘抱起花瓶往门口走。"算了，开得怪好的，等这瓶谢了，再换别的。"令秋又叫住了连翘，"我也不懂，谢先生跟蕙娘说，杜鹃摆在屋里案几上没有什么不妥，只是除了映山红。""是有什么不好的意思不成？犯了忌讳？"连翘平日里最害怕的事，似乎就是犯了谁的忌讳。"那倒没有——只是说映山红最该种在假山旁边，若是用映山红装点屋子，就俗了。""不是忌讳就好，"连翘笑道，"横竖咱们府里本来就没有假山，这谢先生真是个怪人，夫人可见过这样的客，住了几天，倒指点起主人家怎么装饰屋子了呢。""人家是咱们少爷的先生，有什么指点不得的。"令秋叹了口气，"怎么园里放得，屋里就放不得呢，我瞧着不俗啊，是我不懂吧，若是老爷在，能给我讲讲究竟怎么就算是俗的。"她突然又觉得没意思起来，垂下眼帘，抚了抚桌巾上的穗子，悄声道："明儿个记得跟管园子的婆子说一声，往后就别往咱们屋里送映山红了，不用提俗不俗的话，就说我一个寡妇，房里的花儿也不宜太鲜艳。"连翘连声称是："还是夫人思虑得周全。"

其实，令秋不愿意告诉别人屋里摆映山红太俗，并不是因为怕人背后笑她的狷介或者假充风雅，她只是不想让别人知道，她非常在意谢先生说过什么。

近几日，府里的人倒是不常提三姑娘被锁起来的事情，因为众人的心思都在十几天后，"立夏"那日唐氏宗族的祭祖上——虽然既非正月，也非立春，可这次祭祖的排场委实了得，要搭起台子连唱三日三夜的目连戏，演足全五本。做东的是十一公府上，十一公的儿子在京城点了工部都水清吏司主事，如此大事自然要告慰祖宗。令秋不晓得这个"都水清吏司主事"究竟主些什么事，只是听说，这个主事是正六品，换言之——唐氏一门里终于出了一个比她家老爷官职还高的人。族里所有预备着考功名的男孩以及男人们都像是顷刻间有了底气，各个满面红光，觉得康庄大道好像也并没有多遥远——虽然女人们实在无法理解这个逻辑。蕙娘只是长叹一声，苦笑道："该打点给十一公家的贺礼了，这笔开销还不知道年下能否补上。"

人逢喜事，十一公不仅精神爽朗，品味也跟着挑剔起来，嫌弃自家养的班子不好，唐璞家的班子更是上不得台面。然后打听到，谢先生素来懂戏，且熟识徽州六县的班子，便硬是把川少爷召去自家府里吃了顿酒，拉着唐璞作陪，席间再三要川少爷帮忙给谢先生带信儿，务必把最好的目连戏班子请来。这对谢舜晖来说倒真的易如反掌——十年来，目连戏红遍了徽州，大大小小的班子演来演去，都循着同一个本子，《新编目连救母劝善戏文》，这劝善戏文的作者郑之珍，偏偏是谢舜珲的好友。十一公连声说那就定要亲自写了帖子邀谢舜珲来休宁。川少爷聪明地加了一句，谢先生的朋友里还有一位姓汤的先生，也是懂戏的，还在京城礼部任职。十一公果然喜出望外，说以后还拜托谢先生把他的朋友介绍给自家儿子认识，大家都在京城为官有个照应岂不更美，如此看来谢先生真是咱们唐氏一族的贵客。川少爷便顺水推舟地跟十一公说，去年有谢先生在，他的学问文章的长进都更快些；十一公也顺水推舟道，那自然更该常请谢先生过来指点指点，你父亲不在了，功课对你来说比别人更为要紧——就这样，蕙娘又开始忙着收拾谢舜珲住过的屋子，唐家大宅里的下人们也跟着热火朝天起来——谁能不欢迎谢先生这样的客人呢，又没架子，出手打赏的时候还那么大方。

　　一般来说，令秧一年里有两次出门的机会——一次是正月十五，另一次便是清明给老爷上坟的时候。例外也是有的，若是像这回一样，遇上祭祖的典礼盛大，再加上天气适宜，她也可以跟着所有女眷一起去听目连戏——反正目连戏是讲孝道劝人向善的，即使是孀妇，出来听听也不算逾礼。戏台通常搭在离祠堂不远的旷野里，方便四邻八乡的人在底下聚集。戏台左右侧各搭起来一串棚屋，是专门给东家，以及东家的贵宾们看戏的地方。最末端那两间棚屋离戏台最远，有二十来丈，棚屋上开着的窗子也最小——那里头便是女眷们，尤其是像令秧这样最需要避讳着外人的女眷。这里视线狭窄也是没办法的事——旷野里有多少双眼睛盯着，只要能听清戏台上唱什么，便也知足了。

戏要在第一日日落时分开场，整整一个白天全是"祭台"。听说这一回的祭台好排场，"跳五猖"就翻出来好多的花样——"五猖"本就是五个专门驱鬼的邪神，本以为就照老样子上来跳一套竹马傩舞的招式，戏台上的鬼就算除尽了。可到底是谢先生请来的祁门班子，武生的功夫的确了得——连走索窜火这些杂耍都糅了进来，一整日，唐家宅院里格外安静——因为人数骤然减少。小厮和婆子还有做粗活的小丫鬟们都跑去看热闹。去不成的人眼巴巴地等着看过的回来绘声绘色地描述：这一次扮天尊神的行头如何气派，戏台上如何竖起来色彩缤纷的纸人儿代表鬼，跳猖的又是如何干净利落地走完悬在台上的绳索，再一个漂亮的腾空筋斗，稳稳落地的时候，已经是一手拿剑，另一手里骄傲地拎着纸鬼的首级……讲到这里，就有小丫鬟"哎呀"一声惊呼，捂住眼睛，好像斩鬼的血已经飞溅到脸上。管家娘子不得不三番五次地过来呵斥："该干什么干什么去，青天白日的不干活儿在这里闲扯淡，主子家养着你们这起没脸的就为了舍粥还愿不成……"就像驱散一群又一群的鸟雀。到后来终于一多半人都没了影，管家娘子也只能丢开手随他们去。旷野依然是那个旷野，戏台就像是凭空从地缝里生出来，锣鼓敲着"蓬头"的拍子，戏台是个生来衰老沉默的婴孩，只能让锣鼓代它哭。

三姑娘的哭叫又清亮地从阁楼上刺下来："我要去看戏，凭什么不让我去看戏？我到老爷坟前跟我爹告状去，我叫老爷接我一块儿走！"——"禁食"的惩罚进行了两日一夜之后，她原本已经安静了许多。但是虽然可以吃饭了，蕙姨娘却一直没允许她出屋子。管家娘子一面顿足，一面长叹："又是哪个挨千刀的告诉她要搭台子唱戏了……阿弥陀佛，这小祖宗早晚有一天要了整家人的命，菩萨开开眼吧，就当是保佑蕙姨娘……"

傍晚时分，令秧和蕙娘各自带了丫头上了马车，管家娘子掀开帘子向她们道："川少奶奶说她身子不舒服，就留下跟三姑娘做伴了。"蕙娘暗暗皱了皱眉，也没说什么。令秧淡然道："不去便不去吧，车里就我们几个倒也宽敞。"她们的马车"辚辚"地压过了石子路，令秧隐约看到油菜花田的上空，仍旧飞着她童年时候的纸鸢。马车停在她们的棚屋后面，管家娘子从车夫身边跳下来，麻利地招呼着小厮们开道，喝退那些拥上来想要摸摸马鬃的顽童们。棚屋里自然只摆着几条简陋长凳，和一张小几。刚刚坐定，还没来得及跟族中另外几家的女眷道万福，十一公家的两个婆子便抬了满满一担染红的鸡蛋前后脚进来——戏台上罗卜出生那刻，戏台下都要"抢红"，她们每人都提前拿了一两个，算是"抢"到了彩头。

其实台上讲什么故事，大家都一清二楚。因为目连戏本就只是为了一个故事存在的。罗卜有个修佛升天的父亲，却还有一个作恶堕入地狱的母亲。罗卜往西天面见佛祖，求佛祖宽恕母亲。

释迦牟尼准许他入佛门,又给了他"大目犍连"这个名字。他手执着佛祖赐的锡杖和盂蓝经,在地狱历经磨难艰辛,终于将母亲救出。令秧其实不大明白,明明在一片嘈杂声中,未必听得清每句唱词,为何这满屋子的女人,总是能在剧情到了悲伤处,跟着掉下准确的眼泪。为何她们都做得到,刘氏惊恐堕入地狱的时候嬉笑着说"活该",可是见她化身为狗忍受折磨的时候,又都哀切起来,主子和身边伺候茶水的丫鬟相对拭泪,就好像只要受了苦难,谁都可以被原谅。戏台上的故事浸泡在晚霞里,就好像是被落日不小心遗忘在人间的。既然遗忘在人间,便由人间众人随意把玩。这些看戏的人,所有人都不计前嫌,所有人都同仇敌忾,所有人都同病相怜,只是,没人会真的跟这出戏相依为命。

夜幕降临。舞龙舞狮的队伍从后台直接到了台底下。台上却还是自顾自地悲情寻亲。令秧不记得自己上一次看到旷野里的灯火是什么时候了。远远地,只觉得那条无数的红灯笼扎起来的大龙看起来不像在跳舞,像是在挣扎。她担心,自己不跟着大家哭一下是不是不大好。能有什么事情让她真的想哭呢——除非,除非,有朝一日她堕入地狱里受酷刑,前来搭救她的人——是老爷。这念头并没有让她眼眶温热,却让她的心变成了一口钟,"当"的一声,余音绕梁,震得耳朵边直响。戏台上,恰恰观音菩萨出来了,不紧不慢地开始念白。念白完了,还须得被抬着下来绕场走一圈。欢呼声响彻夜色,他巡视着所有或者敬畏或者猥亵的眼神,他经过了一地的果壳一地的狼藉,脸上却宁静无波,托着玉净瓶,浮现在乡野粗糙的灯火中。

管家娘子神情严肃地进来,径直走向她和蕙娘。她们立刻心照不宣地拢成一个小圈,管家娘子在她二人耳朵边清晰有力地说:"家里来人说,三姑娘砸坏了阁楼的窗子,钻了出来,现在整个人悬在二楼的栏杆上,说若是没人带她看戏她就真的跳下去。"蕙娘顷刻间握紧了拳头,咬牙切齿地低声道:"这孽障。""真的摔下去可怎么得了?"令秧尽力压着自己的嗓音——尽管没什么人注意她们。

"夫人莫慌,小厮们已经架了梯子上去拿她。"管家娘子哭笑不得地摇摇头,"蕙姨娘不然跟着我回去看看?我们到了家再让马车回来接夫人……""你安生坐着看戏,"令秧的手掌盖在了蕙娘的手腕上,"让我回去。她这种性子,你打她骂她都没有用。哥儿媳妇说好跟她做伴的,有她一个大人在,倒由着小孩子闹出这种过场——你不好责备她,我可以。"蕙娘犹疑片刻,管家娘子在身旁附和道:"夫人说的没错。""那就只好辛苦夫人了。"蕙娘微笑的神情略带凄然。

令秧带着连翘急匆匆地跨进中堂,就见到川少奶奶的陪嫁丫鬟如意从后面出来。"听说惊动了夫人,川少奶奶命我出来候着。三姑娘现在已经回房去了,一点儿没伤着。我们少奶奶答应三姑娘,明儿个求夫人和蕙姨娘准她去看戏,原本都说得好好的,谁承想我们少奶奶刚回房去打算歇着,三姑娘就砸了窗子……"令秧甜美地冷笑道:"你倒真是忠心。不过,以后最好还是别一口一个'我们少奶奶',这个家的少奶奶不是只有一个么,我竟不知道谁是'我们'。"如意满面通红,立刻低头不敢言语了。令秧用力地将披风解下来,其实她的手指也在微微发颤,只好强令它们做些动作——连翘在一旁暗暗地递了个眼色给她,以示鼓励。

她没想到,三姑娘已经换了睡觉时候的月白袄裤,躺在川少奶奶和哥儿的床上。川少奶奶坐在床头,对三姑娘的奶娘道:"你回去吧,这儿有我看着,我保证她今晚安生睡觉。"奶娘迟疑着离去的时候,猝不及防地在屏风旁边看到令秧。令秧将食指放置唇边,示意她噤声。奶娘便如释重负地下去了。川少奶奶揉了揉三姑娘的头发,笃定地说:"我跟你说好了,明儿个我一定想办法把你弄去看戏,但是你不能再作怪。""到底什么时候,缠脚才算缠完啊?"三姑娘的声音里有种静静的委屈,听起来不像白天里那么可恶。"早得很呢,不过你若是不肯忍,就更难熬。我知道你现在痛得睡不着——我陪着你呢。""那往后,哥哥不在家的时候,我能来这儿跟你一起睡么?""好呀。""你不会走吧?""我能去哪儿啊。"川少奶奶笑了。

"我不知道,我以前也不认得你啊,你嫁给哥哥以后才认得——要是有一天,你突然又走了,我可怎么办?"

"就算真有那一天,你早就长大了,你的脚也早就缠好不再疼了。"

"你给我讲个故事吧。"

"我就给你讲现在外面演的那出戏,好不好?我从前在家的时候,我娘还有我的姐妹们都说,听我讲戏有时候比真看还有意思。"

令秧很想问问川少奶奶,哥儿眼下是不是经常不回家。可是她想了想,还是没进去,转身离开了。她想起自己的披风估计是落在了中堂里,不过,连翘此刻应该是在厨房看着老夫人的药,她也不想再着人去麻烦连翘跑这一趟。

夜还不算深,可是足够安静。还有一个人急匆匆地从中堂穿过去,影子被丢进灯火照亮的那一小块地面里——影影绰绰地晃着,好像很快就要融化进去。她惊喜地笑了:"是谢先生。"

第五章 唐家端午

她闭上眼睛,整张床都像风车那样转着,她知道他们其实都是醉了。

一

　　谢舜珲微微颔首，对她唱喏。转过去吩咐跟着他的小厮先去备马。他手里拎着灯笼，清瘦的身形全都笼在那一条微光里。令秧问："谢先生这么晚还要出门呀？"也许是因为这中堂寂静得像是马上就要飘出音乐来，并且，灯笼的亮光里只有他们俩——她知道自己还没行礼，但是，也没觉得有多不舒坦。
　　谢舜珲道："今儿个你们的十一公兴致好，硬说看夜戏会累人，要川少爷和我过去吃点心——都已经差人来请，不去不好。"令秧笑道："难为谢先生，也跟着改口叫川少爷。"谢舜珲微微蹙眉："那是自然的，既是做客，哪有不守府里规矩的道理。夫人可中意今日的祁门班子？"令秧想了想，非常认真地回答："我瞧着那个唱观音的最好，不过我坐得远，可能看不真切。看了一会儿就被叫回来了。""管家娘子帮我安顿行李的时候提过，可是为着三姑娘？"令秧笑了："我们家的事情，如今倒是一样也瞒不了谢先生了。正是为着那孩子，一个姑娘家倔强到这个田地，蕙姨娘打也打了，还饿了好几天，只是不顶用。我也想不出什么法子，也不愿让蕙姨娘再动肝火，盘算着明天带着她去看一天戏好了。看完了再回来管教她……"谢舜珲恰到好处地叹了一句："夫人持家真是辛苦。"令秧略略地一愣："谢先生是说笑了。这哪里算得上持家？"

她折回自己房里的路上，撞见了连翘端着一个捧盒急匆匆地走在廊下。连翘苦笑道："夫人等我，这碗药给老夫人送去了，就回来伺候夫人换衣裳。厨房里的小丫头手脚笨，把老夫人天天用着喝药的那个盖碗打了，老夫人一向就认那碗上的喜鹊，才肯喝药。我把咱们房里那个画着鱼戏莲叶的盖碗拿来替换了——我这心里头还打鼓呢，不知道能不能过了这关，老夫人要是因为这碗没了再犯起病来，那我的罪过可就大了。"

"那我同你一道过去。"令秧淡淡地说，"有我跟着，老夫人房里的那些婆子们便不好怪你。"

那是令秧生产之后，第一次见到老夫人。老爷的意外以后，府里上下都心照不宣地将老夫人更为严格地监禁起来。也没有任何一个人敢将府里新生的两个婴儿抱到老夫人面前去。只是老爷一去，老夫人的气色越发好了，头发白了大半，不过不觉得萧索，银丝闪着冷光，倒衬得人贵气。每日被梳洗得很整齐，端坐在自己房里，从前那些隔三差五就会来一遭的骇人症状越来越少，眼神也迷茫，就像是在凝视一场下给她自己一个人看的雪。雪缓慢地落下来，她不介意自己被一寸一寸地覆盖，从里到外，眼神深处，积雪堆成了雪原，老夫人偶尔也有了温柔的神色。

"老夫人，吃药的时辰到了。"连翘熟稔地走上去，将盖碗打开，老夫人接过药碗，眼睛却怔怔地盯着托盘里那个孤单的盖子。连翘柔声道："我明白老夫人的意思，今儿个，喜鹊飞走了呢，可能是回家了，所以我才给老夫人换上了鲤鱼。鲤鱼也是好彩头，老夫人说是不是呢……"说着,用调羹盛了一点汤药出来,自己尝过,"不烫,刚刚好,老夫人可别等到放凉了。"老夫人纹丝不动,只是将枯瘦的食指伸出来,那手指用得太久了,扭曲的纹路裂开来,像在哭喊着渴,却还戴着一枚红宝石戒指。连翘将那碗盖上的荷叶凑到这手指底下:"老夫人摸摸看吧,鱼都在荷叶底下游呢。"

她犹疑地看着连翘的脸,盯了片刻,还是端起药来全喝干净了。所有的人都松了口气,所有的如释重负都从连翘的笑容里溢出来,一个婆子递上来漱口用的盖盅,连翘将痰盒端着,笑道:"老夫人漱漱口,就该歇着了。"老夫人慢条斯理地将水含在腮帮子里,那样子看上去的确像一条衰弱的鱼。紧接着,轻轻地抬了抬下巴,连翘懂了这意思,便赶快把痰盒再凑得近了些,但是老夫人猝不及防地将一口水全都喷到了连翘脸上。几个婆子在刹那间警醒了起来,做出要捆绑她的架势,但是她又静了下来,并没有仔细欣赏连翘那张湿淋淋的脸,却认真地盯着令秧,缓缓地道:"你把我的喜鹊弄到哪里去了?"

"老夫人别急呀,"令秧强压着厌恶,堆起来哄孩子的微笑,"喜鹊真的飞走了……"她知道自己语气生硬,没有连翘那么自然。

"你为何毒死我的喜鹊?"老夫人困惑地盯着令秧,"它怎么碍你的事儿了?你这淫妇。"

连翘像是被烫着了一样,迅疾地挺直了脊背挡在令秧面前,两个婆子上来把老夫人左右架起,其中一个婆子忙不迭道:"夫人千万莫往心里去,老夫人常常说些疯话……"

"夫人咱们回去了。"连翘揽住她的肩,可是还是没来得及——老夫人敏捷地一把攥住了令秧的手腕。做梦也想不到居然有那么大的力气。令秧就像一根芦苇遇着狂风一样,挣扎着倒向老夫人身边去,一个趔趄,跪在了卧榻的边缘,膝盖被撞出好大一声响动,她听见连翘在惊呼,疼痛中,一个清晰的念头涌了上来:先是老爷,现在轮到她了。——尽管她一点也不明白这究竟是怎么一笔糊涂账。老夫人的声音硬硬地擦着她的脸颊,老夫人说:"淫妇,那野种到底是谁的?"这句话像水银一样,灌进令秧的耳朵里,让她在刹那间,觉得人间万籁俱寂。

婆子们终于成功地把她们分开了,其中一个婆子再折回来同连翘一起挽着她,这婆子献殷勤道:"夫人别恼,待我明日去回明了管家娘子,把那打碎了老夫人药碗的小蹄子重重责罚一顿才好。看她叨登出多大的过场。"令秧只觉得脑袋里昏昏的,似乎听不懂她说什么,倒是连翘在旁冷静地解了围:"罚不罚的,就看管家娘子和蕙姨娘的意思了,您老人家说的也做不得数。今儿个真是受够了,我得赶紧扶夫人回房。"那婆子跟在后头追加了一句:"那我让厨房做点汤水送到上房来,给夫人压惊。"连翘道:"罢了,我自己去做就好,深更半夜再惊动厨房的人,岂不是全家上下都要知道了。"

令秧只晓得,她回过神来的时候,已经坐在自己房里的灯下。连翘蹲在她面前想为她解衣裳,一低头,又有鬓发里残存的水珠滴下来,她伸手去为连翘擦拭,连翘却紧张地躲着:"我自己来就好,别再脏了夫人的帕子。"她轻轻地叹息:"又有什么要紧,帕子脏了还不是你来帮我洗。"她们二人都安静了片刻,令秧终于说出了口:"连翘,你说,我该怎么办?"

十一公家里的大戏唱至第三天,终于引来了贵客,休宁县知县的拜帖到了。唐璞与吴知县之间素来交往深厚,这是大家都知道的事情。如今唐氏一门出了一个在京城为官的正六品,自然有人跑去提醒吴知县,除了唐璞这样一起吃酒听戏的朋友,也是时候该和唐家的人有些更正经也更亲厚的交往了。别看十一公的儿子如今只是在工部任一个主事,可是他不过三十来岁,况且都水清吏司管着大明所有的运河和码头,有朝一日,这个年轻人补上一个肥缺是极有可能的事。

虽然自家公子如今的品级高过知县,可是十一公依旧习惯性地有种蓬荜生辉的感觉。设宴自不必说,自己家养的班子闲了多时,今日也正好该派上用场。没想到知县的为人这么谦恭客气,口口声声自称"学生",时时顾及着十一公这个老人家的面子。十一公顿时觉得通身舒泰了起来,感觉自己的确是德高望重的。为了今天款待县令的宴席,十一公原本差人去请族中所有长老,只是好几位都托病不来,尤其是六公——什么身子不适,四五天前还当着十一公的面吃掉了半只熏鸡。不过是看看十一公家如今的风光,觉得不忿罢了。想到这里,十一公就不免觉得"高处不胜寒"的滋味的确没那么好受。越是这样,他便越要在大庭广众之下做出善待川少爷和谢先生的样子来,善待一个没了父亲的孩子,以及这孩子热心仗义的先生——这难道不是作为长老最该做的事情?既然没人肯做,那他十一公来做——让全族上下,乃至外人们都好好看看,什么才叫积善之家必有余泽。难不成,自己的儿子光耀门楣,还全都靠着运气?

菜式自然要讲究,但又不宜太奢——这点上,十一公心里有数,被人嘲笑事小,若是招人怀疑自家公子在京城是否清廉,那就得不偿失了。席间,他偏要把川少爷和谢先生的位子安排在自己和知县的主桌上,他告诉吴知县:"大人有所不知,这川哥儿的父亲原先也是我们唐氏一门最出息的子弟,中过进士入过翰林院,只是命运不济,没几年身子就染了病,只能辞官回家来。好不容易看着哥儿长大了,正到了该颐养天年的时候,谁承想去年正月看花灯的时候,竟然从自家楼上摔了下来……川哥儿未及弱冠之年,少年丧父最是艰难,何况家里还有一家子指望他出人头地的女眷,老朽再尽力地关照着这孩子,也不能代替他用功赶考,只是跟着着急罢了,唉,人老了自是无用,若有朝一日这孩子出人头地了,老朽只怕是要比今日知道自己儿子出息了更觉得宽慰荣耀的……"十一公讲到这里,自己都感动了,于是不免悲从中来,眼眶一阵温热,因为相信自己说的都是真的。果然,知县听到这里,已经连连叹息,随即举起了杯子自饮了一盅:"世翁宅心仁厚,体恤族中孤寡,晚生着实佩服。"十一公一面客气着说"不敢",一面又觉得,若是气氛太悲情了也显得自己不会待客,便又道:"也是天可怜见,这孩子家中主母,也就是他父亲续弦的夫人,原本打算自缢殉夫,以死明志,被救下来的时候还剩得一口气,大夫才查出那夫人已是怀着遗腹子,她知道自己有了身孕才不再寻死——当年也不过十六岁,这般贞烈,老朽看着也着实动容。"知县跟着附和,说真的了不起。随即又斟了一杯,和川少爷对饮了。不过心里也没当成什么大事,都活到不惑之年了,在徽州这地方,谁还没见过几个贞节烈妇?

谁也没料到,谢舜珲在此时静静地开了口:"谢某在唐府打扰多日,一旁看着,心里也实在钦佩唐家夫人的妇德。时时关心着川少爷的功课不说,家中有一位庶出的小姐,前几日到了缠足的时候。小孩子难免顽皮些,不愿意受屈,哭闹不休。哪知道夫人深明大义,把这小姐关起来不准进食。夫人的道理是,缠足乃是妇人熟习妇德的第一步,若在缠足的时候便不知顺从,那即便是缠完了足也不会懂得意义何在,这样的女儿家长大了也会丢了祖宗颜面,不如现在饿死的好。府里自然有人过去劝解,可是夫人说:我一个女人家不懂什么,只知道旧时海瑞大人只因为自家女儿吃了家丁递上来的一块饼,便怪她不该接受男子递上来的东西而任她饿死,既然百姓们嘴里的青天老爷是这么做的,那便一定有他的道理。我照着行,又有何不妥?"

一席话说出来,举座寂静。谢舜珲对这个效果自然是满意的,他也很得意自己一时灵光乍现,想到了海瑞的"典故"。至于目不识丁的令秧究竟能从什么地方得知海瑞的事情——无所谓了,不会有人追究这个。他看着知县的脸上流露出来的震撼之色,从容地放下了筷子。川少爷暗暗递过来一个难以置信的注视,随即又转回头去正襟危坐,因为十一公捋着胡须问道:"川哥儿,你家那个小姑娘真的就这样饿死了不成？"川少爷默契地做出恭顺的神情："没有，十一公不必担忧。全是夫人教导有方，饿了三四天以后，她便懂事了，也不再哭闹，夫人向来赏罚分明，今日将她放了出来，吃饱饭了以后差家人带着她看目连戏去了。"十一公点头，心下暗暗思量道：看不出，当日倒是真小瞧了这唐王氏。吴知县直到此刻才慨然长叹道："真想不到，如此深明大义的贞烈妇人，何止是世翁你家门荣耀，也是本县的福祉。"此言既出，席间各位也乐得纷纷举杯捧场。酒酣耳热之际，吴知县当即命师爷记下来，免去唐简家年内的所有赋税。此举自然又博得一片赞誉。十一公做梦也没料到，将川少爷和谢先生拉来赴宴，原是一个最正确的决定。

当下又有人捧了戏单子来请吴知县点戏，吴知县自然请十一公来点，一团和气地彼此推让之时，谢舜珲推说不胜酒力，起身告了辞。川少爷觉得自己也跟着去了不好，因此留下陪着听戏。谢舜珲没想到，自己出来牵马的时候，一转脸却看到了唐璞。唐璞笑道："谢先生若是酒意上来了，我便不放心让你独自回去。"他讲话的时候，脸上总有种不容旁人意见的专断神情，谢舜珲便也淡淡一笑，道："那有劳了。"唐璞也牵了自己的马，问道："怎么没个小厮跟着先生？"谢舜珲笑道："家里有，既然出来做客，不想多带一个人，麻烦主人家。"他当然不会告诉唐璞，他的小厮已经被他妻子赶走了。只听见唐璞的马短促地喷着鼻子，唐璞潇洒地拉了一下缰绳，也笑道："谢先生其实用不着如此客气。"

他们一人骑了一匹马，并肩走在石板路上。还没到黄昏，但是初夏的下午有种很特别的混沌。马蹄踏过了路面上残存的几团柳絮,他们都很安静。闻着树叶的香气。其实,唐璞跟着出来,只是想问问谢舜珲,他刚才讲的那个关于令秧的故事,到底是不是真的。那故事里的女人和他记得的令秧完全不是同一个人。但他终究什么都没有问,行至一座小桥的时候,他终于鼓足了勇气,却只是问:"谢先生贵庚?"

谢舜珲道:"三十六。世叔你呢?"

唐璞有些羞涩地笑道:"不敢,谢先生当真是折煞我了,我二十七。"

除却这个,他们再没说过什么。

令秧坐在蕙娘屋里,两个人相对沉默,已经很久了。连翘和紫藤二人没在身边伺候,倒是坐在屋外的"美人靠"上,斜冲着天井聊天。

过了半晌,蕙娘终于说:"夫人也别思虑得太过了,老夫人毕竟疯病在身,胡乱说话是常有的事。退一步讲,即使有哪个挨千刀的在她面前嚼过舌头,也不会有人拿疯子的话当真。"

"我知道。"令秧脸上掠过一丝烦躁,"可你没见着她看我的眼神儿,瞧得我心里直发毛。我说不清,就是觉得她好像什么都知道。"

"从前她也揪着我叫'堂子里的',"蕙娘苦笑,"那件事情,知道的,也只有我,云巧,连翘,和管家娘子,我们四人可以拿脑袋担保没人说出去过。若再说还有什么人略略知道点影子,也无非就是谢先生,还有最初那个帮着咱们混过去的大夫了。谢先生是自己人,叫我日夜忧心的,便是罗大夫。"

令秧心内一抖,面色却平静:"你忘了,还有哥儿。"

"绝不可能。"蕙娘果断地挥了挥手,"可是府里毕竟人多,会不会有谁偶然瞧见点什么,就捕风捉影,也是有的。咱们又不好大张旗鼓地查,也只能再将老夫人身边的人盯紧些。有件事我正好想讨夫人的主意——我想以后多请个大夫,罗大夫是自己人,就让他专门诊治咱们老夫人,只负责老夫人的身子,可以按月给他算诊金。府里其余人看病,一律用不着他,使别的大夫,只是这样,府里就要多一笔开销了。"

"我全都听你的。"令秧急匆匆地回答,"还有一样,我记得你跟我说过,看着老夫人的那几个婆子里,有一个身体越来越不行,想找她儿子上来接她家去养老,我们想想办法,把当初在祠堂救我的那个门婆子找来替换行不行?她是咱们的恩人,我也信得过她。"

"按理说自然是再好也没有,"蕙娘蹙眉沉吟道,"只是我得去打听一下,既然是族里雇来看守祠堂的,她的工钱究竟是从公家支取,还是从族中某家支取?这里头有个区别,若是从族中某家支取就麻烦了,她就还在人家的册子上,我们不能平白无故地去雇别人家的人,说不过去。倒是可以拜托九叔打听一下,那婆子两口子究竟是谁家的……"

说话间,紫藤突然进来了,把她们吓了一跳。蕙娘厉声道:"越来越没规矩了,大白天也不好好走路,又不是受了惊的野猫——"紫藤像是完全没听见一样,言语间呼吸都跟着急促起来:"蕙姨娘,是大事。县衙里来人了,在正堂里坐着呢,管家正差人去寻川少爷回来支应人家……"

"我们有谁惹了衙门里的人不成?"令秧困惑地托住了腮。

"夫人,不是,外面都在说呢,该给夫人和蕙姨娘道喜了,县衙里的师爷是带着媒人来的,知县大人相中咱们三姑娘做儿媳妇呢。"

二

唐家的老仆人们都还记得,想当初——这当初的意思是指老夫人神志尚且能够主事的时候,老爷和先头的夫人都还在的时候,甚至,蕙姨娘还没来仍旧是早先那位如夫人的时候——端午节在那时的唐家是个仅次于过年的大日子,因为先头夫人的生日刚好是五月初五。对于令秧来说,"唐家的端午"这个说法似乎指的并不是大家平时说的那个"端午",而是一种只存在于往日的盛景。据说,管家和管家娘子这对掌事的夫妻要提前一个月就开始指挥着阖府的人做各种的准备。请戏班子置宴席先不用提,单就艾草和菖蒲叶这一项,满满地在厨房后头的小院里堆积成垛,清香绕梁,人站在中堂都闻得见。人手实在不够的时候,管家娘子断不了在旁边村子里散几吊钱,雇来十几个打下手的妇人——不用做别的,一半帮着府里的丫鬟们把艾草和菖蒲编成各种花式,先头的夫人在这件事上分外地讲究;另一半聚在厨娘手底下帮着包粽子——有一年,包满五百个的时候粽叶没了,厨房派人去讨管家娘子的示下,被管家娘子给骂了回来:"糊涂东西,五百哪够?咱们府里满破着三十几个人,五百也不过是府里过节这几天的——难道不用给族里各家送一些尽个礼数?家里也少不得来几个客吧?夫人过生日,还得往庙里道观里送上一两百个,也得抬两筐舍一舍旁边村子里的贫苦人家儿——你好好算算,别说五百,一千个都不一定有富余。"一席话说得厨房的小丫头眼前一黑——管家娘子的确忘了,厨房里这几个女人清点数目倒是能够胜任,但是做加法就不一定了。

不过后来,先头的夫人去了,唐家的端午就萧条了一半,没人拿得准是该过节还是过冥诞;去年,老爷走了,就更为马虎——没看见雇来任何一个打短工的妇人,令秋只记得管家娘子坐在蕙娘屋里不停地感慨:"要说呀,这艾叶的味儿都还是跟往年一般的,只是如今闻起来,怎么就没了早先那种热闹的兴头呢。"蕙娘"噗嗤"笑了:"可了不得,你倒作起诗来了。"见管家娘子一脸错愕,就又补了一句:"年年岁岁花相似,岁岁年年人不同。说的还不跟你一样的意思,你还说不是诗,又是什么呢?"说得一屋子的人都笑了。

可是今年的端午,说什么也不能潦草,毕竟,三姑娘说定了一门这么好的姻缘,老爷和先头夫人在九泉之下也是会跟着一道开心的。谢先生说——这亲事对县令家来说,看中一家妇德出众又有根基的人家，传出去好听，唐家目前并没有任何人有官职在身，县令自己背不上结党营私的名声；对唐家来说，在川少爷还未考取功名的时候，家里跟县令攀了亲，川少爷以后的前程自然是多了一层助力。再一层，唐家从此在族中的地位都不一样，随着年纪增长，川少爷在族里说话势必越来越有分量。管家娘子连连点头称是道："到底是谢先生，说起理来丁是丁卯是卯，就是中听。"至于三姑娘自己，倒还依然是那副顽皮懵懂的样子，丝毫感觉不到府里上下人待她已经比往日更为殷勤——缠足的疼痛也许是好了些，她一刻也不肯安生着，最近几日又迷上了厨房院子里那几口用草木灰水浸泡着糯米的大缸——总是要求她的丫鬟陪她绕着那几口缸玩躲猫猫，丫鬟自然每次都得输给她。

这天午后，云巧在房里用五色丝线缠香囊，却见令秧独自拿着一个麻布包袱来了，云巧眼睛一亮，轻轻地挪起身子，口中却压低了声音："夫人来得不巧，当归和溦姐儿刚刚在里面睡着了，天气热了，两个孩子这几日睡得都不踏实，奶娘们打扇的时候都得慢些，生怕哪一下风大了扑着脸，便惊醒了……"令秧无奈地笑道："你也太娇惯他们了。若是交给我，才不会这么精细。""夫人要是打算把溦姐儿抱回去，我可不依。"云巧掩着嘴笑了，回头用一种更夸张的，近似耳语的低声，让蝉鹃去倒茶。令秧在炕桌上打开了包袱，一股淡淡的艾草香便扑面而来，里面是两身做给婴儿的簇新端午服，两顶纱制的虎头帽，两双虎头鞋，两把长命锁，还有一堆彩色丝线打出来的络子之类的小玩意儿。"好精致的活计！"云巧惊喜地把那件朱青色的对襟小袄托在手上，凝神欣赏着袖口密密匝匝用五色绣线滚出来的"如意"边儿。令秧道："我嫂子上次来看我的时候便说了,潋姐儿的第一个端午节,她说什么也得送一套最有心思的端午服过来。你也知道,我娘家那样的小门小户最怕在咱们这样的人家里招人笑话——小孩子的端午服本来就该是外婆家置办的,我清楚我嫂子会尽心尽力,就怕她弄得太过花哨仔细了反倒折煞了小人儿家。"云巧歪着脑袋,娇柔地笑道："夫人说这些话可就没意思了。是不是小门小户我们不敢说,可是谁不知道夫人的娘家在徽州开着多少铺子——夫人别嫌我多嘴,想当初夫人还没进府,先头夫人殁了的那年,府里的周转着实艰难,若不是知道夫人娘家拿得出上千两的嫁妆,只怕老夫人也没那么痛快点头应允夫人一过来就正式填房。""仔细拔舌下地狱。"令秧没好气地瞪了云巧一眼,心底却暗暗一惊——云巧说的事情,的确是她不知道的,哥哥和嫂子持家一向省俭,她只知道其实家里不穷,却不知她是别人嘴里的那种嫁妆丰厚的女孩儿,不过她平静地说道："你手上这件是当归的,里面那件水红的袄儿是潋姐儿的,这两种颜色上了身特别好看。等他们醒了,你给他们试试就知道了。"云巧忙不迭地答应着："真是难为夫人还想着当归。""这是什么话,"令秧嗔怪地苦笑道,"潋姐儿的外婆家就是当归的外婆家,天经地义的事情,我跟我嫂子说多做一套小哥儿的,我嫂子还笑我,说姑娘以为我糊涂到连这个也想不到么。"云巧爱惜地将小袄叠好放回包袱里:"明儿一早就给他们打扮上——穿起这一身,真真是金童玉女呢。"

令秧笑着放下了茶杯:"明儿我放我屋里的丫头出去看人家跳

钟馗，我那儿除了连翘就没别人了，你把孩子们交给奶娘，到我那儿去说话儿。""正是呢，反正咱们哪里都去不得，倒是清静。"云巧随即又斟满了令秧的杯子："早上三姑娘到我这里来逗小弟弟和小妹妹，也吵着说她想去看跳钟馗，照我的意思，究竟有什么好看，这班孩子们都像是被勾了魂儿似的。"令秧道："我担心的就是她，过些日子她可就该上绣楼了。才八岁的年纪，我上绣楼的时候已经十二岁了——三姑娘又是这么贪玩的性子，就这样关到绣楼上去，到出嫁怎么也得七八年工夫，我都替蕙娘头痛。"云巧看起来若有所思："蕙姨娘如今怕是舍不得管教三姑娘了，夫人没见蕙姨娘这些日子人都懒懒的……""是预备端午累的吧，天气又闷热。"令秧一愣。"夫人没听说么，说给咱们三姑娘的是吴知县最小的儿子，比三姑娘大了四岁，听起来没什么错儿，可是谁都知道，吴知县家这个小哥儿特别顽劣，七八岁上爬树跌下来，险些送了命，伤好了以后一条腿就是跛的——还有人说，就是因为这条腿，家里人心疼他，宠溺得不像话，到如今任性古怪得谁都管不了，他就是吴知县的一块心病……夫人你说，吴知县要结亲家，咱们哪有不依的道理，可是蕙姨娘到底心疼三姑娘啊。"

令秧糊涂地看着云巧："怪道呢，可是这些话你从哪里听来？怎么从来就没人跟我说这个……"云巧笑了，不知不觉嗓门变成正常的，不再记得会吵醒孩子们："夫人如今操心的都是光耀门楣的大事情。譬如宣扬女德啦，譬如给咱们府里减免赋税啦，譬如应酬日后的亲家给咱们少爷铺路……小儿女间的鸡毛蒜皮自然是由我们这些吃闲饭的人来嚼舌头。""呸。"令秧气急败坏地啐道，

"你除了拿我取笑再没旁的本领了。"说着轻轻往云巧肩上来了一掌。云巧一面配合着喊"哎哟",一面笑得捂住了肚子:"冤枉呢,我怎么敢打趣夫人,夫人如今可是本县的福祉呢。"令秧转过脸冲着蝉鹃道:"快来替我撕你主子的嘴,明明是外头男人们酒席上的话儿,她不知从哪里听来也跟着乱传……"蝉鹃在一旁跟着笑,却纹丝不动,嘴上却道:"我可不敢,众人都知道这是吴知县夸赞夫人的话呢,巧姨娘不过是学了一遍反而挨打,我倒觉得有冤没处诉。"令秧刚想说"你们屋里主子奴才乌鸦一般黑",却听得屋里果然还是传出来两个婴儿一唱一和的哭声。

次日便是端午,原本,谢舜珲几日之前就想告辞,却硬是被蕙娘拦了下来:"急什么,吃过了粽子再走,横竖你们歙县那地方也吃不着我们的灰汁粽。家去的时候装一篮给你带回去,也请你家夫人少爷都尝尝。"到了节日,寡居的女眷们不能见客,也不便出去看戏,只有川少爷一早便骑了马出去各家拜访应酬,至晚间,十一公家又差人来请吃酒,还没忘了连谢先生的帖子都一道送了来,说是十一公特意嘱咐的,听说谢先生快要回去了,说什么也得给族里的恩公饯行。

于是,唐家大宅内便在内院天井里置下了纯粹给女眷们的家宴,令秧领着大家简单地在正房拜祭过了老爷和先头夫人的灵位,上了头炷香。之后便由管家娘子招呼着一干人落了座——菖蒲的香气浓得令人感到微妙的眩晕,这几个女人难得有这样恣意说笑的时候。川少奶奶拜祭完了,就说不舒服没有胃口,跟大家道了歉回房去歇着。等人走远了，云巧轻蔑地打鼻子里"哼"了一声："美人儿就是美人儿，比我们自然要金贵些。"令秋淡淡地一笑，转向蕙娘道："不然明天请大夫来给她瞧瞧？怕不是有了身子了？我瞧她这些天脸色都不好。"蕙娘点头答应着，也蹙起了眉头："我看着不像——若真是有了身孕，即使她自己不愿说，她房里人也难免多嘴传出来——况且，何苦不早说呢？"云巧娇声道："夫人可见过她脸色好的时候么？"身边站着伺候的几个丫鬟都抿嘴笑了，蕙娘连忙冲云巧瞪起眼睛："糯米也粘不住你的嘴。"云巧大约自己也没意思了，斟了满满一盅雄黄酒站起身来："蕙姨娘，我的嘴让糯米粘住了，谁来头一个敬你呢！趁着今儿家里只有咱们，好好地给你贺贺喜。"云巧敬完，四周原本规矩侍立的丫鬟们也上来敬，嘴上都说是给蕙姨娘道喜，蕙娘忙不迭地喝，虽说是雄黄酒，几杯下肚，眼睛却也水汪汪的了。

令秋只记得，那天晚上，她们都在笑。每个人的脸颊都有隐约的红晕飞起，一点点事情就能逗得这一屋子女人笑到花枝乱颤。她们愉快地回忆着老爷还在的时候，好像那种悲伤只不过是一炷香，烧完了留下一点灰而已，并且这悲伤的味道闻起来还有股香气。她觉得脑袋里似乎闯进来一只鸟——在思绪的间隙不安分地扑闪着翅膀，搅得她的精神也跟着微微颤动了起来。隔着满眼略有涟漪的眼波看过去，澄明的夜空益发地柔情似水。这夜晚成了一个潋滟的湖，她稍一不留神，就会跌进去瞬间化成水，从此变作湖的一部分，了无痕迹。她也不明白，为何在她最快乐的时候，最喜欢这人间的时候，她心里会明镜一般地发现，其实生无可恋，死亦何苦。

夜间,她搀了连翘,缓缓地行至房中,她房里只在进门处点起一盏小灯,里面都黑洞洞的。连翘倒吸了一口冷气,嘴里埋怨道:"那个新来咱们房里的小丫头准是野到哪里去吃酒玩骨牌了。今晚咱们热闹,她们逮着缝儿哪儿有不偷懒的道理。"令秧轻轻地笑了,像是遇上一件非常有趣的事情:"就让她过个节,明儿再骂吧。"连翘叹道:"我还得去厨房端老夫人的药呢,不成,我去叫她回来,叫她伺候夫人洗漱更衣。""好。"令秧不知道此刻的自己格外柔顺,"我等着就是,正好喝点茶醒醒酒。"

房里异常地静。令她想起曾经的绣楼。自从嫁到唐家来,似乎就从没有自己一个人待在一间屋里过——这便是大家子的难处。她在自己的床沿上坐下来,贪婪地深深呼吸着只有独处才能带来的静谧。

有一条手臂揽住了她的肩,在她刚想惊叫的时候,她闻出了他的气味。

"你好大的胆子。"她满心的惊恐化作了怒气,却只敢用耳语一样的声音。"放心。"川少爷带着酒味的气息吹着她的脖颈,"我从我屋里独自来的,人都去吃酒斗牌了,你屋里也是——除了鬼,没人看见我。"

她不敢挣扎出动静来,只能听凭他解开了自己的裙子,再褪去了裙子底下的中衣。绝望和羞耻让她咬紧了牙关,她的身体却依旧记得他。男人们从来都不会遵守他们答应过的事情么?他又一次地杀了进来,他的渴望像是号角响彻了天空。带着血腥气。

她恨不能像厉鬼那样咬断他的脖子,可是她不敢,她不能在他身上留下任何伤痕——天总归是要亮的,天亮了,她就必须装作什么都未曾发生。他压在她身上的脊背突然凌厉了起来,像匹受了惊的马。她就在这个瞬间用力地撑起自己的身体,像是拉弓一样,把二人的身子扯得分开来。黑暗中,她对准了床柱,重重地将额头撞了过去。情急之下,他扑了过来,他的身子挡在了她和床柱中间,她一头撞在他怀里,那种不可思议的剧痛让他想都没想,抬手给了她一个耳光。她呆呆地静下来,像是一团影子突然凝结在月色里。

然后她突然弯下身子,像条蛇那样,柔若无骨地俯下去,他惊讶她能如此柔软又如此粗鲁地逼近他的下体,双手硬硬地撑在他的胯部,他的双腿只能听话地分开,她的手伸进他的中衣里面,紧紧地一握,有股寒战立刻从脊背直通他的天灵盖——她的手有点凉意,然后是她的舌头,却是暖和的。他静静地屏息,像是狩猎那样,诱饵却是他自己身体上最宝贝的那部分,她是他的猎物,他任凭她不慌不忙地吃掉自己。她好像能这样吸干他,长老们当初为何就没能成功地把她吊死在祠堂里。她终于坐了起来,手背抹着嘴角,他胆战心惊地回想着她喉咙里那种吞咽的声音。

他说:"你疯了。"

她惨淡地微笑,不过他看不见这个笑容:"我不能再怀孕。"

他安静了片刻,闷闷地说:"自打洞房花烛夜之后,她就不许我碰她。"

她愣了一下,终于明白他指的是谁。她说:"我给你买个人放在你屋里,等三年孝期满了,你就纳了她为妾。"

他冷笑:"你以为我过来,只是为了让你准我纳妾?"

她的声音越来越轻:"你自己瞧着办吧。我死不足惜。只是你若真的逼死我,我也能毁了你这一辈子。你是要我下跪,还是要我给你叩头,都可以,只要你饶过我。"

他离开了没多久,连翘就押着那个贪玩的小丫头回来了。她只来得及把所有散落在床榻上的衣物慌乱地塞到被子底下,然后整个人也埋进被子里。连翘会以为她是不胜酒力。她闭上眼睛,整张床都像风车那样转着,她知道他们其实都是醉了,她,还有哥儿。

天色微明的时候,谢舜珲才悄悄地回来。他打赏了睡眼惺忪的小厮,打发他去睡,然后自己牵着马去往马厩。原本从十一公的席上散了,只是耐不住唐璞的盛情,于是就去他那里坐坐——哪知道他请来的两个歌伎就在那里等着,怀抱着琵琶笑意盈盈地起来欠身。别的客人说,唐璞的别院里向来如此,欢饮达旦,不知朝夕。不过是听了一曲《终身误》,又听了一个《满庭芳》,还有几个曲子没记住,可是天倒先亮了。

他看到令秧脸色惨白地等在马厩里,头发只是挽着最简单的髻,只穿了套月白色的袄裙,额上发际还有一块胎记一样若隐若现的乌青。他心里一惊,睡意便散去了大半。"怎么是夫人,"他耐着性子,"这里可不是夫人该来的地方。"

"我还没谢过先生,"令秧凄然地一笑,嘴唇干得发裂,"家里能跟吴知县攀亲,全多亏了谢先生美言。"

"夫人过誉了。"他静静地拴了马,"其实知县大人看上的是唐氏一族有人在京城平步青云,谢某不过是顺水推舟而已。"

"我不懂这些。"她静静地看住他的眼睛,"只是谢先生能再指点指点我么?究竟有没有别的女人,可以不用等到五十岁,提早有了牌坊的?除了死,还有没有别的办法?"

谢舜珲一怔:"这个……也许有,夫人容我回去查查。"

"谢先生,我怕是等不了那么久了。若有一日实在不得已,只能自己了断。就怕那时候没工夫跟谢先生辞行,先生的恩德我只能来世再报。"令秧以为自己会哭,但是并没有。

"夫人遇到了什么难处吧?"他一转念,又道,"夫人不必告诉谢某。不过谢某只劝夫人,眼下夫人最该做的,就是熬到三小姐嫁入知县府,到那时候阖府的境遇都不同了,夫人且耐着性子熬过这几年,到那个时候,不怕县衙里没人知道夫人的贞节。夫人且放宽心,记得我的话,府里关上大门发生过什么没那么要紧——所有的节妇,烈妇,不过是让世人都知道了她们的贞烈而已。就像是看戏一样,他们要看你扮出贞烈。夫人冰雪聪明,世人想看什么,夫人就给他们看,切忌认真——夫人懂得谢某的意思么?"

"就算能一直扮下去,也不是真的。"

"夫人若是有了牌坊,那就是真的。"

"我自己知道不是。"令秧此刻执拗的眼神就像她身后的那匹小马。

"谢某只告诉夫人该怎么做。至于怎么自处,是夫人自己的事。人生在世本来就是受苦。不受这种,便受那种,若有人真能如夫人所说,全是真的,真到什么都不必去扮,那便也不是人了,夫人说是不是呢?"

第六章 百孀宴

这世间任何事情,无论大小,不过是大势所趋,谢某要为夫人做的,不过是把这『大势』造出来。

一

令秧自己也没料到，七年，一晃，也就过去了。

这一年，唐家大宅里最大的事情，自然是操办三月间，三姑娘出阁的大事。人仰马翻了足有半年工夫，好不容易把如今已亭亭玉立的三姑娘送去了知县府。按说，如今已不是知县府了——吴知县升了青州府同知，只等婚事办完便只身去了山东上任，家眷还都在休宁留着。如此说来，也还不算远嫁，倒是减轻了不少蕙娘的伤感。三姑娘长大了，自然不似小时候那般淘气蛮横，人沉静了很多，可这一沉静却又沉静得过了头，甚至显得阴沉。装嫁妆的箱子堆满了绣楼下面的一间空屋——平顶的官皮箱和盝顶的官皮箱像密密麻麻的蘑菇那样，堆在陪送的屏风和亮格柜的脚底下，箱子顶上再摞着两层小一些的珍宝箱和首饰盒——令秧也不大懂，那些箱子盒子究竟是紫檀木，还是黄花梨。总之，夫家派了十几个人来抬嫁妆，也耗了半日工夫。族中的人都咋舌，说倒是没看出来唐家如今还有这样的底子——一个知县，一年的俸禄不过区区九十石大米而已，娶进来一个这样排场的儿媳妇，自是不能轻慢。

令秧现在的贴身丫鬟——小如——也在给令秧梳头的时候撇过嘴："外头人都说咱们府里舍得，只是不知道，操办嫁妆的这些花销，蕙姨娘讨过夫人的示下没有？夫人性子宽厚，只是有一层也得留心着，如今三姑娘的嫁妆开销了多少，他日给澉姐儿置办的时候，是要翻倍的。咱们澉姐儿才是嫡出的小姐，不然传出去，人家笑话的是咱们府里的规矩。夫人说……"

她看着令秧转过脸，一言不发地看着她，便住了口。令秧依然面不改色地注视着她，直看得小如拿梳子的那只手因为悬着空而不自在起来，令秧就这样看了一会儿，牢牢盯紧她的眼睛，缓慢道："管好你自己的嘴。"小如垂下了眼睑，悄声道："夫人今天想梳个什么发式？""随便你。"令秧淡淡地说。

小如是前年夏天来令秧房里的，平心而论，小如觉得夫人倒不刻薄，有时候还对小如嘘寒问暖的，只是即使笑容可掬的时候，也不知为何有种冷冰冰的感觉。总之，别人房里主子奴才有说有笑的事情，小如是不敢想。她默默地把梳子放回梳妆台上，仔细地在令秧的发髻旁边插了几颗小小的白珍珠——那是令秧允许自己的唯一的装饰。

没有人知道，在诸如此刻的时候，令秧最想念连翘。

可是连翘已经走了。

本以为，三姑娘出了阁，府里能清静几天——可是三姑娘带着新姑爷回门之后不久，就又要开始准备老夫人的七十大寿了。不过越是忙碌，蕙娘倒越是看着容光焕发，整个人也似乎看着润泽起来。众人都道是回门的时候，看着新姑爷对三姑娘体贴得很，蕙娘自是宽心，长足了面子，自然益发神清气爽。老夫人的这个生日，操办起来还和往日做寿不同些。这一回，唐家跟族中打了招呼，老夫人的寿诞，要宴请族中，乃至休宁县这几个大族里所有的孀妇赴宴，无论年轻年老；附近普通乃至穷苦人家，被朝廷旌表过，或在邻里间有些名声的孀妇也一并请来，办成一个有声势有阵仗的"百孀宴"。

不用说，这自然是谢舜珲的主意。

这些年，因着十一公的喜欢，谢舜珲更是常到休宁来，一年里至少有三四个月倒是在唐家过的——若是赶上有什么大事发生，比如川少爷的小妾生下的小哥儿的满月酒，只怕还会待得更多些。府里早已将谢先生也当成家里一个人，不用谁吩咐，厨房里都已熟记谢先生不爱吃木耳，喝汤喜欢偏咸一点儿。

把老夫人的寿诞办成"百孀宴"本来也不过是灵机一动。由川少爷试探着跟十一公提起来，结果十一公听得喜出望外，击节赞叹，连声道"百孀宴"一来福泽邻里，二来为自己门里的后人积德，三来唐氏可以借着这个时机，把自家看重妇德的名声也远扬出去。于是当下拍板，承揽下大部分"百孀宴"的开销，又叫唐璞负责监督着往来银两。

"千万记着，"谢舜珲告诉令秋，"这'百孀宴'，说是给老夫人祝寿，其实是给夫人办的。"

那一天，令秋命人打开多年来一直上锁的老爷的书房，独自在里面坐着。谢舜珲进来的时候，她原想回避，后来又作罢了——如今府上应该没什么人会在意她单独跟谢先生多说几句。她笑道："谢先生可是听我们川少爷提起老爷藏着的什么珍本，想来看个究竟不成？"谢舜珲也笑了，来不及回答，令秋便行了个礼:"我不过是想进来坐坐,看看老爷的旧物——如今三姑娘嫁了,老爷知道了也该高兴。谢先生喜欢什么书就拿去看吧,那么些书总是白白放着也太寂寞。我先回去了。"七年下来,她言语间益发地有种柔软,不再像过去那样,脸上总挂着一副"知道自己一定会说错话"的神情——她就这样轻描淡写地确定了,这些没人看的书很寂寞。

谢舜珲也对着她的背影略略欠了欠身子,缓慢道:"千万记着,这'百孀宴',说是给老夫人祝寿,其实是给夫人办的。"

她在门槛前面停下了步子,手悄然落在了门把手上。她系着一条孔雀蓝的马面裙,随着她轻轻地挺起脊背,裙摆上的褶子也跟着隐隐悸动了一下。她也不回头:"谢先生这就言过其实了,不过是我们府里牵个头儿,把邻里间这些寡居的妇人都聚过来,也好热闹一下罢了……"

"若真的只是为了让你家老夫人热闹一下,请戏班子岂不方便,何必请来一撮愁眉苦脸的寡妇?"谢舜珲不客气地冷笑道,"夫人且记得,谢某不会无缘无故地出'百孀宴'的主意让府里破费——我自然有我的道理。到了寿诞日,老夫人的身子撑不得多久,周旋那些孀妇的自然是夫人,夫人沉着些应对便好——十一公已经允诺过,'百孀宴'会由唐氏一门年年办下去——夫人就是要让所有这些人都别忘了……"

"都别忘了休宁唐家还有我这个孀妇守着,对不对?"令秧淡淡地挑起嘴角,语气讽刺。

"夫人一定要耐住性子沉住气,有朝一日,人们提起休宁乃至徽州这地方的贞节妇人,都会想到夫人你——到了那种时候,夫人不拘想要什么,只怕都不是难事。这世间任何事情,无论大小,不过是大势所趋,谢某要为夫人做的,不过是把这'大势'造出来。"

"谢先生嘱咐的,我都记得就是了。会照着先生说的做。"她恭顺地打开门,微微侧过身子跨出去,借着侧身的工夫,回头一笑。

小如还在房里等着她,迎上来笑道:"夫人可回来了,叫我一通好找。再过半个时辰裁缝就该来了,老夫人的寿诞,怎么也得给夫人添两件头面衣裳。夫人这回想要什么式样的?"

令秧脸上浮上了倦意:"凭他怎么好的裁缝,我穿来穿去也不过就是那几个颜色,做了也是糟蹋银子。"

"夫人这话可就岔了。"小如笑道,"鲜艳颜色咱们不想了,可是总有办法在衣裳的小处用点心思。我记得连翘姐姐以前帮夫人绣过一件银线暗花的比甲,还拿银丝线滚了边儿,虽说素净,可是看着就是精致。咱们就让裁缝再照原样做一件……还有这裙子,一样的颜色不一样的料子看着也差很多,我给夫人的裙子上再多打几道好看的络子吧,别的首饰戴不得,老爷当初送夫人的玉佩还戴不得么。络子可以和裙子的颜色略微不同些,裙子若是藕色,络子就用墨绿便好了,更衬得玉佩剔透……"

眼看着小如兴奋地自说自话着,完全不在意她有没有在听,令秧不由得暗笑。这孩子就是这点可爱,掐不准什么时候,一个很小的由头就能让她莫名地手舞足蹈起来——很多时候,正是她身上的这点，让令秧无数次地原谅了她的爱嚼舌头。

也罢，小如有小如的好处，总之，连翘是不可能再回来了。

那应该是三年前的事情。

通常到了夜里，令秧会打发房里的小丫鬟早点去睡，剩下的时间，基本都是跟连翘一起度过的。她不是善于言辞的人，让她感觉安慰的是——跟她比起来，连翘也好不到哪里去。两个不善言辞的人坐在一起，大半的时间都盯着自己手上的针线——溦姐儿和当归这两个小人儿已经满屋子摇摇摆摆地跑了，常常是几个月工夫，才上身的衣服便又觉得小——这些活计就够令秧和连翘忙的。唐家比不得族中的那几家富户，人家可以专门雇一批人来做针线上的事，她们却不能支出这笔开销。这样也好，做针线本来就让时光变得像灯油一样黏稠和安静，在这种安静里，不管是二人中的哪一个，随便抬起头跟对方说一句无关紧要的什么话，也能让二人之间刹那间弥漫出泛着光晕的温暖。

令秧从来没有出过远门，只不过，在穿针引线的时候突然跟连翘说点什么，又听见了一句同样不紧不慢的回答——她就会觉得，似乎她们已经一起上路很久了。有时候她会陷在这种安静里，盼着自己永远不会困倦，天也永远不要亮。所以，当她抬头发现连翘不知何时跪在她面前的时候，像是猝不及防中听见了打雷。针戳在手指上，顾不得去把渗着血珠的指尖放进嘴里抿，"你想吓死我呀。"她嗔怪道，"好端端的又作什么怪，不过年不过节的，可讨不到赏钱。"

话是这么说，她的心却在往下沉，她知道连翘不是个大惊小怪的人，能让她这样，不会是小事。这些年来，令秧已经习惯坏事发生，她闻得出空气中的那种气味，不过这反而让她冷静了——横竖不是头一遭遇上。

"夫人。"连翘静静地看着她的眼睛，"连翘闯了大祸，不瞒夫人说，这两日原本打算着一死了之，可是就怕，我死了清净，祸患还在，所以才想着还是告诉夫人，讨个主意。然后任凭夫人打骂……"

她还没说完，就被令秧打断了："你直说吧，是——是哪个男人？"讲出来，她自己倒先觉得脸上发热。她深深地呼吸，好让自己的话音不要发颤。

连翘咬了咬嘴唇，狠心道："罗大夫。"

"老天爷。"令秧像是耳语，"我早就该料到。他成日进出咱们家里，药方子直接就交到你手上——连翘你——当初说日后把你配给个大夫原本是玩笑话，你倒自己当了真——这事情有多久了？等一下，你该不会是已经——"

连翘惨然一笑："我不知道，这个月没有见红潮，可是……可是他说眼下还把不出喜脉来。"

"你倒真是方便了！往后不缺给你把脉的人！"令秧气急败坏，"叫我说你什么好，你这么聪明这么稳当的人，有什么道理是你不明白的呢……你，"她重重地把手里的针线掷回炕桌上，可惜太轻了，没有一丝声响，她只好握起拳头，重重往桌上捶了一下，嘴里却泄了气，"你，你还是先起来好了，跪着又能怎么样呢。"

连翘不动，抬起手背来抹了一把腮边的泪："是前年中秋的时候，夫人还记得那次老夫人突然犯病么？咱们家里连夜把罗大夫找来，那天他正好被人请去吃酒了，多喝了几杯，勉强撑着给老夫人开完方子，偏巧那天，家里的轿子好像是被谁家借去了，两个骑马的小厮又都打发出去寻川少爷——总之没法送罗大夫回去了，蕙姨娘就说，让罗大夫在客房里歇上一宿……那晚我在厨房里熬药，家里人都睡了，我没料到他会偷偷进到厨房来，他说惦念我好久了。"

令秧以为自己闭上了眼睛，其实她没有，她只是不忍再听下去，所以心里疼痛地黯淡了一下，眼中却能清晰地看着连翘的脸。"他还说，"连翘柔声道，"若我不从，他就把事情说出去——他知道夫人的溦姐儿不是老爷的孩子，他说当年是蕙姨娘给他银子他才说了夫人有喜脉，我就没主意了，再怎么也不能任由他出去胡说，夫人那么辛苦撑到如今，咱们府里好不容易有了些起色，我不能，不能……有了这一回，隔上几个月他就会想法子再来第二回，后来……"

她把连翘的脑袋搂在了自己胸口。她抱紧她，眼泪流下来："前年中秋……老天爷，快要两年了，连翘，你好委屈。"

"若不是有了孽种，我也不会说出来麻烦夫人。我只求夫人做主，让我出去，就依着当时的玩笑话，把我配给罗大夫吧。再者说，他整日出入咱们府里看诊，我也能时常进来给老夫人送药——夫人此后在外头有个我，有什么事就传我进来吩咐，也比现在方便。"连翘从令秧的怀里扬起脸，眼睛里竟有种期待。

"你这丫头！"令秧"噗嗤"笑了，"听听你自己满嘴说的是什么，姑娘家自己做主把自己配出去了，好不要脸。再有你知道罗大夫在老家有妻小没有，而且，就这么一个背信弃义又下流没脸的人，你叫我如何放心？"

"他发了誓的，只要我真能出去跟了他，他从此就是为了咱们府里肝脑涂地也没有二话——他不是咱们徽州人，在原籍还有个原配，只是没有子嗣。如今我跟了他过日子，也不算委屈了。"

"怎么不委屈，我原本想着怎么样都得给你寻个年纪相当的，即便家里穷些，好歹也得做正房。现在可倒好……"

"夫人这话跟我说说就好，可千万别在旁人面前说了——叫蕙姨娘和巧姨娘听去了，难免多心。"连翘的双目被泪水一冲，看起来晶亮了好多，"夫人千万记得，连翘为了夫人，别说嫁人，就是上刀山下油锅，也不皱一下眉头。"

连翘就在一个月后嫁给了罗大夫，这三年间，生了一儿一女。

连翘走了以后的这几年，令秧的生活里多了两个习惯。第一样，她开始频繁地去老夫人房里看看，唐家大宅里，自打老爷那时候起，对老夫人的晨昏定省，都不再那么严格。众人都没想到，居然是在令秧这里，又恢复了规矩。每天清晨，她都梳妆好了去给老夫人请安——说是请安，其实老夫人的起居也没了规律，很多时候她到了，老夫人还在睡梦里，不过是跟那几个看守着的婆子聊几句罢了。其中一个，每天清早都会为令秧备好一盅新熬出来的红豆薏仁汤——秋天的时候这汤就换成红枣雪梨。这婆子只是静静地把盖盅放在令秧眼前,也不抬头,像是有意藏着自己那只蒙着一层霜,布满黄斑,并且不知望向何处的右眼。没错,她就是祠堂里那个门婆子。

想当初,将门婆子夫妻调入唐府,也费了蕙娘一番心思。经过一番查问,这夫妇二人原本属于唐璞家的册子上,起初蕙娘还很头疼该如何开口求唐璞将这两个人让出来,没想到蕙娘刚一说出自家夫人很喜欢门婆子这句话,唐璞就痛快地应允了,她之前编好的理由都没来得及说。

令秧端起盖盅,问门婆子:"老夫人睡得可安稳?"门婆子简短地答:"甚好。昨儿个吃罢晚饭便歇下了。"

令秧点头:"总之你们多费心,有什么不对的就去请罗大夫过来,别怕麻烦。"

"是。"门婆子应着,"罗大夫家的媳妇儿今日要进来给老夫人送最新配好的丸药,等她到了,我叫她上去夫人房里陪夫人说话儿。"

"老夫人平日里可有跟你们说过什么没有?"令秧深深地看了门婆子一眼。

"老夫人前儿清醒了一会子,问我们听没听说过灯草成精的故事——"门婆子笑着摇头,"不过只一炷香的工夫便又糊涂了,夫人放心,老身会好生伺候着。"

令秧笑笑,松了口气。跟聪明人说话就是这点省力,凡事点到为止,大家便都心知肚明。按说,有了门婆子,她才不必每天都来老夫人房里点卯，可不知为何，正是因为门婆子在这儿，她跨进这道门槛才不觉得心慌。

"可有旁的人来过？"令秧问道。

"没了。前几日是侯武去请的罗大夫，然后就在门廊上等着——也没让他进来。"

"这侯武现在跟罗大夫真是亲厚，每次都是侯武去请去送。听说私底下他还常去找罗大夫喝酒。所以连翘很怕侯武上他们家去。"

"这侯武现在可是蕙姨娘眼前的红人。"另一个婆子从她们身边经过，带着点嘲弄地笑道，"出差买办，迎送贵客，每样都是他——只怕过几日，咱们房里有事还使唤不动人家呢。"

"看您老人家说的。"令秧放下盖盅，"自从管家瘫在床上以后，满屋子里还不就只有侯武镇得住那起没羞没臊的小厮们，不指望侯武又指望哪一个。至于使唤不动的话儿，就还是少说吧。老夫人房里的事情最大，他要是这点儿事理都不明，我也早就撵他出去了。"

只见那婆子弯腰赔笑道："夫人说得很是。"这时只见川少奶奶兰馨扶着自己的丫鬟迈进了门槛，令秧笑吟吟地站起来："我就等着川儿媳妇来接我呢。"门婆子也笑道："夫人今儿个要跟着川少奶奶临什么帖子？"

这便是连翘走后，令秧养成的第二个习惯。某天早上，她跨进川少爷和川少奶奶的房里，开门见山地对兰馨说："打今儿起，你教我认几个字，好不好？"

二

"此地有崇山峻岭,茂林修竹;又有清流激湍,映带左右,引以为流觞曲水,列坐其次。虽无丝竹管弦之盛,一觞一咏,亦足以畅叙幽情。是日也,天朗气清,惠风和畅,仰观宇宙之大,俯察品类之盛,所以游目骋怀,足以极视听之娱,信可乐也。夫人之相与,俯仰一世,或取诸怀抱,悟言一室之内;或因寄所托,放浪于形骸之外。虽趣舍万殊,静躁不同,当其欣于所遇,暂得于己,快然自足,不知老之将至……"

其实兰馨是个不错的开蒙先生。起初,她们二人都以为,对方不过是凭着一时的兴致,坚持不了多久。可是三年多下来,谁也没料到,兰馨虽说教得随性,没什么章法,却也渐渐地乐在其中;而令秋一笔一画地,也在不知不觉间开始临了《兰亭集序》——"学习"这件事,对令秋而言,的确没有她自己原先以为的那么辛苦。每一次,清洗着手指间那些不小心蹭上去的墨迹的时候,总还是有种隐隐的骄傲。更何况,兰馨常常会淡淡一笑,语气诚恳地说:"夫人好悟性。"不过云巧就总是不以为然地撇嘴:"罢哟,她不过是讨好她婆婆而已,也就只有夫人你才会当真。"令秋不大服气:"她平日里那么冷淡倨傲的一个人,才不会轻易讨好哪个。"云巧笑道:"夫人如今成日价读书写字,怎么反倒忘了'此一时彼一时'这句俗话了?进咱们府里这些年了,她可生过一男半女没有?夫人又不是不知道,川少爷房里那个梅湘不是个省油的灯,那小蹄子在夫人眼前还好,可是在房里,仗着生了个小哥儿张狂得不得了——眼看着就要爬到咱们川少奶奶头上来了。她若是再不忙着巴结夫人,还有旁的活路么?"

令秧只好悻悻然道:"什么事情一经你的嘴说出来,就真真一点意思也没有。"

她喜欢这样和兰馨独处的时刻,兰馨的屋里没有孩子,川少爷更是很久也不会过来一趟——那房里每个角落都往外渗透着一种真正的静谧和清凉,喜欢搬弄是非的人自然天生就排斥这样的地方。虽然冷清,兰馨却也每天都打扮得很精致,泡上两杯新茶,研好墨,有时候再焚上一炷香。令秧便会觉得,无论如何,被人等待着自己的滋味,都是好的。

"等我死了,这方砚台,就留给夫人做个念想儿。"兰馨轻轻搁下笔,"把它从娘家带来的时候,横竖也没想过它跟夫人还有这么一段缘分。"

"年纪轻轻的,总说这些晦气的话。"令秧白了她一眼,做久了"婆婆",她便忘了自己其实只比兰馨大两三岁。

"我可没跟夫人说笑话。"兰馨笑道,接着轻轻念出了字帖上的句子,"夫人与之相与,俯仰一世,或取诸怀抱,悟言一室之内;或因寄所托,放浪于形骸之外……"

"虽说你给我讲过这是什么意思,"令秧有些难为情,"可我好像还是不大明白。"

兰馨叹了口气："其实，这句话是在讲，他们男人过得有多惬意。他们也知道人生短暂，可是对他们来说，不一样的活法就是有不一样的滋味。拘束着点儿使得，疯一点儿也使得，他们通笔墨会说话，什么样的活法在他们那里都有个道理——不怪夫人不懂，天下文章那么多，并没有几篇是为咱们写的。"

令秩掩着嘴"哧哧"地笑："依我看着，你的道理也不少。"静默了片刻，她还是决定说出来："兰馨，按说，你这么聪明剔透的一个人，如何就是摸不透川哥儿的脾气呢——我不是埋怨你，只是替你不值。还是，这么多年的夫妻了，你就是没法中意他？"

"夫人，"兰馨的睫毛微微翘着，"今天的茶可还觉得好喝？"

她只得住了口，听了这话，好像不端起杯子也不合适。茶香的确撩人，她也只好笑道："你这儿的茶，哪有不好的道理。"茶杯里的一汪碧绿挡在她眼前，她只听见兰馨静静的声音："夫人不用替我担心。这几年我已经很知足。夫人愿意天天来我这儿写字儿，就已经是我最开心的事情；第二个，便是盼着咱们三姑娘能常回家来走走，在夫家顺风顺水，让我知道她过得好——有了这两个念想儿，我便再也不图其他了。"

令秩只好叹道："也难得，你和三姑娘倒真是有缘分呢。"

令秩二十五岁了。细想，嫁入唐家，已经九年。

她常笑着跟人说，总算是老了。不过其实，照镜子的时候，她从来不觉得自己老。生溦姐儿时的损耗这些年算是养回来一些，至少整个人看起来是润泽的。腕子上那只戴了多年的玉镯如今倒显得紧——她比十六七岁的时候略微胖了点,不过眉宇间的神情也跟着舒缓了,安静着不说话的时候,眼睛里总有股悠然,好像她在凝神屏息地听着一首远处传来的曲子。

所谓"百孺宴",是个说法,听着阵仗很大。其实真的统计下来,赴宴的不过四五十人而已。开席那日,天气晴好。送贺礼的人早已络绎不绝,川少爷一个人在中堂应付着各家的礼单子,张罗着给抬礼的人打赏派饭——所幸如今,府里有个得力的管事的,侯武,前后左右给管家娘子打着下手。令秧一大早便梳妆完毕,去老夫人房里叩头拜寿。她很小心,知道分寸,胭脂自然不能涂,她便轻轻地施了很薄一层水粉。那粉是蕙娘不知托谁带来的,据说在京城也是紧俏货色。只消打上一点,面色便觉得白皙匀净,看不出什么痕迹。老夫人被人搀扶进太师椅里,坐着发呆,着一身枣红色缂丝"如意"纹样的袄,滚了银边,再系一条石青色裙子,配着一头银丝,和一对祖母绿的耳环,显得益发华贵。令秧事先知道了老夫人要穿戴的颜色,因此刻意地搭着枣红,穿了花青色,系着藤黄的裙子,听了小如的话,把老爷送的玉佩戴在裙子间若隐若现,玉佩的络子是墨绿色,小如非常聪明地,在编络子的时候掺进去一小撮桃红的丝线,几乎看不出来,可是迎着阳光的时候,就是觉得那络子会泛着点说不出的光泽。除了玉佩和已经摘不下来的镯子,令秧并没有戴任何的首饰,就连头发也是梳了一个简单的梅花髻,银簪藏在发丛里。雪白的脖颈悄然映着满头未被任何装饰打扰过的乌发。正是因着这种简单,她看起来反倒像是一幅唐朝的画。

看到令秋浅笑盈盈地扶着老夫人坐下，满屋子受邀而来各路孀妇们全都微微一惊：倒不是因为这唐家夫人生得国色天香——若认真论起姿色来，也不过是普通人里略微娇艳一点的，总之，女人们的眼光尤其苛刻，更何况还是一群因为没了丈夫因此必须冰清玉洁的女人。孀妇们面面相觑，当令秋大方地对她们欠身一笑的时候，她们因着这疑惑，还礼还得更加殷勤。这毕竟是做客的礼数，况且，人家唐府到底是宅心仁厚的大家子。作为宾客的孀妇中总还是有一两个能沉默着恍然大悟的：说到底，这唐家当家的夫人，看起来实在太不像个寡妇。

要说她浑身的装扮也并不逾矩，举手投足也都无可挑剔，大方含蓄。没有一丝一毫的孟浪，可就是令人不安。也许就是脸上那股神情，悠悠然，泛着潋滟水光；眼睛看似无意地，定睛注视你一眼，潋滟水光里就"扑通"一声被丢进了小石子。那份惬意和媚态是装不出来的，她跟人说话时那种轻软和从容也是装不出来的，这便奇怪了，同样都是孀居的女人——难道仅仅对于她，满屋子的寂寞恰恰是肥沃适宜的土壤，能滋养出这般的千姿百态么？

然后大家依次入座，并开席，只剩下蕙娘带着兰馨站着，指挥着丫鬟妇人们上菜。兰馨对这些事情委实笨拙，只好亦步亦趋地跟在蕙娘后头，冷傲的脸上难得有了种怯生生的神情。令秋的眼睛远远地追看着她，有时候兰馨一回头，目光撞上了，令秋便静静地对她一笑——在外人眼里，这笑容自然又是莫名其妙的：究竟能有什么令她愉快的事情？或者说，人生境遇已经至此，究竟还能有什么事情是令她如此愉快的？

跟着老夫人和令秧她们坐主桌的上宾，自然是族中或邻近望族里年长的孀妇——比如苏家的苏柳氏，五十三岁，不怒自威——她二十二岁守寡，去年刚被朝廷旌表过。她的贞节牌坊就竖在离苏家宅院半里地的田野里，那一天是整个苏氏家族的节日。听说，苏柳氏叩谢过了圣恩，跪在那座记录着自己毕生骄傲的牌坊下面，突然间口吐鲜血，大放悲声，口口声声唤着亡夫的名字，说从此以后，她的赤诚与忠贞天地可表，自己便死也瞑目了。言毕昏厥。场面之哀切壮烈，令围观者无不动容。令秧听过别人对这一幕的描述之后，不置可否——其实她心里暗暗想着，有朝一日自己的牌坊竖起来的时候，可千万要沉着应对才好。大庭广众之下，凭你有什么缘由，呼天抢地的到底不好看。苏柳氏的传奇处还不止这点，苏柳氏的亡夫有个长兄，也去得早，长兄病逝后没多久，长嫂便投缳随了去——留下的遗孤一直是苏柳氏这个孀妇带大的。所以，苏家的第一座贞节牌坊是长嫂赢来的，苏柳氏得到的是第二座。也不知能不能说是天公作美，苏柳氏的三儿子自幼体弱，四年前染上时疫，年纪轻轻便去了，苏柳氏的儿媳丧夫时二十七岁，也是一个拿得了牌坊的好年纪。人们都满怀期待地等着，苏柳氏的三儿媳能否争气地为苏家换来第三座牌坊。若果真如此，也真是上苍眷顾苏家——一门的女眷居然也成就了如此佳话。其实，人们心中总还是存着点暗暗的期盼：苏柳氏的三儿媳若是能早些成全自己便是再好也没有了，若是要让所有人陪着她认真等到五十岁才看得见大团圆的结局，未免扫兴了些。今日宴席上,几乎所有的眼睛都盯着坐在苏柳氏身边,瘦弱木讷的三儿媳,孀妇们彼此交换着会心的眼神——似乎都一致认同这个女人看起来实在不像是个能让大家尽兴的角色。

观众们一向难伺候,若是如令秧那样,太出挑了未免扎眼;可是像苏家三儿媳这样,太不像个角儿了,又免不了遭人耻笑。

苏柳氏终于缓缓起身,端起杯子,像是号令一般,众孀妇也都站了起来——宴席的厅堂里突然间树起一片乌七八糟的丛林一样,老夫人的表情凝固在脸上,突然惶惑地四下环顾,像是不明白发生了什么。跟着老夫人的几位婆子又如临大敌地凑了上来,门婆子的双手轻轻在老夫人肩上一按,然后耳语了几句,令秧站起来还礼,然后端起自己的杯子笑道:"还请诸位宽恕,我们老夫人的身子不好,久病在身,不便起来祝酒,这一杯,我先替老夫人喝了。"

苏柳氏不卑不亢地笑道:"有劳唐夫人。今日我们一共有三杯要敬,这第一杯,自然先给老夫人祝寿,祝老夫人身体康健,寿比南山;第二杯敬你们唐府,老夫人的福分我们大家是看在眼里的,这必然是唐家祖上厚德所致,府上如今有这样出息的孙儿用功苦读,也有唐夫人这样的儿媳鞠躬尽瘁地守节持家……"

"使不得的,苏夫人,这可就折煞奴家了。"令秧不好意思地笑,与苏柳氏对饮了,其余妇人们也纷纷饮尽自己的杯子。老夫人也迟疑地端起来喝了一口,继续好奇地左右打量,接着对席上五彩缤纷的凉菜产生了兴趣,像幼童那样抓住了筷子,令秧弯下身子轻轻挡住她的手,悄声道:"老夫人再忍一下,祝酒马上就完了。"老夫人未必听得懂令秋的话，但是却领会了这阻止的含义，怨毒地盯了令秋一眼，齿缝里轻轻挤出两个字："淫妇。"如今，令秋对这种辱骂早已习惯，不用她给眼色，门婆子立刻就会加重按着老夫人肩膀的力道，老夫人像所有孩子那样，感知得到某种微妙的威胁。

"第三杯酒，"苏柳氏继续，"老身觉得，该敬一敬我们诸位的亡夫。在座诸位守节多年，谨遵妇德，含辛茹苦，今日托唐府的福，告慰一下亡夫们的在天之灵，也彼此告慰一下咱们的辛苦。"话音刚刚到这里，厅堂里的角落就响起了隐隐的啜泣唏嘘声。还真是应景——令秋远远地跟蕙娘交换了一个注视，彼此都控制着自己脸上的表情，不能浮出讥讽的笑意。

众人都坐下开始吃菜，气氛也自然跟着热络起来。因为毕竟这"百孀宴"要以庄重为主，谢舜珲很早便建议蕙娘，只在席间安排了一个弹琵琶的，并没有人唱曲子。不过人声嘈杂还是很快就掩盖了淙淙的音乐。西南角那几桌坐的都是年轻些的孀妇，彼此认识的便自然聚在一处说笑，将两张桌子挤得爆满，却有一张桌子上，只剩下一个孤零零的女人。面容姣好，却是满身肃杀气。挤得很热闹的那几桌时不时地爆出来一簇笑声，她听见了，便微微皱一下眉头，好像那笑声似荆棘一般，扎得到她的皮肤。众人都叫她姜氏，她们热闹地聚拢在一起也是为了要谈论她。这姜氏丧夫已有五年，守节第二年的时候，公婆劝她改嫁给小叔子，她不吃不喝撑了五天五夜，鬼门关上被救回来，公婆也不再提改嫁的话。也正因为她身上背着这个典故，才会被列入"百孀宴"的宾客名单。可是三年之后的今日，众人都传说她最终还是同小叔子不清不楚——小叔子明明到了年纪也不再提娶亲的事情，她的公婆只是装聋作哑——孀妇们兴奋地暗中奔走相告，在她们眼里，当姜氏的桌子终于只剩下她一人的时候，她的孤独和沉默就成了她无耻失节的铁证。"看她坐着的样子，"有个女人向同盟窃窃私语道，"腰往前拱，准是新近才做过那种下流事情。"然后众人用心照不宣的哄笑来表示赞同。这众人当中，最近真的在跟自家小叔子偷情的那位，自然笑得最响。

令秋只好得空招手叫兰馨到跟前来，嘱咐兰馨去那个空桌子上陪着姜氏坐坐。无奈兰馨是个闷葫芦，也真的只是沉默地坐坐而已。

老夫人的精神支持不到散席时候，令秋也知道这个，这反而让她轻松，并且因着这轻松，更加周到地伺候着老夫人吃东西。那份细致殷勤，在满桌子的节妇眼里，也挑不出什么错处。于是主桌上的这群年长些的节妇便忽略掉她们二人，闲闲地话起了家常。一名被唤作刘氏的孀妇说自己最近总是胃口不好，尤其是到了晚上，吃些粥都勉强——当然没忘了炫耀一下自己儿子为了尽孝，让人天天晚上熬了燕窝粥给她端去。苏柳氏笑道，其实到了她们这个年纪，胃气上涌本是常有的事，她自己倒有个法子，每一年，到了亡夫祭日的那个月份，她便吃素斋，并且一天只进食一餐——这样既祭奠了亡夫，又清洁了五脏。众人便都道这个法子好。刘氏若有所思地愣了一下，即刻也跟着慨叹起来，说若不是因为这两三年有了孙子，让她倍加思念亡夫，她的胃气也不会如此不顺——看着这粉妆玉琢的小人儿,更觉得若亡夫有这福分看看他该多好。言毕,顺理成章地垂下泪来。满桌人便安静了。苏柳氏的三儿媳笨拙地拍拍她的手背,劝解道:"咱们今儿个都是来拜寿的,刘夫人怎么好端端地又伤起心来了。"于是众人便也跟着解劝,都道在座各位都是一样,谁没有暗自伤心的时候……令秧看到苏柳氏狠狠地盯了儿媳一眼,那眼神让三儿媳即刻将自己的手从刘氏的手背上缩了回来。

东北角的那桌开始行令的时候,老夫人已经退席被扶到后面去,戏班子开台了。不用说,又是借了唐璞家的班子,今天的戏有一折《三打白骨精》,图个热闹,另外就是《窦娥冤》。寿诞日又不宜太过悲情,所以只唱第一折,听听热闹,后面窦娥蒙冤入狱呼天抢地的场面自然是不会出现。其实故事都是烂熟于心的,只是正旦一亮相,念毕了念白,《点绛唇》的调子一起,席间便有人开始抹眼泪。

  满腹闲愁,数年禁受,天知否?天若是知我情由,怕不待和天瘦。则问那黄昏白昼,两般儿忘餐废寝几时休?大都来昨宵梦里,和着这今日心头。催人泪的是锦烂漫花枝横秀闼,断人肠的是剔团栾月色挂妆楼。长则是急煎煎按不住意中焦,闷沉沉展不彻眉尖皱,越觉得情怀冗冗,心绪悠悠……

然后又是一声荡气回肠的念白:"似这等忧愁,不知几时是了——"谁也没想到,苏柳氏的三儿媳就在此处大放悲声,顾不得婆婆的脸色。女人的伤心原本贱如野草,也正是因为贱,所以很容易便铺天盖地。"百孀宴"于是便淹没在眼泪与哭泣间歇的短促呼吸声中,渐渐地号啕一片。台上的正旦显然没遇上过如此投入的观众,一边唱一边手足无措地晃神——在后台候场的蔡婆和张驴儿也凑热闹地探头出来,看着这些孀妇畅快淋漓地集体吊丧。

令秧没有办法,只好把手帕从怀里抽出来,掩在脸上放了一会儿。这样便安然无恙地混迹于这恸哭的人群中。她觉得自己像是被丢进了一片寒鸦惊起的树林里,耳边听到窦娥又唱:

避凶神要择好日头,拜家堂要将香火修。梳着个霜雪般白狄髻,怎将这云霞般锦帕兜?怪不得"女大不中留"。你如今六旬左右,可不道到中年万事休!旧恩爱一笔勾,新夫妻两意投,枉教人笑破口!

好了,眼眶里终于有了一点热潮,泪珠艰难地滚出来的时候她赶紧拿开手帕,生怕脸颊上存留的泪痕很快就干了。

她并不知道在那篇出自谢舜珲之手,写给新任知县过目的《百孀宴赋》里,是怎么描绘这个场景的。不过,她也能想象。

第七章 账房先生

原先苦苦求问而不得线索的事情,原来答案一直在离他这么近的地方。

一

每隔半个月，连翘会带着为老夫人新配好的丸药进来，而令秩永远是从一大早便开始等待。小如在一旁看着总归有些嫉妒，令秩和连翘之间早已不似主仆，而像是一对姐妹——尽管小如不太清楚这究竟是为什么。她只是必须按着令秩的吩咐，养成习惯，把房里最好的茶给连翘泡上，再装上两盒府里待客用的果子点心，让连翘走的时候带给她的孩子们。做完这些，她便出去，把屋子留给她们二人。小如自然不可能没在窗下偷听过，只是她们聊的都是些再琐碎不过的家常，夹带着一点她不好意思听的，关于男人的那些事情——偷听几次也就没了兴致。

连翘如今的穿戴跟三年前在府里的时候自然不同，从前因着令秩总是淡妆素服，她也只好随着，如今倒是穿得更鲜艳了，狄髻一盘，倒是衬得面如满月。她浅笑盈盈地跨过令秩的门槛，形容动作感觉不到一丝一毫的生疏，淡淡地行个礼道："夫人的气色真好。我听好多人说过，前儿给老夫人祝寿的'百孀宴'上，最抢眼的就是夫人。""在一堆孀妇里抢眼可不是什么好事情。"令秩笑得无奈，"孩子们都好？""亏夫人总惦记着，都好，只是那个小子太顽皮，少不得挨他爹的打。""打什么，"令秩瞪大眼睛道，"小子皮一些还不是天经地义的事情。跟你说了好几次了，多带着他们过来,让你的小子跟当归多玩玩,你偏做那么多过场。""夫人这是说哪里的话了,我是替夫人想,我家的孩子跟当归哥儿和溦姐儿不是一种人,即使现在年纪小夫人不在乎,可是府里有的是人在乎——若真的给夫人惹来口舌是非,那我就该死了。"

"算了罢,"令秧啐道,"难不成那起小厮们跟当归就是一种人了?眼下当归成日价跟着他们疯跑,又没个爹管教着,若真能常跟你教出来的孩子在一处,我反倒还放心些呢。"连翘微笑道:"除了老夫人房里的丸药,夫人可有什么要用的没有?那次的'补血益气丹'吃着还好?千万别忘了要用蜂蜜化了温水配着吃,不然药性就出不来了。""还有的是,不急着配,"令秧舒展地换个姿势靠在靠枕上,胳膊肘抵着炕桌,"只是连翘,咱们原先说好的那种药,你可帮我配过了吗?"言毕,她却低头凝视着炕桌上的果盘,不想看连翘的脸。

三年了,她们终于重新说起了这件事。

连翘从椅子里站起来,尽管她不知道站起来要干什么,却不敢再坐回去。她们都安静了半晌,连翘轻轻地说:"我还以为,夫人早就忘了当日的话呢。"令秧迎着光线,微微用力地抻开自己的手掌,凝望着水葱一样的指尖:"我当然不敢忘。只是我心里没数,该不该提醒。你若是装作忘了,那我怎么提醒你都想不起来。""夫人我也没忘。"令秧这时候终于转过脸,似有些倦意:"站起来作甚,坐着。专门给你泡的新茶,还是谢先生拿来的,你怎么说也得尝尝。"

连翘端起面前的茶盅,氤氲的热气扑到脸上来,因着这种暖,她的指尖倒是不再觉得凉："真是好喝。"她轻笑，"如今在我们家，别的都好，我就是想念咱们府里的茶。""走的时候给你带一罐回去，这容易。"令秧柔声道。"我就不跟夫人客气了，这茶的气味和余香，我那当家的铁定喜欢。""如今你们倒是鹣鲽情深。"令秧冷冷地微笑——读了几年的书，她说话倒也会用一些雅致的词了。连翘就算是听不明白，可也能推敲出意思来。

"最初你我二人说好的，"令秧坐正了身子，也揭开眼前的茶盅，"你答应我了，一年，最多一年半，事情就能办好，对你来说，不过是配一些药的功夫罢了。一点一点搁在他的酒里，天长日久，药效也就上来了。一来不难，二来不会有人看出来不妥，三来我们的后患也就除了，再不用担心他乱说话——我知道这是大事，连翘，所以我也不敢催你。只是等太久了，叫我难免心慌。"她笑着，抚了抚胸口。"我就想问一句，"连翘望着她的眼睛，缓缓道，"夫人别嫌我无礼。夫人如今，可还信得过连翘么？""这叫什么话。"令秧不耐烦地叹道，"跟你话家常而已，如何总是牵扯到什么信得过信不过上头去！"随即，眼神里又浮现出少女时候那种清澈无辜的神情。"既然如此，就信我这句话，只要我连翘活着一天，他便不会跟任何人吐露半个字；我哪天死了，他也把那件事烂在肚子里带进棺材。求夫人，把我们当初说好的那件事情忘掉，可使得？"

令秧惊愕地看着面前的这个刹那间变得陌生的连翘，她的心腹，她的伙伴。三年前那个夜里，她们的脸上都挂着眼泪。她说："连翘，你起来，如今恐怕有了身子就别总跪着，地下该多凉啊⋯⋯"连翘哭道："夫人就依了我吧。咱们真的只剩下这一个办法。"她用力捏着连翘的肩膀："你我二人说好一件事，行不行，除了天地鬼神，就只有我们俩知道。事到如今，也只能把你配给那个畜生了，他那里倒是有一样好处，你想配点药再方便也没有。你想想法子，弄点毒药来，也不要药性太强的，一日一点下给他——一年半载的工夫他便殁了，旁人只道是暴病。再也没人来糟蹋你，也没人把咱们的事情泄露出去。只要这件事做完，我便接你回来，你还在咱们府里，你的孩子也在咱们府里长大，你我就能像此刻一样，一处做伴儿，跟蕙娘和云巧一起，直到老死。你说，好不好？"连翘用力地点头，点头，眼泪凝结在下颚上，然后深深地叩首："只求夫人到那个时候别忘了我，别丢下连翘不管了。""你又在胡说什么！"令秧一边哭，一边笑道，"就像戏里唱的那样，我当你是知己，你懂不懂？"

令秧依旧记得，那一刻满心酸楚，却又庄严的幸福。只是，为何不算数了？

"夫人，"连翘依然是静静的，"谋害亲夫，是要凌迟处死的。"

"好多药的药效你最清楚，你只消做得像是急病身故，根本没有人看得出破绽。"令秧压下去涌上来的恼怒，"你如何不替我想想，若是祸患从他口里出来，我也得被拉去沉潭浸猪笼。难不成我就不怕？直说吧，你舍不得了，对不对？"

连翘的眼睛泛红："他是我孩子们的爹。"

"你别忘了起初他是怎么要挟你怎么逼你就范的！"令秧气急败坏道，"畜生一样的人，有什么地方值得你可惜！"

"他当初不过是灌多了黄汤糊涂油蒙了心，这些年他早已改了——"

"你怎么这么傻。"令秧难以置信地摇头，"害过人还又因着害人得着好处的人，如何能改？"接着她颓然地叹气，"也罢，看来当初说过的话，如今是真的不算数了。"

"就算我求夫人看在我那两个孩子的分上，"连翘搁下了茶杯，"夫人饶他这一次，我这辈子给夫人做牛做马。"

"罢了。谁也不能把刀架在脖子上迫着你。"令秧呆呆地看着窗子，鼻子一酸，"我一不下田二不赶路，要那么多牛马作甚？"

门外边传来了云巧的声音，在高声且愉快地叫小如："你这丫头又躲懒到哪里去了——我们溦姐儿来找娘，还不赶紧出来迎一下……"

小如的嗓音远远地从回廊的另一头绕过来："没料到溦姐儿今儿个这么早就吃罢饭了呢，该打该打，溦姐儿这身衣裳怎么这么好看，来，让我瞧瞧。"

连翘慌忙起身道："溦姐儿来了，我便不多打扰夫人，我看看溦姐儿就走。"

"多坐会儿吧，"令秧淡淡地说，"有你在这儿，她来了，我还觉得好受些。这话我也只能跟你讲，我特别怕溦姐儿这孩子，她越大，我越不想看见她。"

"夫人快别这么着，"连翘深深地看着她的眼睛，"溦姐儿越长越像夫人了，又乖巧，家里上下哪个不觉得她可人疼？便是我也成日价念叨着溦姐儿……夫人凡事都要往好处想，别总记着过去的事情。"

"你倒告诉我,好处是哪一处?"令秧嫣然一笑,"我原先还指望着,你能早些回来,不过指望落空,都是平常事。"

她打发小如去送连翘,告诉云巧说她头疼,于是云巧便把潋姐儿带了回去——她相信潋姐儿其实和她一样如释重负。随后她便一个人静静地坐着,畅快地淌了一会儿眼泪。不全是因为连翘背叛了她们的计划,仔细想来,就算是当日她被关在祠堂里的时候,就算是她在漫长夜里闭上眼睛听见哥儿推门的时候,就算是她在即将笼罩她的晨光中梦见童年的时候……她都没有尝过这种滋味。不管在她眼里,罗大夫有多么不堪,可是对连翘来说,跟这个人在一起的日子更好,更有滋味,更有指望——再没有什么比这个更让她觉得孤独的了。

然后她坐起来,铺开了纸笔,她要写信。原本,当初想要跟兰馨学认字,也是为了能像蕙姨娘那样,在真正遇到事情的时候可以写信给谢先生讨主意——可是从描红临帖,到真的能让自己想说的连缀成句子,总是需要些岁月的。何况,蕙姨娘写信给谢先生,毕竟是给娘家人的家书,这些年每个人都习惯了,可若是令秧也突然开始叫人公然捎书信给谢舜珲,那便是极为不合适的事情。她也想过,要不要拜托蕙娘,每逢蕙娘托人带信的时候,把她自己写好的那封顺便夹带进去——按说这是最稳妥的办法,可是眼下便不成——她不知道蕙娘会如何看待她跟谢舜珲之间那种默契的交道,她也不愿意留给任何人任何曲解的机会。再者说,她信里要写的话是连蕙娘也不能告诉的。

她只能跟谢舜珲说。她想从头说。说她其实没有犹豫地把连翘送给了一个下流人，只是为了堵住那人的嘴；说她也没有什么犹豫地，决定了要取那人的性命——与其冒着长久被要挟的风险，她宁愿快刀斩乱麻；其实她还想告诉谢舜珲，她知道，想要杀人是不对的，无论如何都是伤天害理，可是即使如此，她还是想这么做；顺便再告诉他，也许在错事面前，上天不肯帮她也是自然的——连翘反悔了，是因为，是因为——如今，她割舍不了那个男人，她眷恋他。

　　直到此刻，令秧终于弄明白自己为何那么想要写信给谢先生——她只是觉得困惑，那种眷恋究竟是为什么。

　　那封信令秧写了很久，也写得很慢，她必须先要仔细地弄明白自己究竟想说什么，然后再来思考有哪些字是自己不会写的，并且想想自己想要说的话究竟该用什么样的词和句子。兰馨为了教她认字，给她看过自己娘家来的家信，她依稀记得些写信的格式，也不知道对不对，不过管他的，反正谢先生不会笑话。她没有意识到，自己在谢舜珲面前居然没有任何羞耻感。

　　想来想去，还是只有连翘最靠得住——连翘横竖是不识字的，况且平日里罗大夫断不了跟一些贩卖药材的商人打交道，还是拜托连翘为她寻一个熟悉歙县那边的药贩子，给点银子，捎信人便有了。至于该怎么跟药贩子解释带信是做什么用的，那是连翘的事情，类似的事交给连翘，总是可以放心的。

　　接下来的，就是漫长的等待。她总是会想万一谢先生的回信写得过分文雅深奥，她看不懂该怎么办。那便只好在谢先生下一次到访唐家的时候，找个时机请他解释吧。这么想着的时候她觉得很愉快，就好像是小时候在想象中跟人完成一场精彩的游戏。等了近十天，她装作漫不经心的样子问小如："平日里咱们家里的书信，要多久能收到回音的？"小如道："这便不好说了。若是往徽州六县送的，差不多半个月，至多一个月吧。可若是往外府甚至是别的省送，那可就没谱儿了。"

"咱们府里是谁管着收信送信的事情？"

"这个没准儿，以往管家每个月派谁出去就是谁管，不过最近半年好像都是侯武管着。眼下侯武出门办事的时候最多：采买，收账，送礼，巡视佃户，都是他的事，送信儿之类的，见缝插针地也就办了。"小如的笑意里似有一点微微的不屑，"夫人是想往娘家写信么？我去找侯武便是。如今他是蕙姨娘跟前最得意的人儿，可是一直都找不到契机来夫人眼前献个殷勤。前儿我送连翘走的时候在二门看见他，他还跟我说夫人房里的事情只管叫我吩咐他……吃住了蕙姨娘还不够，总得在夫人跟前时不时地卖个好儿才算周全。"

"这也奇了，人家如今当总管，尽心尽力有什么不对，"令秋无奈地笑道，"你们这起嚼舌头的人，怎的都这么刻薄。"

"既然话都说到这儿了，我就跟夫人再多嘴一句。当初蕙姨娘再重用起先的管家，都无所谓，因为管家是老人儿，跟管家娘子两个都是左膀右臂，没人能抓什么话柄儿。可侯武不同，侯武年轻，没娶过亲，成日价在众人眼皮子底下跟蕙姨娘走那么近，只怕日子久了，会生别的事端。这话旁人都说不得，只有夫人的身份才能提醒着蕙姨娘一点儿,若真是被人传出来什么难听的,头一个咱们三姑娘在夫家该如何做人,还有,夫人和谢先生苦心经营着咱们家看重妇德的名声,怎么说也不能让侯武给玷污了。"

令秧用了好大的力气,才遏制住内心涌上来的那一阵恼火:她说得都对,可就是因为太对了,"对"得让令秧觉得胸闷。况且,什么叫"夫人和谢先生苦心经营着的名声",这丫头怎么会这么聪明——可若是连翘,即使看得再清楚这句话也断不会说出来,罢了,再念连翘的好处也没用,连翘横竖已经抛下她不肯再回来。她脸上倒是依然不动声色,笑道:"我能和谢先生经营什么,你就编排吧。依我看,原本什么事情都没有,事端全是你们这起听风就是雨的闹出来的。蕙姨娘身正便不怕影斜,你要我去提醒什么?"

"夫人可以跟蕙姨娘说,要蕙姨娘张罗着给侯武娶亲呀。"小如一兴奋,便眉飞色舞起来,"管家娘子岁数也大了,如今管家常年瘫着原本就需要人时刻照看,不如顺势让管家娘子歇了,以后侯武和侯武的媳妇儿就是新的管家和管家娘子,这样侯武也名正言顺了,还多了个媳妇儿一起帮衬着,自然也就没人再派蕙姨娘的不是。"

令秧一个耳光落在了小如脸上,清脆的一响,她自己也吓了一跳:"听见你自己满嘴的下流话没有?我都替你害臊,一不留神把自己心思说出口了吧!你一个姑娘家操心起侯武一个爷们儿的婚事已经够没脸的了,谁知道还巴望着管家娘子的位子,也不照照镜子看看自己几斤几两,我的屋子太小盛不下你的才干了是不是?没脸的骚蹄子,你当我傻,我没听见你说前儿在二门上跟侯武搭话的事儿？谁先跟谁搭话还不一定嘞，你倒懂得替自己瞻前虑后的，想要如意郎君，想去攀个高枝儿管事儿，别在我这种寡妇的屋檐底下埋没了你终身对不对？"

小如早已静悄悄跪在地下，知道自己说什么都不对，索性沉默着一边哭一边任由她骂。令秧骂着骂着，益发觉得自己指尖都在发抖，她也不认识这样的自己，可是居然如此地驾轻就熟。有什么东西跟着这种破口大骂破茧而出，也许是那个原本恶毒的自己，像炉灶里的木柴那样燃烧着就要爆裂开。她心里重重地划过一阵凄凉，犹豫着扬起一只手，本想再对着小如扇一巴掌，手掌落下来，却不由自主地捂住了自己淌泪的脸。

她们安静了很久。正当小如想要开口认错的时候，令秧反倒哽咽得像个孩子。"疼不疼？"她的指尖轻轻碰了碰小如的脸颊，"其实，我知道你是担心蕙姨娘，也担心这个家。老爷没了，当归不是我生的，溦姐儿也跟我生分，连翘嫁了以后变得越来越没良心，你若是再存了什么心思想走，我可就太没意思了。你懂不懂……"

于是小如反倒必须像安慰一个孩子那样，把她的双手紧紧地握住，包裹在自己温暖的掌心里："夫人别这样，我知道，夫人想念老爷的时候，脾气上来，觉得伤心，都是有的，可是夫人也得顾念自己的身子呀。"

是，任何事情倒是都可以推到"想念老爷"上头去，老爷的灵位就是她最完美的避难所。虽然如今她想起老爷的时候，最清晰的只是那满屋子难闻的气味儿。

二

令秧和老爷大婚的那一年，侯武已经是管家手下最看重的人。他对他的生活没有任何不满意，不过他知道，他离自己真正想接近的东西还很远。对于老爷要迎娶的这位新夫人，府里的下人暗地里没有不摇头叹气的。都知道新夫人年纪比老爷小了三十岁——这倒也罢了，可是原本只是打算纳为妾室的，夫人尸骨未寒，老夫人便已经拍板让她续弦做填房夫人——若不是府里那两年眼看着就要坐吃山空，急等着一笔大的进项来周转，一个普通商户家的女儿怎么说也爬不到这个位置来。大家都慨叹着世态炎凉，也有人暗暗抱怨老夫人的无情，可是侯武知道，若没有这个新夫人的嫁妆，只怕他们所有这些嚼舌头的人的饭碗都成了问题。不管别人，他自己一直隐隐地感谢着那个十六岁的姑娘。

有一件事，怕是老爷直到去世的时候都不曾知道。知道的人只有蕙娘，管家夫妇，和侯武以及管家的另一个亲信。唐家大宅这些年还能如常运转，是因为令秧过门之后，蕙娘暗暗挪了一半嫁妆的钱入股了两间典当铺。且那两间铺子并不在徽州地面上——谁都知道，大江南北，徽州人的典当生意遍地都是。蕙娘把钱放到了一个远行至福建的同乡手上，在福建，徽州人的典当铺利息收得比当地人要低，因此不怕没有钱赚。这事自然是不能让老爷知道——管家曾经提醒蕙娘,福建毕竟隔着千山万水,如何提防上当受骗。蕙娘却只是淡淡一笑道:"不怕,我自有道理。"侯武听说,后来蕙姨娘托人打点了一份厚礼,并修书一封,直接送去了福建,抬到那同乡所在的知府府上。如此一来,同乡看见唐家居然跟那位知府还有交情,知道自己在异乡经商总是有能仰仗唐家的地方——所以年底核算分红的时候倒从没做过手脚。同乡的典当行越来越稳固,唐家大宅便越来越游刃有余地维持着收支的平衡——状况最好的那两年还让蕙姨娘又在附近乡下置下了一些田产。没有人敢问蕙娘究竟是如何认识那位福建的知府的,管家娘子曾经诡秘地微笑道:"那知府怕是她从前在教坊时候的恩客。"侯武听了只是模糊地觉得——难怪入股的事情,绝对不能告诉老爷。

老爷是个有情有义的人,一定要等到夫人三年祭日过后再迎娶新夫人过门,老夫人也不好说什么。那年月老夫人不犯病的时候,说话是举足轻重的。不过有一晚,疯症来得剧烈,老夫人举起床边一只矮脚凳砸坏了房里的好几扇窗户,那次阵仗很大,最终是两个小厮顾不得避嫌了,冲上去才把老夫人摁住。次日,管家找人去盯着工匠修复老夫人房里的门窗——还有,老爷的吩咐,老夫人的窗子上从此以后都要装上铁制的栏杆。侯武负责监督着这个差事,这当然是他自己跟管家求来的。监工了两三日,老夫人房里的丫鬟婆子们便都跟侯武很熟了。闲聊的时候,他便不经意地问过,老夫人的疯病究竟是什么时候开始犯的。

这些年来,这个问题他已问过好些人,但他得到的回答并不总是一致的。管家娘子和管家两个人就分别斩钉截铁地说出两个相去甚远的年份。他只好不厌其烦地找机会去问更多的人，试图从众多回答中得到一个大致准确的答案——这件事，对他很重要。

"是灾荒那年。"一个婆子语气非常肯定，"那时候你还小吧——总之，是老爷带着蕙姨娘回府以后，那年的冬天。有不少逃荒的人都往休宁城里跑，既是往城里去，必定得路过咱们家的宅子。老爷心慈，便在大门外面吩咐管家支了口大锅舍粥，依我看，所有的祸端都是从这儿来的。"婆子叹了口气，自顾自地摇头道，"那天是腊八，老爷特意吩咐，那天赈灾的粥里多放点东西，算是给这起要饭的过了回腊八。那天排着队等着舍粥的，哄抢的，自然比平日里多出去好几倍还不止。早早地，粥便舍完了。可是，你说舍完了有什么用，那起下流没脸的饿死鬼才不会信。就都围在咱们门口不走。作孽，偏生那天老夫人一大早就上庙里进香去了。回来的时候，那群饿死鬼里有几个天天守在咱们家门口等粥，认得了咱们家的轿子，一窝蜂地围上去堵着路，对着轿子磕头，说是谢老夫人救命之恩，求老夫人再开恩舍点腊八粥——你瞧瞧，什么叫得寸进尺，这便是了。说是来叩头求老夫人，可是你没看见那凶巴巴的阵仗，两个轿夫都被他们踩掉了鞋。"这婆子眉飞色舞，淋漓酣畅地骂着"饿死鬼"，不小心忘记了，那年逃荒的队伍里，也有自己家的亲戚，"叩头的那些人里有个道士打扮的，上去就掀开了老夫人的轿帘子，旁人都没明白是怎么回事——待到咱们家的小厮舞着棍棒上去把他们打散的时候，那妖道已经对着老夫人不知念了两句什么，当晚，老夫人就病了……"

其实侯武的眼神早已涣散开，那婆子后半截究竟说了什么他一句也没听见。只是有一样可以确定了，老夫人第一次发病，的确是那个冬天——你可以说是灾荒那年的冬天，也可以说是老爷带着蕙姨娘回来的冬天，还可以说是账房先生死去的冬天——在各路人的答案里，"这个冬天"是被提到最多的。侯武耐心地对这婆子赔着笑脸："妈妈可还记得，当年，老夫人房里的贴身丫鬟是哪个么？"婆子脸上滚过一阵黯淡："这如何能忘了，想当初，整个府里的丫鬟中间，她最是个人尖子——可惜那丫鬟短命，老夫人得病的第二年，发作起来，我们没拦住，叫老夫人拿把剪刀刺穿了那丫鬟的喉咙，长得娇滴滴的一个人儿，就这么没了。老夫人清醒过来抱着尸首哭得死去活来，老爷就吩咐必须厚葬——从那以后，老夫人就病得更厉害了。"

侯武不作声，心暗暗地往下沉。他又一次没了线索。

老爷西去的那年冬天，正是令秧身子臃肿临盆的时候。蕙娘独自在账房中看着账簿，打发紫藤去厨房安排别的事情——冬日天黑得早，才下午的工夫，账房里已经掌上了灯。她听见有人叩门，眼皮也没抬一下，便道："进来吧。"她听得出侯武叩门的声音。

她没有抬头，他也维持静默。片刻之后，他轻声道："蕙姨娘，我来辞行。"

蕙娘的指头肚用力地按在正在看的那页账簿上，波澜不惊道："为何？嫌工钱少？我知道，"她轻轻叹气，"老爷去了以后家里事情太多，大半年来这么辛苦也一直没能打赏你。可是府里如今艰难，你不会不知道。"

"蕙姨娘这么说,可就折煞侯武了。"他慌乱地摇头,"实在是,我娘年纪大了,身子不好,我想回家去娶媳妇,顺带照顾她老人家。"

"给你半年的假。"蕙娘扬起脸,"回去娶亲,让她留在老家照顾你娘,你再回来,如何?来回盘缠,娶妻的使费,都由咱们府里出。我回头跟管家商量一下,看看是按照以往的例则结给你,还是再多添些。"她的腔调一如既往的精明果断,让他一时也想不出该如何说"不"。

"蕙姨娘,侯武何德何能啊,真的当不起……"

他总不能告诉她,他熬了多少个不眠之夜,才下了这个决心。老爷死在老夫人手里,老夫人如今生不如死——即便账房先生的死真的如他怀疑的那样,与这两人有关,上天也已经替他讨公道了,即使他自己动手也没可能做得这么漂亮——所谓"人算不如天算",原来还有这样一层意思。虽说作为一个复仇者,他很失败,可是败在天命手里,怎么说也不丢人。所以,是时候离开了——虽然他依然恨这宅子,也依然舍不得它。

"你今年多大了?"蕙姨娘放下茶盅,微微一笑,"我记得你来府里那年才十四,到如今怕是有七年了吧……"

"难为蕙姨娘记得,上个月,刚刚二十一。"

"也的确到了该娶亲的年纪了。"她深深地看着他的眼睛,那目光让他心里一颤,他以为她马上就要说出些让他如释重负的话,他在心里这样乞求着观音菩萨。这么些年过去,她倒是一点不见老,即使丧夫也并未让她憔悴多少,反而浑身上下更添了种欲说还休的味道。她站起身,缓缓地走向他,一时间他的第一个反应便是倒退了好几步,她脸上浮起的笑容几乎是满意的,她不疾不徐道:"侯武,我若就是不准你走呢?"

他也不知道为什么,后退了几步之后,他居然将手伸到背后去,插上了账房的门闩。那声轻轻的木头的响动让她意外地看了他一眼,随后她的笑意便更浓了。"蕙姨娘,"他嗫嚅道,"我求求你开恩,侯武在府里这几年,承的恩泽这辈子也还不清,即便放我家去了,我也依然是咱们府里的人……"他知道自己语无伦次。他只好绝望地注视着她墨绿色裙摆边缘上绣着的细小的水仙花,他知道,自己跪下了。

"起来呀,你这呆子。这算干什么呢?"她继续往前挪着小碎步,"你这话可就让人寒心了,东家哪里亏待了你,我又哪里对不起你,你这般哀告着说要去,难道往日的主仆情分都是假的?"

他终于一把抱住了她的双腿。像要把自己的脸揉碎那样,用力地埋进了她的裙裾。那件从来也不敢想的事情,其实做出来,也不过就这么简单。她的声音仍旧柔软,带着嗔怪的笑意:"这又算是干什么呢?叫我和你一起被天打雷劈不成?"他急急地站起身来,动作因为笨拙,险些被她的裙摆绊倒。他也不知道此刻该做些什么,于是他死死地捧住了她的脸庞,眼睁睁看着狰狞的自己映在她眼底静谧的湖泊里。她像是要哭,眼里眼看就要滚出水滴来,但是她却笑了。如果是这样近地端详着她,的确看得到她眼角有细细碎碎的纹路,它们若隐若现的时候搅得他心里一痛。蕙娘的声音低得像是耳语:"是不是嫌我老了?"

他抱紧她，默不作声，满心都是屈辱。他这才明白，有那么多次，他冷血而又过瘾地盘算着如何复仇：看着幼小的三姑娘蹦蹦跳跳地出现在芭蕉树底下，他就会想象着她的脑袋和身子在一瞬间搬家是什么情形，应该有一道鲜血划破她的脖颈，像风一样飞出来，一半喷溅在雪白的粉墙上弄出梅花点点，一半喷在她粉红色的身躯上——至于她的头颅，像个肮脏的球那样滚在芭蕉树底下的泥土里，双眼还不知所措地望着天空；遇上老爷一本正经地穿戴整齐坐进车里去做客吃酒，他便想象着马蹄从老爷身上如何清脆地踏过去，轻松俏皮地踩碎老爷的内脏就像踏着暮春时候的落花，然后车轮也正好碾着他的鼻子过去，让他的脸上凹陷出一个大坑，和身子底下的青石板路浑然一体；有时候那位十六岁的夫人会坐在二层上一脸好奇地眺望远处——他会想象如何把她的衣服扒光再把她从栏杆上抛出去——她毕竟跟旧日恩怨完全无关，所以对她的惩罚可以轻一些，自然了她能嫁给老爷便不是什么好东西，也该死。侯武常常出神地幻想着一场又一场又壮观又闻不到腥气的杀戮，只是他自己也不清楚，无论恨意是多么愉快地宣泄而出，他心里也依然有股说不出的柔情——当他看到粉墙上那些被雨水冲刷出来的污渍，看着燕子又狡猾又优雅地掠过天井的廊柱，看着管家娘子在盂兰节的时候专注地折出那些纸元宝——温暖地抬头对他一笑道："你看，这些够不够夫人在那边用的？"……时时处处，那柔情都会蔓延过来，像是雨后带着清香的苔藓。

　　原来这柔情的源头在这儿。在他眼前。就是她。

账房后面那间堆积陈年账簿的偏间是他们见面的绝好场所。每一次，她都静静地迈进来，像幅画那样不动声色地凝视他。像是安然欣赏着他所有的惶恐，和所有的冒犯。他故作粗鲁地扯开她的衣扣，满心疼痛地眼睁睁看着她被自己冒犯。每一次，当紫藤在门外心照不宣地咳嗽，他便知道她该走了。每一次，他都跟自己说，他会永远记得她满身月光一般的清凉和柔软——到他死。

"还急着回去娶媳妇儿么？"她趴在他耳边，戏谑地问。

"总有一天，我带你走。"这允诺让他浑身直冒冷汗，可是他觉得他别无选择。

"又说傻话？能走到哪里去？"她的指尖划过他的发丛，"我们走了，谁照顾夫人？这个家怎么办？"

"我不管。"他有些恼火。

"好了。"她的眼神像是纵容着一个耍赖的孩子，"只要你愿意，咱们永远这样——没人会发现，即使发现了也没人敢说出去。直到你倦了，想去真的娶媳妇儿了为止。我可不是老夫人，若我立定了心思要干什么，我便能打包票让任何人都不敢来为难你。"

他的脑袋里像是划过一道闪电那样一凛，但他不动声色道："老夫人怎么了？"

"当年老爷一回家来，头一个便想收拾老夫人和账房先生啊。"她躺倒在他怀里，"是我跪在地下求老爷，千万不能闹开来不然对谁都不好看——他才答应我只想个法子让账房先生出去。于是只好赖到账目亏空上头了——本以为，这样便神不知鬼不觉，谁知道那账房先生是个性子烈的，受不了自己一辈子背个闹亏空的污名儿,就投了井。葬了账房先生那日,老爷拿着一把匕首到老夫人房里,要老夫人自己断一根手指,立誓以后清白做人——刀落下去,没落在老夫人指头上,劈进了那张紫檀木的八仙桌里,然后老夫人便嘴角泛着白沫昏过去了。老爷自己也没料到,那以后,老夫人便开始病了。"

她住了口,端详他道:"是不是吓到你了?没事,放心——有我在,没人有这个胆子。"

原先苦苦求问而不得线索的事情,原来答案一直在离他这么近的地方。他的仇有命运替他报了,可是他必须要做跟账房先生一样的事情。原本已经式微的暴怒就在此刻吞没了他,他辗转反侧到天亮,一闭上眼睛就看到那个如今已经在他胸口处牢牢生了根的女人,他知道自己接下来要做的事情,他要毁掉这个家,让他们最恐惧的事情发生,砸碎他们最在意最珍视的东西。然后,让他们自己砸碎自己。

三

进门的时候,蕙娘笑道:"真不知这些日子在忙些什么,竟也好久没来夫人这里坐坐。"令秧坐正了身子,有些费力地转动着腕子上的玉镯:"你日理万机,我想叫你来的时候都得顾及着,我们这起整日吃闲饭的也别太不知趣，耽误了你给府里赚银子的大事情那可就罪过了。"说得身边丫鬟们都笑了。蕙娘一边示意紫藤将手里的捧盒放下，一边道："如今夫人取笑我的功夫倒是真的见长了。这是前儿三姑娘打发人带来的，新鲜的莲子菱角糕，他们府里做这个倒还真有一套，夫人也尝尝。"令秩连忙道："真难为三姑娘想着。你看，你隔三差五地总带些新鲜物儿给我，弄得我想和你说话儿的时候都不好意思打发人去请，怕你疑心是我屋里没东西吃呢。"蕙娘笑着掩住了嘴角，又道："对了，我刚收到谢先生的信，他叫我替他谢谢夫人，帮他家的夫人抄佛经，还说下次抄了佛经一并交给我，跟着我的书信一道带过他们府上去就完了。"令秩愣了一下，才恍然大悟道："好，你下次再带信的时候，打发个小丫鬟来我这里拿便是。我不过也是为了多练练字儿。"她在心里重重叹了口气：到底是谢先生，"抄经"是多好的由头，这样便能把自己的信也夹进去——如此简单，偏偏她费了多少周章也想不到这一层，真是人笨万事难。

她自嘲着，脸上的笑意益发跳脱地迸出来，柔声道："谢先生最近也不说上咱们家来看看。""罢哟，"蕙娘挥挥手，皱眉啐道，"他哪还有心记得咱们，他忙得魂儿都被勾去了。夫人整日跟川媳妇待在一处，没听说么？怕是有近两个月的工夫，他都住在'海棠院'里——最近那里新红起来的一个姑娘叫什么'沈清玥'的，把他弄得五迷三道浑忘了自己姓什么，咱们川少爷想去跟先生说话，只怕都要寻到清玥姑娘房里去才见得着人——夫人说说，这成什么话？谢家老太爷去年归西了之后，更是没人镇得住他谢舜晖了，我都替他家的夫人发愁呢。"令秧吃了一惊："真没听过，兰馨跟我从来就不说这些男人们的事儿。"随后她略显尴尬地看了一眼站在地上的几个丫鬟，道："你们都出去吧，这话可不是你们能听的。"紫藤和小如对视一眼，出门的时候小如终于忍不住，掩住了翘起的嘴角——她们倒也都知道，夫人在这类事情上，规矩是最多的。

四下无人了，蕙娘的声音反倒压低了些："川媳妇怕是也没跟夫人提过，我听说咱们川少爷也是越来越熟悉那种地方了。要说那'海棠院'真的嚣张，如今人家都说，十个打马从八角牌楼底下过的正经官人，倒有八个是往海棠院里去的。哎，"蕙娘长叹一声，"我也担心着我那个不成器的姑爷，也不知道三丫头能不能学得伶俐些，把他拴在家里。不然若真的被那起娼妇迷得乱了心性，可就不好办了。""这话，我也不好直接跟他说。"令秧为难地托住了腮，"我倒觉得川少爷也不过是去看看，图个新鲜，横竖你交代账房，不许他从家里支银子不就完了。""我何尝没想到这个，"蕙娘苦笑道，"我就怕家里支不出来银子，他到九叔那里去支——九叔向来是个不在乎小钱的，多为他做几次东便什么都有了。看来我还是得打发侯武去九叔面前通个气儿，侯武也是个男人，这话还好说一些。"

既然已经提到了侯武，令秧便顺势道："我还正想要跟你商量这个呢，按说，侯武如今在咱们家里担着最重要的位子，咱们也该给他娶个亲，不如就在家里的丫鬟中间选个不错的，往后，侯武跟他媳妇儿就是名正言顺的新管家和管家娘子，他便也能安心在咱们家里待下去，你看如何？"蕙娘心里重重地一颤，脸上却波澜不惊："夫人说的是，我不是没有问过侯武，不过好像他自己对娶亲这回事并不十分热心，我也就罢了。"令秧笑了："他要是太热心了岂不是遭人笑话？咱们做了主给他选个好的，他哪有不依的道理？"蕙娘也笑道："若说家里的丫鬟，到年纪的倒也有两个，只是嫁了侯武就等于要从此帮着管家，我怕一时服不了众，又生出事端来。""别人难服众，"令秧胸有成竹地笑道，"你的紫藤还不行么？她年纪也大了，咱们不好耽搁人家——况且，她嫁了侯武，等于你的左膀右臂成了夫妻，谁还敢说什么不成？紫藤是在咱们家长大的，我知道你也舍不得她，如此一来她是真能跟你待一辈子了，多好。"蕙娘不作声，也没有注意到令秧脸上掠过的一点黯然。沉吟片刻，只好说："夫人的主意好是好，可我想回去先问问紫藤的意思，若她实在不愿意，我也不勉强她。这孩子同我，毕竟跟别的丫鬟有分别。不过话既说到了这里，夫人就没想过小如么？我若是让紫藤嫁给侯武，众人还不更得说我在府里一手遮天了？不如把小如配给侯武，这样夫人的人成了新的管家娘子，不更是没人敢说什么。"令秧皱了皱眉，仓促地挥挥手道："小如不成，一来年纪还小，二来性子太不沉稳，真扶到那个位子上去了只怕遭人笑话。还是你的紫藤大方懂事——况且，"令秧笑了，"你就当是心疼我行不行，连翘才走了没两年，我又得从头调教一个人，累死我。"言毕，二人不约而同地端起面前的茶盅，似乎突然没有话讲了。

回廊上传来两个孩子嬉笑的声音，依稀掺杂着奶娘在说话："慢着点儿，慢着点儿，仔细跌了……"屏风后面最先露出来的是当归的脸，这孩子长着一双老爷的眼睛，可是脸上其他地方都像云巧，总是有股灵动劲儿，好像马上就打算笑出来。然后溦姐儿终于气喘吁吁地赶了上来："风车是我的，还给我！"当归仗着个头高些，把风车轻巧地举过头顶又往屋里奔，蕙娘拖长了声音笑道："好我的当归哥儿，你一天不欺负你妹妹，你便过不去是不是？"当归一边跑一边说："风车是我做的，就是我的。"溦姐儿在后面气冲冲地嚷："你说好了做好了送给我的，你耍赖皮！"可是一抬头看到令秧，溦姐儿便安静下来，不作声了。没人追赶，当归顿时觉得没意思起来，举着风车的手臂垂了下来，脸上带着一副鸡肋一般的神情，嘴里嘟哝着："给夫人请安。给蕙姨娘……"后面那"请安"两个字基本是被吞回肚子里了。

令秧的脸像是被自己的笑容融化了那样，张开手臂道："当归过来呀。"嘴里虽然说着："你一个哥儿，跟姑娘家抢玩意儿，害臊不害臊？"却是一把把当归揽在怀里，还顺便捏了捏当归尖尖的鼻头。问道："吃点心不？"溦姐儿维持着刚才的姿势，一动不动地站在地上，漆黑的眸子注视了一会儿令秧，便又把眼光移开了。蕙娘看在眼里，只好对溦姐儿笑道："不就是风车么，蕙姨娘让人再给你做好的。你喜欢什么颜色只管告诉我……""依我看，"

令秧依旧搂着当归，表情淡淡的，"风车也没什么好玩的，一个女儿家，整日为了追着风四处疯跑着，终究也不像个样子。"溦姐儿脸上一副无所谓的神情，只是静静地往蕙娘身边靠近了些。蕙娘长叹一声道："就由着她玩儿一阵子吧，"说着伸手抚弄着溦姐儿头上插着的一朵小花，"眼看着就该缠脚了，横竖也不剩下多少日子能这样跑一跑。"令秧笑道："你就总是纵着她。"眼睛也不再瞧着溦姐儿了。

府里的人谁都看得出，夫人不怎么喜欢溦姐儿——虽然是从自己身上掉下来的肉，可到底比不上当归，老爷留下的唯一的血脉。蕙娘虽说知道个中缘由，心里却也难免觉得令秧有些过分，可是这话是不能明着说出来的，她只好尽力地疼爱溦姐儿，让府里的人都看着，有她在保护着这个沉默寡言的孩子。

侯武和紫藤完婚那天，唐家大宅里倒也是热闹。

婚事都还在其次，众人现在都晓得了，从此以后他们便有了新的总管夫妻。旧日的管家娘子从此正式卸任，被府里养起来等着终老，仪式上，拜完了天地，这二人都没有高堂在身边，因此，拜的就是原先的管家夫妇——老管家被人抬了出来，左右搀扶着架在椅子上，受了这一拜。

其实在婚礼前一天，侯武和紫藤二人已分别来拜过了各房的主子。侯武深深叩首的时候令秧道："起来吧。从今以后就是成家立业的人了，咱们府里虽然是没有老爷，可是越是这样，大小事情的规矩方圆越不能给人留下话柄儿。从此以后，很多事情就交给你和紫藤了。你可知道，在咱们家，最看重的是什么？"侯武垂手侍立着，听到问题立刻惶恐地抬起头来，满脸都是老实人才有的那种不善言辞的窘迫——也并不是装出来的，他的确从来没想过这件事。令秧笑了，笑意里全是宽容，这让侯武依稀想起多年前的那位夫人——可是她们终究不同，令秧无论如何，都无法假装自己像是一个"母亲"。她缓缓地叹气道："这个宅子里，我最在意的，便是这一屋子女人的操守和名节。或者我讲得再明白些，这一屋子女人的操守和名节，决不能在别人嘴里被玷污了。咱们家——账房上每年收多少银子又花多少，有没有亏空能不能盈余，什么差事用什么人又罢免什么人，我通通不管，我不识数目字，也不想费这个力气；可若是咱们家里传出来什么不好听的话不名誉的事情——那就是我的事情了。你可明白？"

侯武连声答应着，心里却想起很多年前一个晨曦微露的清晨。那似乎是个初夏，不记得是族里唱大戏还是过端午了，他吃多了酒，强撑着帮川少爷把马牵进马厩去，头晕沉沉的，觉得那匹马的眼睛好像飞满了四周，他的身体模糊感觉到了一堆松软的稻草，倒头便将自己砸进去了。不知过了多久，他睁开眼睛，一时辨不清自己身在何方，耳边却听见一男一女的说话声。女人说："谢先生，我怕是等不了那么久了。若有一日实在不得已，只能自己了断。就怕那时候没工夫跟谢先生辞行，先生的恩德我只能来世再报……"他听出来那是谁的声音，正因为如此，才吓得丢了魂。

然后男人的声音道："夫人遇到了什么难处吧？不过谢某只劝夫人……"往下的话他便听得不甚明了了，只是那句"谢某"让他知道了对话的人是谁。他恨不能把自己的身子埋进稻草堆里，脊背上的冰凉倒是醒了酒。

他没对任何人提起过这个。其实他自己也不甚明了这件事的意义——只是他知道，这个记忆必然要留着，日后总归有用。

他自然不会知道，当他退出令秧房里的时候，他脊背上印着小如含怨的眼神。小如得知这场婚事定下来之后，在后半夜偷偷地哭了很久。不过小如知道，这念头早就被夫人掐断了，或许本来就不该有的。小如不是个跟自己过不去的人，天亮以后，她便好了，又欢天喜地地跑去打趣紫藤，顺便热心好奇地想要看看新娘子的衣服。

洞房花烛夜，他穿着一身簇新的衣裳，在床沿上手足无措地坐下来，似乎觉得新衣裳太拘谨，可是真脱下去又太费事了。他打量着八仙桌上畅快地淌着泪的喜烛，故意不去注视身旁那个盖头未掀的女人。新房虽小，可已经是下房中最上等的两间。全套的家私物件，甚至新娘子的首饰，都是蕙姨娘亲手置办的——蕙姨娘甚至没有动用账房上的钱，是拿自己的体己出来给紫藤置下了这份让所有丫鬟都羡慕的嫁妆。

他隐约听得到，合上的房门外面，那些隐约的嬉笑推搡的声音。他终于站起身掀掉盖头的时候，那些声音就更嘈杂了。头发被盘起来，并且浓妆之后的紫藤看上去有点陌生，他几乎无法正视她涂得鲜艳的嘴唇。他只好重新坐回她身旁,他和他的新娘默契地安静着,等到门外的人们意兴阑珊,等到那些鸟雀般细碎的声音渐渐平息——在那漫长的等待里,他想说不定能娶到紫藤是一件非常正确的事情,因为她和自己一样,熬得住这样让时间慢慢被文火烧干的寂静。紫藤突然开口说话的时候,他吓了一跳。

"往后你若想去蕙姨娘那里,照旧去便好。但是要记得让我知道。"紫藤的声音很轻,但是吐字清晰,珠圆玉润的。

他大惊失色,却依旧保持沉默。其实他第一个念头是让她当心隔墙有耳,只是他又实在说不出口。

即使不望着她,他也能感觉到,她缓慢绽开的微笑似乎在悄悄融化着他的半边脸颊。她轻叹道:"昨天,我跟蕙姨娘告过别了。我跟她跟了这么多年,什么都看在眼里,她什么也不用说,我都懂得。我只盼着你能应允我一件事,无论何时,什么都别瞒着我。"

他知道自己做不到,可是若是照实说,又好像坏了什么规矩。

紫藤静静地说:"咱们睡吧。"他站起身吹熄了蜡烛。然后在一片黑暗里,摸索着重新坐回了床沿上。他知道她也纹丝未动。知道这个让他安心。他们就这样肩并肩地坐了很久——洞房花烛夜便这么过去了。

三日后的黄昏,看诊归来的罗大夫看见侯武拎着两坛酒站在自家门外。罗大夫一怔,道:"可是唐老夫人的病又不好了?"侯武摆手笑道:"老夫人近来安康得很,只是我想来请罗大夫喝一点,前日里成亲成得匆忙,只请了请府里一同当差的伴儿,不想落下了罗大夫,今儿是特意来讨打的。"

罗大夫听了,连忙拱手道:"啊呀,那真是要恭喜。我这几日被苏家少奶奶的病耽搁住了,拙荆也没进府里去——真真是错过了喜讯,我今晚该自罚三杯。"

顷刻间,他们之间便亲热起来,酒过三巡,更是亲如兄弟。

谣言,是在两个多月以后开始流传的。

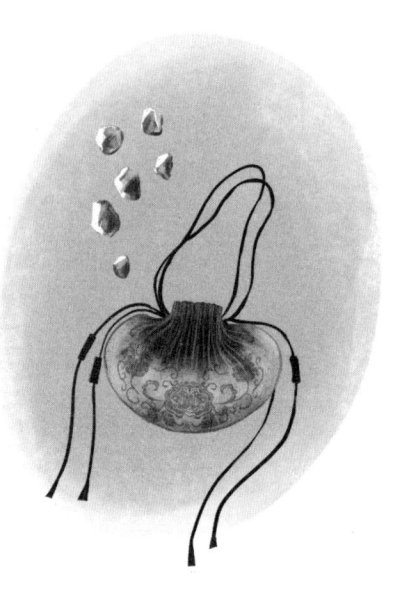

第八章 新姑爷

一个人情浓情淡,全是娘胎里带出来的。

一

　　人人都知道，谢舜珲近日流连于"海棠院"，夜夜笙歌，说起来摇头叹气的人倒是不少。可事实倒也不完全像众人想象的那般。沈清玥看似百无聊赖地端坐在闺房里给古琴调音，不像平日里要出局时候的盛装，可是那份相对的素净也是精心修饰出来的。倒是她的小丫头眼尖，愉快地扬声道："姑娘，谢先生到了。"沈清玥笑盈盈地起身道："了不得，如今你可是稀客。"谢舜珲大方地拱拱手："我来给你道喜。却不知沈小姐成天价贵客盈门，我想要约上今儿这一顿小酌，都恨不能等上半个月。"沈清玥一面招呼他坐下，一面接过来小丫鬟捧上的茶盅，轻放在桌上："稍等，片刻之后，等茶叶都舒展开了，我再替你续上另一半的水，如此才不辜负它。"然后，柔声笑道，"其实不是要你等，最近我本就不怎么出局。眼看着启程的正日子快到了，眼下不过是挨个儿跟这些年的恩客们吃吃酒，辞个行而已。"——众人都道沈清玥姑娘的劫数已经满了，遇上了愿意替她赎身的主儿。那官人本是南京人，家里能称得上是巨贾。本是来徽州跟人谈一笔买卖，花酒桌上看见了清玥姑娘，从此便明白了人间还真有"魂牵梦萦"这回事。两三年下来，终于替沈清玥赎了身，不日便要带着她回南京。

　　谢舜珲起身踱至窗边，突然连声顿足道："跟你说过多少回了，正对着窗子的墙上挂不得画的，偏不听。"沈清玥无奈道："我家那官人硬要我挂在这里，我又能奈他何？你让我跟他讲再好的画儿也比不得实景，他听不进去罢了。"谢舜珲也笑道："如今你倒真是三从四德。"又见砚台下面压着一张花笺，蝇头小楷如茉莉花一般端然绽放，只见一首七绝，题为《咏柳》："昔日章台舞细腰，任君攀折嫩枝条。从今写入丹青里，不许东风再动摇。"他叹息道："又不知是哪个犯了相思病吧，要你这么费心思回绝他。"清玥道："这些年，这儿的人都习惯了海棠院有个我在——如今突如其来便要去了，有人伤感也是常情。"随即伴怒地白了谢舜珲一眼："倒是你，说是来跟我辞行，以为我不知道，今日怕是南院①没人，你才想起来我这北边儿还空着吧。"谢舜珲讪讪道："谁说南院没人？我特地跟那边说了无论如何要来看看你。还有件事情想求你呢。"清玥啐道："有事求我！什么叫薄情寡义，这便是了。"

"不知你听说过没有，前几个月休宁那地方有户姓唐的望族，他们家孀居的主妇趁着给老夫人做寿的日子，宴请四邻八乡守节的孀妇。我应承了他们族里人，帮他们写了篇《百孀宴赋》呈给休宁知县——哪知休宁知县正巧差人编纂着一本集子，专收各种颂扬他县里风化的文章。编这集子的人偏要给每篇文章题诗一首——我看过了他们给我的《百孀宴赋》题的诗，俗不可耐，若真的收进去了还脏了我的笔墨。我便想起你了——你帮我题一

---

① 南院：也称"南馆"，为晚明时期公然开设的男妓馆，彼时社会风气如此，龙阳之好在士大夫阶层或文人之间较为常见。

首,我给你虚拟个男人的名字,便成了。"清玥大惊失色道:"亏你想得出来!让我去给节妇题诗——传出去不让人笑掉大牙才怪。""你知我知而已,还有谁能传出去。我原本想自己写了充数——可是你的诗向来心思灵巧清俊,用在这里是绝对错不了的。""也罢。"清玥爽快地笑道,"那些贞节烈妇们揣度不了我们这样人的心思,可我们揣度她们,倒是轻而易举的。"谢舜珲赶紧附和道:"那是自然——你就当可怜她们罢,她们哪能像你一样活得这么有滋味。"清玥眼里掠过一丝凄然:"这话便真的没意思了。"一时间谢舜珲也知道自己失言,急着顾左右而言他,却又觉得说什么都好像太刻意。无奈只得低头拨弄了一下清玥的琴,笑道:"以后,我会常想着你的《阳关三叠》。"清玥静静地说:"等我们小酌几杯以后,我再弹给你听。"

一时间小丫鬟端上了酒和几样精致小菜,二人落了座,沈清玥一如既往地为他布菜,谢舜珲问道:"这一次到南京去,是跟着他回他家的大宅,还是将你安置在别馆?"清玥沉默了片刻:"我没问过这个,随他安排。""这里头有个分别,"谢舜珲放下了酒杯,"总之,去了他们家,不比在这里,总得做低伏小——说起来也辛苦你了。""我会当心。"清玥还没饮酒,眼睛里却已弥漫上来了醉意,"你也一样,别看你总替别人盘算,其实你才是最让人放心不下的那个。听我一句劝,南院那边,玩一玩便算了,认不得真的。"谢舜珲笑而不语,又兀自饮了一杯,清玥却没有换话题的意思:"一个人情浓情淡,全是娘胎里带出来的。你呀,你的情就太浓了——就算兑进去七成的水也够寻常人用上一辈子。南院那个——之前不是祁门目连班子里扮观音的小旦么——他不像我们从小在这里长大，已经跑了那么些年的江湖，是他们班主为了还赌债才将他卖进来，半路出家的更是心狠手辣。你中意他，这是情不自禁，谁都不能说什么——只是，别在他身上花太多钱。这话除了我，旁人也说不得的。"

"知道你是为着我好。"他闷声道，"走之前我把我自己那方砚台送你，你也知道歙砚是好的，拿去整日用它写字，只当是我们徽州的这班朋友还在跟前。"

"我还记得，"清玥长叹一声，"五年前，你们这起没脸的拥着我去选'徽州八艳'，那时候，整日跟着你们这些会文章的胡闹，可是不知道有多开心。"

"就是因为我们没脸，你才只中了'探花'；若我们的面子再大些，花魁就是你的。"

"当初那班人，有的死了，有的不在徽州了，我原先以为，不管怎么说你还在这儿——可没想到，要告辞的是我。"清玥看着他的眼睛，"我还记得，你当年带来一位京城来的朋友，会写戏的……"

"哦，你说汤先生。"谢舜珲笑道，"他已经离开京城，辞官回乡了，总之，过得也不甚得意。"

"你哪里交得到得意的朋友。"清玥打趣他，"可是汤先生新写的一出戏我倒是看过了，真的极美，《牡丹亭还魂记》——你可看过不曾？里面有句唱词，不知为何，听到之后我就想起你。"

"哪句？"

"情不知所起,一往而深。"

他们都笑了起来。窗外,月色如水。

这些天,连翘一直活在坐卧难安的恐惧里。这恐惧难以言表,也无从启齿,但却像个活物那样,总在她刚刚觉得轻松愉快的时候,不怀好意地跳出来。这让她想起那一年,她突然发现自己红潮未至——可当时毕竟年轻,总觉得大不了一死,如今却又不同了,两个孩子都还幼小,就连"死",对她这样一个母亲来说,都是奢侈。

可是她依然必须跨进唐家宅院的门槛,然后若无其事地把丸药交给老夫人房里的丫鬟——最后,再像以往那样,由小如领着,走进令秋的房门。令秋的声音乍一听没什么怒气,只是背对着她,不动声色道:"把门关好。"即使往日,连翘还是丫鬟的时候,也不曾听令秋用这样的方式同她讲话。

"我且问你,"令秋缓缓转过了身,脸上还充盈着少女一般的笑意,"那些闲言碎语,你可曾听过?"

"我,"连翘心一横,静静地说,"我不懂夫人的意思,还请夫人明示。"

她自然是在撒谎。第一次听到那些可怕的闲话,应该是在大约十天之前,那便是连翘噩梦的开始:她跟着她夫君去药铺看药材,由于相熟,药铺老板每次都领着罗大夫到后面库房去看些不轻易示人的好货色。她就被药铺老板娘殷勤地让到屋里吃茶,聊聊孩子。她们说起一家人家孩子未足月便已出生,都是因着产妇气血亏的缘故——然后药铺老板娘就神秘地笑笑，说道："有句话我也不知当讲不当讲，你莫介意，总之你如今又不是唐家的奴才了，权当听听故事。"她隐约觉得不妙，还没来得及多想什么，眼前那妇人早就按捺不住了："我听人家说——你们唐家那位夫人，说是诞下了她家老爷遗腹的小姐，可其实，那孩子根本不是唐老爷的，只不过是个没足月的孩子所以才瞒天过海了。"

"这种话如何信得！"连翘只觉得脑袋里"嗡"的一声，不由自主地站起了身子，"唐家夫人十六岁便守寡，一心一意地撑着唐家的门户，带大两个遗腹幼子——你也是女人，你该知道她有多艰难，她最介意的就是自己的名节，你们如何还要用这种脏水泼她！"

"瞧你，"药店老板娘依旧气定神闲，"我说什么了？不过也是听来的话儿，我当你是信得过的人，才跟你说说，纯为了取乐。我不知道旁人怎么想，我却寻思着，即便这传言是真的，我也一样觉得唐夫人不容易。说到底，守着名节，等着旌表都是有钱人家的事情，跟穷人有什么相干？真到了活不下去的份儿上，哪个寡妇不肯再嫁？我自己就曾帮着邻居的孀妇牵线做过媒。守一辈子换来那座牌坊，是能吃能喝还是能当银子使？你随便听听就好，何必还真的动气？"

于是连翘明白，这传闻已不是一天两天。只是，她一直不敢往最可怕的地方想——溦姐儿出生那日，她记得很清楚——为了掩人耳目，她们一直都是同时请着两个大夫，开两份方子。那日还是照旧，蕙娘先请来的是那位一直被蒙在鼓里的大夫，大夫一看溦姐儿如此瘦小，令秧又气若游丝，虽面露难色，但也开了一些不痛不痒的方子——她们是在当天深夜里才请罗大夫过来的，又让罗大夫开了一副对症的药。除开府里这几个攻守同盟的女人，便只有自家夫君才知道溦姐儿并不足月了。一旦轻轻想到这个，连翘便是一阵如同打摆子一般彻骨的寒冷。这枕边人究竟是不是不值得信任，她甚至没有勇气去开口问他。暗自观察着，只觉得他一切如常，一如既往地吃饭喝水，逗弄孩子，同她讲话，也一如既往地在熄灯后的黑暗里熟稔地抱住她。她只消一伸手便触摸得到他熟悉的皮肤，不知为何，这让她觉得，一定是什么地方出了差错，背叛她和她们的，不会是这个亲人。

"我同你讲过没有？"令秧依旧没有表情，"早一点动手，免得夜长梦多。所谓的夜长梦多，指的便是眼下这种境况。那些乱七八糟的话不仅是府里下人们在传，外面也有人说，小如第一次跑来告诉我的时候我还没当回事，可是后来连蕙娘都坐不住了。我只问你一句话，我告诉过你没有，会有今天？"她的声音终于颤抖了起来，"你说呀，我告诉过你没有？"

连翘默默地跪下了。静静地流着泪。

"起来。"令秧惨淡地笑笑，"我不是庙里的泥像，不用有事没事地跪我。连翘，我一直拿你当亲人，你懂不懂？现在去把我们说好的事情办了，也许还来得及，你懂不懂？"

"我懂。"连翘终于仰起脸注视着她，"可是夫人，他真的答应过我绝对不会吐露半个字，我信他。"

"想当初他以那样的下流手段待你，你如何信得？"令秧听得见，自己胸膛里那颗心在用力地往下沉——这句话翻来覆去不知说过多少遍，她自己也知道，这样的对白太蠢，太没有用处。可是除了这些蠢话，又实在没有什么可说的了。"你能不能跟我说句实话啊连翘，他身上究竟有什么让你舍不得的地方？"

连翘愣了半晌，突然像是下定了决心："夫人恕我直言，老爷去得太早了，夫人怕是不知道，耳鬓厮磨是什么滋味。"

令秋淡然地冷笑一声："罢了，你执意要留着他那条贱命，我的确不能逼你。横竖是我自己的事情，我总归要自己想法子。只是连翘，今日你出了我这道房门，我们昔日的情分也就断了。你以后即使是送药也不必再过来看我，回去好生相夫教子，好自为之。"

连翘突然觉得膝盖一软，就势瘫在地上。令秋用力地看着她，最终掉转了脑袋。连翘只是觉得奇怪：为何虚脱一样的此刻，心里涌上来的都是如释重负。她撑起身子对着令秋的背影深深地叩头："夫人待我恩重如山，是连翘忘恩负义，连翘只得来世再报。"她抬起手背悄悄地抹去下巴上悬着的泪珠，她心里有种能称得上是"喜悦"的东西，她流泪是因为这喜悦令她羞惭。

令秋不回头，房门关起的响声令她脊背上滚过一阵充满恶意的寒冷。她不能相信，连翘这么痛快地离开了。她以为她会哭，她会哀求，她会解释一大堆的废话来表示她的忠诚——令秋其实只是需要她走个过场而已。她却如此迫不及待地走远——下流东西。令秋在心里咒骂着。如今倒真以为自己成了良人。早知如此，当初就该把她绑了去沉潭。

令秧又一次捏紧了拳头,她知道自己在哭。

起初,侯武自己也未曾料到,听起来阴森龌龊的计谋,实施起来却也是意想不到地简单。他是真心想请罗大夫吃酒的,要怪也只能怪罗大夫贪杯却没有酒量。不过细论起来,他也承认自己说不上是全然无心——在蕙娘身边这么久了,如今又有了紫藤,却从未从她二人嘴里听到过任何府里的事情——他指的当然是那些上不得台面的事情。要么就是她二人的口风太紧,要么就是自己走岔了路子。夫人身边,他却没有能说上话的人——原本是打算好好接近小如那丫头的,只可惜才刚开了个头儿,那丫鬟见了他就像见了瘟神似的躲着。无奈之下,他想到了连翘——毕竟她才是夫人跟前真正的老人儿,虽说已嫁为人妇必须避嫌,不过没人能拦着他去跟她的枕边人做朋友。

罗大夫并不是一个有多少戒心的人,酒过三巡便开始掏心窝子。第一次喝多了的时候慨叹完了他自己半生有多坎坷;第二次半醉的时候便开始笑谈各家病患的秘密;第三次自然聊到了彼此尝过的女人的滋味。三顿酒喝下来,已和侯武割头换颈。那是一个初秋,月色极佳的夜晚——连翘带着孩子们在屋里睡熟了,他们两个男人在小院里,就着月光和剩余不多的小菜,殷勤地互相劝着。罗大夫颤抖着手举起了杯:"再来,怕甚,总之你是千杯不醉的。"随即自己痛快地一饮而尽——也不看看侯武最终喝完了没有。"贤弟,"他再为自己斟满,"眼看着就是中秋了,你出来这么些年,可有回去过家乡陪你娘过节?"侯武淡淡笑道:"我爹死了以后,我娘没几年就改嫁了。蕙姨娘倒是待我好,有一年中秋给过我几天的假——只是回去了又有什么意思,我娘都不敢留我住一夜,原先家里的老房子的院墙也塌了一半,没人管,野草生得遍地都是……"他眼眶里一阵潮湿,这次倒是真的。

罗大夫也跟着连声叹息,急忙道:"是我不好,惹你说起伤心事,我自罚一杯。"饮罢,又道:"你有所不知,其实愚兄也跟你差不多境况。我也是少年丧父,母亲随后便嫁给了叔叔,又生了两子一女——那段日子真真是苦不堪言……"侯武非常自然地接口道:"所以我才打心里觉得,像唐家夫人那样守节的女人值得人敬重。"罗大夫听了这话,意味深长地一笑。侯武用力地盯着这个转瞬即逝的笑容,酒意灼烧着他的脸颊,的确有好多年未曾感受过如此纯净的狂喜。他屏住了呼吸,一言不发,他知道自己此刻不能说任何造次的话,若上苍真的站在他这边,剩下的便只需要水到渠成的等待。罗大夫随后道:"像唐家夫人那样,如花似玉的年纪便要守寡自然是不容易,不过值得敬重与否,便两说了。你是唐家最得力的人,我不怕让你知道——当年唐夫人的喜脉是唐老爷过世两个多月以后才有的,只不过唐夫人身子不好,那位小姐未能足月便已出生才没惹人怀疑。当初我真以为这小姐是活不成的,又瘦又小倒像是只猫崽子,刚落地的时候连哭都不会。众人都说这位小姐福大命大,可她究竟是谁的孩子可就不得而知了。"罗大夫长叹一声,"想当年,若不是唐氏族中那些长老们逼夫人自尽殉夫,蕙姨娘也不会出此下策叫我谎称夫人有了喜脉——说起来唐夫人也是个苦命人,蕙姨娘拼命求我,我才答应帮着她们圆谎，毕竟是危机时候救人一命……""罗兄自然是仁义之人。"侯武打断他，"我敬你。"说着又替他斟满——半个时辰之后，罗大夫沉沉睡去，天亮了，便完全不记得自己说过什么。

侯武想了很久，该如何将这话不动声色地传出去，又不能脏了他自己——直到有一天，有人在柴房里撞破了一个新来的小厮和厨房里一个小丫鬟的奸情，蕙姨娘二话没说便将这二人一起赶了出去。他随便找了个出门办事的由头，在郊外找到了这走投无路的两人。他在唐家多年来的积蓄终于派上了用场，这对狼狈的鸳鸯从此成了他的心腹。

初秋时分，酷热却还未散，唐氏族里的长老之一——唐四公去世了。丧事自然排场。因为唐四公家中相对清寒，没有养足够的人手应付这样的场面。族中各家除了送来吊唁的银两丧礼，每家都还派出几个当差的下人过来听从使唤。周围的一些游走的小贩自然不会错过这个盛事——诸如贩水卖浆的就会聚在唐四公宅子后门不远处，当差的各人每日里少不得跑过来花上几文钱买些解热的汤汤水水。其中有一对贩卖绿豆解暑汤的年轻夫妻，喜欢一边做生意一边跟众人聊天，尤其是当有人认出，他们原是那对被赶出去的男女，这反倒让众人跟他们聊得更加热络。

在各家下人都能聚集一处的，守灵的深夜里，最适合讲鬼故事，也适合传播一些令众人兴奋的闲话。当闲话传到唐简家自己下人的耳朵里的时候，已经太迟，而这对小夫妻，随即便销声匿迹。唐简家那几位轮更的下人，听了这话之后，起初斥骂众人胡说，听过三四次以后，便也兴奋地加入了谈论的行列里——一边绘声绘色地转述或添加一些想象出来的细节，一边提示听众们："我同你们几个讲了便完了，你们若传了出去，我在主家的饭碗可就丢了……"

唐四公的丧事办完了，众人倒都觉得意犹未尽。

某个夜里，紫藤大惊失色地告诉她的夫君，有人在传播着关于夫人的非常无耻的话。侯武不动声色地吹熄了灯："明天一早，你我一起去回明了蕙姨娘。"

黑暗中，紫藤安静了半晌，然后道："这话你也一定听到过吧，你就没有，跟蕙姨娘提起过？"

她的男人回答道："没有。我已经很久没去过蕙姨娘那里了。"

"那是为何？"

他原本想对她说：如今有了你，我不会再去找她。但是话到嘴边却成了："睡吧。天晚了。"

二

"事已至此，谢某要夫人一句实话。"谢舜珲的折扇轻轻地叩了叩手腕，"潋姐儿的父亲是谁？"

令秧不动声色，眼光落在对面的墙壁上，只是摇头。

谢舜珲轻轻地叹气："夫人自己也说，外面传什么脏话下流话的都有。能跟夫人说上话的统共也就那几个男人，总有被外人说中的时候——夫人告诉我实情，权当是给我交个底，我也好知道该怎么想法子。"

她的手指用力绞扭着腰带上的络子，看起来依旧无动于衷。

谢舜珲自然又是被蕙娘急急召来的，唐家的小厮快马加鞭，直接把蕙娘的信送到了海棠院。谢舜珲也知道此刻情形的确是不妙，可也劝说着蕙娘，谣言毕竟只是谣言而已，死无对证的事情，若是真的如临大敌，反而显得自己像是真有什么不可告人的地方。他此次来唐家，本来也就跟之前一样是寻常的拜访，主要是为了见见川少爷——他特别嘱咐蕙娘，千万别在下人面前显露出慌乱来。蕙娘无奈地笑道："我还不至于缺心眼儿到这个田地。放心，我跟众人只说是川少爷乡试的日子要近了……"

如今，老爷的书房便是他们三人议事的最好场所。蕙娘随手将几张椅子上蒙着的罩子掀开，灰尘飞舞在细碎的阳光里，令秧在亡夫留下的家具上端正地坐好，熟稔地留出了右手边的空位，就好像那人片刻之后就会推门进来。蕙娘道："你们先坐着等我，我去吩咐紫藤给我们拿茶水过来。"她对谢舜珲笑笑，"没法子，即便紫藤嫁了人管了家，这些鸡毛蒜皮的事情我也还是只信得过她。"

令秧垂下眼睛，默不作声。谢舜珲背着手，不慌不忙地踱步到了窗边。他背对着她，觉得这样一来她说出那个人的时候可以不那么尴尬。他不知道正是这不紧不慢的几步，显出来了那么一点点疲态。他依旧潇洒，却也在开始变老。令秧突然笑了一下，自己对自己用力地摇摇头："谢先生，别再为难我了。"谢舜珲平静地说:"夫人可还是信不过谢某?""不是,"令秧道,"我说不出口。"

"夫人凡事都不要慌张,记着按兵不动,直到万不得已。"

"那,要怎么才算万不得已呢?"

谢舜珲的话音里涌上来温暖的笑意:"若是真的已经万不得已,夫人自然会知道的,不用任何人来提醒。"

"谢先生……你为何,愿意帮我?"令秧幽幽地扬起脸一笑,"为了这'贞节'的名声,我已经什么都敢做了。起初,先生是看我可怜吧,可是今日,如我这般的不择手段,先生还会觉得可怜吗?"

"夫人,"他终于转过身,"谢某不是什么慈悲之辈,平日里一不吃斋二不念佛。眼见着夫人如此倾力地想要成全自己,谢某觉得钦佩,所以愿意助一臂之力。夫人不用多想,我可是第一任性的人——若不是我心甘情愿的事情,即便是读圣贤书考功名光宗耀祖,我也不去的。"

一时外面又传来一阵嘈杂的脚步声,她听见一阵叩门声,然后是小如的声音从门外传了来:"夫人,赶快去看看吧,老夫人她,她……"她"哗啦"一声将门敞开,小如的声音像是被门给噎了回去。"你这孩子。"她不紧不慢道,"一点事就乱了分寸,可怎么上得了台面?"然后她徐徐转身,对谢舜珲道一个万福:"谢先生自便吧,我得上老夫人房中看看。"

老夫人的屋外自然又围了一圈人,大都是想来看看热闹——老夫人自己早已被几个婆子熟练地捆了起来,只是这一次的老夫人跟平日里犯病时的凶相大相径庭，她东张西望着，身子在绳索间不停地抽搐，好像这样便可以从绳索的间隙中遁形，她的眼神惶惑得像个孩子，嘴里不停地念着："我要回去，我要回去，放我回去……"门婆子从身后搂住她的肩膀，耐心地说："老夫人，咱们就在家里，还要回哪儿去？"她只是胡乱地摇头，并不理会。令秧缓缓地在她面前弯下了腰，心里"嗵嗵"地打着鼓，没想到老夫人紧紧地盯着她，脸上却全无平日里的攻击性，她看着令秧，压低了沙哑的嗓子道："淫妇，跟她们说，我要家去，你带着我家去……"语气近乎恳求，好像"淫妇"就是令秧的名字。令秧没有理会身后响起的一些隐隐的窃笑声，温柔地摸了摸老夫人枯瘦的面颊："好，老夫人，我带着你家去。咱们先把药喝了，就家去，你道好不好呢？"说着递了个眼色给门婆子，门婆子瞅准了老夫人晃神的瞬间，将一丸药丸塞进老夫人嘴里，老夫人挣扎着不肯吞下去，身后蕙娘的声音响了起来："只要我一时看不见过不来，你们就当自己是死人是不是？平日里熬药的人呢……"蕙娘的话音像是能呼风唤雨，即刻就有一个战战兢兢的仆妇捧着一碗热腾腾的药汤从人群里钻出来："蕙姨娘别恼，原本是按点儿在厨房熬着药的，哪知道今日偏偏老夫人就犯了病，火候不够也不敢就这么端下来给喝了呀。""快些灌下去。"蕙娘简短地命令着，随后看了身后那两个婆子一眼道，"不肯咽就捏着鼻子。"

见蕙娘来了，围着的众人便渐渐散去，只听见川少爷的小妾梅湘娇滴滴道："要我说啊，老夫人突然犯病病得蹊跷，这可不是什么好兆头……别是咱们府里要出什么事情了。"令秧站起身来转向她，冷笑道："这又是哪家的规矩？老夫人房里何时有你说话的份儿？"然后看了看身后的众人，"川少爷在家不？若不在，谁去把他叫回来？今日我偏要川少爷当着我的面掌她的嘴。"一时梅湘面如土色，垂着手退到了后面，蕙娘暗暗地看了令秧一眼，会心一笑。

老夫人被灌完了药，人安静了下来，只是嘴里还不停重复着要"家去"，除了令秧这个"淫妇"，也不再认得出旁人。紫藤拿出管家娘子的气魄来，将围着的下人们驱散了，她倒是看见过，前一日下午她的男人来老夫人房里检视下人们屋里的火烛——自从邻居刘家的火灾之后，各家都对火烛格外地当心——不过，她并没有把这件事跟老夫人突然犯病联系起来。

谁也不愿意承认，其实还真的是被梅湘言中了——至于她有没有暗自得意，便不得而知。那日晚间，三姑娘和姑爷急匆匆地回来了，说是要在娘家住上一段日子。吴知县在青州惹上了麻烦——事情的起因在于青州知府查处了几个客居青州的徽商，随便找了个名目没收了他们的货物和往来银两，原本，吴知县并未介入此事，谁都明白青州知府不过是手头紧了才要借这个名目。可是没想到，有家姓程的商户因为刚入的货全被查处，手头所有的现银全搭了进去，程掌柜一时急火攻心，竟吐血身亡了。几家徽商这下联合起来，喊冤喊到了吴知县那里——都知道吴知县曾在徽州为官，如今升到了青州，盼着曾经的吴知县能做个主。吴知县好言去劝知府，哪知道知府恼羞成怒，命人从吴知县的住处抄出来些徽商们送的土产，作为"收受贿赂"的物证存了起来，顺便往上参了吴知县。如今,吴知县被撤了乌沙听候发落,消息传回徽州,吴知县的长子和次子即刻出去想法子通门路,三姑娘的夫君是最小的儿子,且一条腿不灵便,哥哥们便要他留在家中等信儿——三姑娘回娘家来筹措办事的银两,他也跟着回来了。

蕙娘麻利地指挥着人安顿了女儿女婿,然后坐在令秧房里一边长吁短叹,一边流眼泪。碍着姑爷,她也没机会跟三姑娘私下里说些话儿。原本以为是桩好姻缘,谁承想没完婚几个月,将三姑娘推进了火坑里。令秧不知道该说什么好,只能陪着蕙娘掉泪。"这种事,究竟需要多少银子?"令秧此刻的神情又茫然得像是少女时候,"三姑娘说过具体的数字没有?咱们家里若是拿不出来可怎么好?"云巧在一旁迟疑道:"三姑娘带了那么多嫁妆过去他们家,难道都花完了不成?按说,没有再回娘家要的道理,可是若真的一点都不帮衬,我也怕三姑娘在人家家里不好做人了。"蕙娘抹了抹眼角:"我何尝没想到这一层,只是当着姑爷的面,我不好一开口就打听嫁妆的下落,没得丢人。若说多余的银子,咱们府里别说是真的没有,就是有,也不好给他——谁也不知道打通所有的关节统共需要多少,即便我愿意白白地往这无底洞里扔银子,我没法交代全家人。"令秧倒抽一口冷气:"都火烧眉毛了,还扯这些服众不服众的话儿!"云巧笑道:"夫人,蕙姨娘思虑得是。即使是夫人和川少爷都不在乎这个,难保有没有人讲些难听的,况且,长此以往若真的成了定例,也的确不合体统。""三姑娘眼下就等着这二三百两救急,你们还在这里操心体统,还是不是娘家呢。"令秧赌气地别过脸去,突然眼睛亮了,"蕙娘,去问问谢先生。我打包票谢先生会借的，我们打了欠条还他便是。"紧跟着她脸上露出一种得意的笑容："若真像你说的，他一年到头有那么些银子都扔到了海棠院，还不如借给咱们救人，总是积德的事情，他不可能推辞。"说罢，她们几人身后站着的丫鬟们倒都笑了。

蕙娘和云巧面面相觑，云巧低声道："也只能这样了。总不能次次都指望着蕙娘姐姐的体己首饰。"蕙娘用力地长叹一声："也没有更好的法子，只是我们真的欠下谢先生太大的人情了。""不怕的，"令秧斩钉截铁道，"每逢这种时候，谢先生自己会觉得有趣，不会觉得是在做善事的。"云巧"噗嗤"笑了，脸上却是一副苦笑的神情："咱们家夫人讲起话来，没得噎死谁。"蕙娘神色初霁，也笑道："这叫作'语不惊人死不休'。"

来唐家大宅住了没几日，这位新姑爷就原形毕露。唐璞为了表示礼貌，请他过去吃过一顿酒，从此之后，就像个麻糖一样黏上了唐璞——每个花天酒地的场所都甩不掉他。三五次之后，唐璞也学了乖，眼见着横竖是躲不过的，唐璞便索性减少了自己出门的次数，推说身子不适，哪知道这位姑爷看上去是个顽主，却是小心眼儿得很。见唐璞有推脱之意，便疑心病犯，在自己房里冲着三姑娘指桑骂槐，怨自己家如今落了难便遭人嫌弃，怨自己寄人篱下只得看岳家亲戚的脸色做人，怨唐家不仁不义眼看着亲家遭难却无动于衷，听说是谢先生启程回家拿银子之后再怨自己亲生爹娘坑苦了自己——娶回来一个绣花枕头一样的媳妇儿，看起来像是大家闺秀其实娘家穷得只剩下个空架子……每次怨天尤人的收场都是一样的方式——在深夜里独自喝到六七分醉再强按着三姑娘行房,他自己鼾声如雷的时候,三姑娘往往惨白着一张脸,像是玉雕的小人儿一样,独自枯坐至更深露重,没有一丝表情。

到了天明,当着旁人,这位姑爷倒是有纹有路,尤其是在令秧、蕙娘或是川少爷眼前,更是进退自如。三姑娘房里的丫鬟自然偷偷将夜里常发生的情形去回过了蕙娘,只是毕竟是夫妻间的私事,蕙娘也不好插手。只能趁姑爷不在的时候,悄悄去问女儿——谁也说不好,小时候那个性子倔强刚烈,一点委屈也受不得的三姑娘到哪里去了,如今任凭蕙娘说什么,她也横竖只是淡淡地一笑:"不劳娘操心了,我们过得很好。"眼神里也是一片漠然。蕙娘无奈,只能咬牙切齿地在令秧和云巧面前诉苦:"这孽障真是有的是法子来折磨我呀。早知如此当时缠足的时候就该打死她干净……"

虽然蕙娘看不到,却不代表三姑娘没有开心的时候。令秧应该是头一个注意到的,自打三姑娘回来,兰馨便容光焕发起来。令秧每天清早依旧去兰馨屋里写字,亲眼见到兰馨脸上的欢愉之色像涟漪那样在面庞上越发明显地波动。因为气色好,益发显得皮肤吹弹可破。"这下你可惬意了,"令秧安然地说,"三姑娘怕是要回来住上一阵子,有人来同你做伴儿了。"——说完了才后悔自己这话不甚得体,因为三姑娘毕竟不是开心地回娘家串亲戚的,眼下的状况,应该盼着三姑娘早些回去才对。不过也只有兰馨才不会觉得她这话有什么问题,兰馨悠然地一笑,不置可否,眼睛却跟着一亮,像是沉在水底的鹅卵石——即使静静的,也让人错觉跳脱灵动。有时候令秧在兰馨房里，赶上三姑娘进来找兰馨，虽说三姑娘依然沉默寡言，可是只要兰馨在场，她就有表情——神色依然安静，但不知为何，就是让人觉得欲言又止。于是令秧就觉得，自己此刻是不受欢迎的。她会很知趣地告辞离开，走出去几步，身后的门里便传出来她们二人的说笑声。这让令秧有一点失落，她跟云巧抱怨说，明明觉得跟兰馨已经那么好了，可是三姑娘一回来才发觉自己好像什么都不是。云巧讽刺地笑道："我说夫人，你怎的忘记了自己是她婆婆呢？"令秧没有话讲，只得悻悻然地瞪了云巧一眼。

中秋节将至，每年八月都是令秧最喜欢的——按说唐家也到了阖府预备着过八月十五的时候了。可是今年不同以往。川少爷启程去应考了，八月初九，乡试第一场开考，一大早，令秧就领着全家人去庙里上香。一共要考三场，到八月十五才算结束，所以，这个中秋节，也就潦草地过去了。不过姑爷心里揣度的又是另外一层，他觉得唐家这个中秋过得如此简单，摆明了是做给他看的。一则是为了专门表示对他的嫌弃与怠慢，二则也许是为了向他展示，唐家真的不宽裕，讲不了那些排场——也因此，不是故意不借他银子。不凑巧的是，谢先生带信回来，他回歙县家中的时候正赶上他的幼子出水痘，他不能马上回唐家来，说好了耽搁一阵子再带着银子回来。于是，姑爷自然又觉得这门阔气亲戚是诚心要端个架子做些过场，满心的愤懑之气又成功地被勾了出来。倒霉的自然还是三姑娘。某日午后，三姑娘折至房中，将一个盛着银锞子的荷包放在她夫君面前，漠然道："给你出去喝酒，省得在房里喝多了折磨我。""你的银子从哪里来？"姑爷横着眉毛问道。"你别管，横竖只当我是从账房里偷的。""你把我当作什么人了？"姑爷眼看着要跳起来，但是最终还是把荷包揣在怀里，慢吞吞地走出去，吩咐他的书童赶紧备马。

掌灯时分，令秧刚好读完了从兰馨那里借来的《大宋宣和遗事》里的第一辑，兰馨最初说过，这书浅显，又都是讲故事的，令秧一定能读得懂。这其实是令秧有生以来第一次捧着一本书从头到尾地读完。果不其然，兰馨说得没错，确实看得入了迷——读至最后一行的时候她心里甚至涌上来一种久违了的心满意足。她急着要到兰馨房里去还书，好把第二辑换回来，似乎一刻也等不得。小如在她身后颠着小碎步："夫人，这点事打发我去不就完了吗，何必劳烦夫人自己跑一趟……"她转过脸，骄傲地皱眉道："你懂什么，借书还书这种事情，若还打发丫鬟去，岂不是将雅兴全都败坏了？"这话还真的唬住了小如，她困惑地睁大眼睛——还是头一次从夫人嘴里听见"雅兴"这种词。夫人近来的兴致真是越来越难以捉摸了，不过罢了——小如甩甩头，总之，川少爷应考不在，此刻到川少奶奶房里去叩门应该还不算打扰。

没有想到，当她在门上轻叩几下，再推开的时候，迎面而来的，居然是兰馨的丫鬟那张满脸仓皇的脸。"川少奶奶呢？"令秧心无城府地问道，"我是来换书的。""夫人，少奶奶她有点不舒服，"这孩子可能真的不大擅长撒谎，"不然夫人明儿再来说话吧，夫人要什么书我去给夫人拿。""你？"令秧也不顾小如在悄悄拽她的衣服，夸张地挑起眉毛，"你识字不成？不然你怎么给我找？她身子不舒坦更得叫我瞧瞧了，我那里有的是好药。"说着，绕过了屋里那道兰馨当年陪嫁来的玳瑁屏风,直直地准备冲着拔步床过去,准备掀开帐子:"何至于这么早就歇下了?知道你没睡着……"

帐子自己敞开了,兰馨只穿着中衣,身上凌乱地披着比甲,鬓角蓬松,整个发髻垂落到了右耳朵旁边,在令秧惊讶地看着她的瞬间,将赤裸着的双脚藏在了被子下面。令秧从没见过兰馨如此衣冠不整的时刻,可是她的脸却美得摄人心魄——这么多年了,令秧突然想起兰馨刚嫁进来的时候,阖府上下都拿她是个"木头美人儿"来开玩笑。她们都强调着"木头"的部分,却一直齐心协力地不肯正视"美人儿"这几个字。三姑娘徐徐地从兰馨身边坐起来,只系了一条抹胸。三姑娘微微一笑,不慌不忙道:"这么晚了,实在没料到夫人会过来。"

小如在她身后悄声说:"夫人,咱们赶紧回去了。"

其实令秧并不大明白她究竟撞到了什么,只是模糊觉得,小如是对的。兰馨的眼光落在了她手里的书上,随即大方地起身,穿着睡鞋去屋角的架子上拿了第二辑塞到小如手里,轻浅地笑道:"我就知道夫人会喜欢。"无论是兰馨还是三姑娘,似乎都已放弃了躲闪。非但如此,这两人此刻对待她的方式里还掺了一点微妙的,若有若无的殷勤。正是这殷勤搅得她不知如何是好,只好说:"川哥儿……他不在,三姑娘你好好来和兰馨做个伴儿吧。我,我就,回房看书了。"

"夫人慢走。"三姑娘对她笑笑,令秧突然发现,她此刻的笑容,其实非常酷似多年前的哥儿。

第九章 残臂

想得太多,便什么也做不成。

一

万历二十六年九月初三,是乡试发榜的日子。

刚摆上早饭的时候,侯武派出去的小厮便快马加鞭地赶回来,远远地,令秋便听见小厮们都在欢呼:"中了!咱们川少爷中了!"令秋放下了筷子,叫小如赶紧出去看看,可是蕙娘已经站在门外了:"给夫人道喜。"蕙娘如沐春风:"好了不起的川哥儿,这下子,老爷在天之灵可要安心了。"令秋拍拍胸口:"阿弥陀佛,咱们总算是熬到了今日。"二人说笑感慨了一回,蕙娘便急匆匆地要走,说是今天家里事情会很多,头一样得去安排人在报子上门的时候放鞭炮,还得张罗给报子的茶饭赏钱。令秋独自坐在尚未动过的早餐前,她知道自己的心还在"扑通扑通"地跳,突然站起身来,也不管小如在身后急得直嚷:"夫人哪儿去,吃了饭再走啊……"

她推开兰馨的门,只见她一如既往地穿戴得一丝不苟,正在清理香炉里的积灰。"夫人这么早。"她静静地说,整个人像朵盛开的栀子花,令秋似乎觉得,那个目睹过她衣冠不整的夜晚像是场梦。"我给你道喜。"只要跟兰馨在一起,令秋讲话的调子便能不由自主地冷静起来,"你听见了吧,川哥儿中了,你是举人的夫人了,你不开心?"兰馨脸上掠过一丝意外的神情,随即又波澜不惊:"还真的没听说,劳烦夫人亲自跑一趟告诉我。"令秋心里暗暗地一叹：这宅子里还真是世态炎凉，都知道川少奶奶是个可有可无的。"不像话，"令秧咬了咬嘴唇，"川哥儿人呢？"兰馨笑笑，那笑容让令秧觉得，自己反倒成了个任性的孩子："不知道呢。若不在梅湘那里，便是在书房吧——昨儿晚上谢先生不是到了么。"

令秧犹豫了片刻，终究还是说了："兰馨，如今川哥儿中了举，说不定过些年还能中得更高……我是想说，你的好日子都在后头，只要川哥儿出息了，荣华富贵的日子你过不完的。我就劝你，往好处看——你又不是我，我这辈子没什么了，你可不同啊。别把心全都放在三姑娘身上，你自己清楚我是为你好……"

"我知道。"兰馨柔软地打断她，"这么大的一个唐家，只有夫人一个是真的心疼我。不过夫人也该看见，三姑娘嫁得有多委屈——她在我心里比什么都珍贵，我见不得旁人糟蹋她，可我什么本事也没有，只能尽力心疼她。"

"你说实话，"令秧深深地盯着她的脸，"依你看，我委屈不委屈？可这是我的命；三姑娘也一样，她有她的命。女人既然被扔到自己的命里了，怎么着也能活下去。至于你，兰馨你的命比我们的都好，正是因为这个，我才见不得你糟蹋自己。"

一时间天井里传来鞭炮的声音，终于有两个小丫鬟欢笑着跑来报信儿："川少爷中了，给川少奶奶贺喜！"令秧不禁低声道："这起看人下菜碟儿的小蹄子，总算是想起你来了，你呀。"

谢舜珲站在川少爷的书房里，打量着墙上一幅唐寅的画。川少爷的声音带着点笑意，从他背后传过来："这《班姬团扇图》，还是我十九岁那年，先生送我的。可还记得？""那是——"谢舜珲转过脸，蹙着眉认真地想想，"八年前的事了。"川少爷笑道："可不是已经八年，如今我都做了父亲。"——不过川少爷那张像是雕琢出来的脸一如既往，还是那副美少年的样子，一点也看不出岁月。微微绽开笑容的时候就像一缕月光洒在宁静的湖面上，可是谢舜珲看得出，他的眼睛里其实不笑，当然，他自己未必觉察得出这个。谢舜珲只是苦笑着摇头："你都做了父亲，我又怎能不老。"川少爷突然跪下了："谢先生受我一拜吧，是先生一直怜恤教导我这失怙的孤儿，如今我中举了，全是先生的恩德。"说罢，便深深地叩头。谢舜珲大惊失色地去拉他起来："这是作甚——不瞒你说我最怕这种阵仗，赶紧起来。起来说话。全是你自己勤勉用功才有今日，与我何干。我自己都从未中过乡试——如何谈得上教导了你呢……"看着川少爷终于站起了身，谢舜珲才算是如释重负地长叹道："如今我是帮不了你什么了，明年二月的会试就全靠你自己，只记着，你家里这一屋子的女眷全都盼着你出头。""我记得，"川少爷又是掏心掏肺地一笑，"你多年前就跟我说过，我越有出息，我家夫人的贞节牌坊就来得越早。按道理说，唐家想光耀门楣，最要紧的便是我的功名——可先生反倒如此记挂着我家夫人的牌坊，是不是有些本末倒置了呢？"

　　谢舜珲笑道："你和夫人不同。你能不能博得功名，除了自己用功苦读之外，还得看天命。天命岂是我一个凡夫俗子能左右的？可夫人不同，身为孀妇，已经是她最大的天命了，她想要的全是人事所能及，只要尽力便是……""我可不这么看。"川少爷看似漫不经心道，"天命莫测，在先生眼里是人事所能及，在上天眼里，还不知道是什么。不过我其实有事想跟先生讨个主意，明年是我第一次赴会试,若落第也是平常事——可我又不愿意入国子监虚掷光阴……""那是自然。"谢舜珲用力地一挥手,"为何要跟着那起不学无术的混在一起?我们歙县的碧阳书院倒是很好,那里的好几位先生都跟我有交情,你已是举人了,他们高兴还来不及——到那里去能见着不少真正学问好的,我写封信便是,你不用担心。""这便再好也没有了,"听了这话,曾经的美少年倒是如沐春风,"到这间书院去,离家里不算远,更要紧的是,离先生就更近了。不念书的时候,倒还真想跟着先生好好听几出戏呢。"他其实是想见识见识传说中,那个被谢舜珲明珠一般捧在手心里的,流落风尘的祁门小旦,当然,他不能这么说。

  三姑娘对着镜子,插好了最后一支玉簪。她没有回头,径直道:"谢先生把银子带来了,咱们是不是也该家去了呢?"没有听见她夫君的回答,她又道:"我娘倒是打发丫鬟来跟我说了,要我多住两日,我哥哥刚刚中了举,总得请客,族里也要设宴庆贺,娘说咱们可以先差人把银子送回去,人看了戏再走也不迟。"

  姑爷终于懒洋洋地开口道:"不看。这就回去。人家新举人摆酒放炮,咱们等着拿银子救人——你不怕人家嫌弃咱们晦气,我却丢不起这个人。何况,真不是我说话难听,别说是个举人,我爹当年也中过进士——又落到什么好下场没有?谁也别兴头得太过了,乐极生悲反倒不好。"他倒是也没那么容易能激怒三姑娘,三姑娘不慌不忙地放下了粉扑道:"你的意思无非就是说马上回去。不如这样,你先带着银子家去,我们耽搁了这么些日子,好歹带了三百两回去,也好交代哥哥。我且再多住几天,难得娘家里有件好事情,你过几日回来接我。""这便没听说过了,过门才不到半年的新媳妇儿,夫家落了难倒着急忙慌地躲回娘家去了——"姑爷冷笑道,"还是你觉得,我们用了你家这几百两银子,你便想来就来想走就走,我同你讲,我们也是诗书人家,没有因着钱看人面色的道理。"

三姑娘早习惯了他的刻薄,最好的办法无非是置之不理,她继续淡淡地说:"总之我觉得,我还是多住两天的好。难得娘这么高兴,我不想……""别左一个娘右一个娘的,"她看不见姑爷的脸,可也知道他一定像平日里那样,嘲讽地挑起了一条眉毛,"我只认得我的岳母是唐家夫人,我不嫌弃你是庶出的便罢了,你还非要得寸进尺,上赶着在我跟前管那个教坊出来的喊娘——诚心的是么?"三姑娘死命地握紧了木梳,木梳上的齿钝钝地戳着她的手指,她已经练成了气急的时候也不让自己声音发颤的本事:"我娘待你一向嘘寒问暖,你别丧了良心。"身边伺候着的丫鬟也早就习惯了类似的场面,不过依然觉得提心吊胆,只好若无其事道:"姑爷,姑娘已经梳妆好了,时候不早,该到堂屋里去——报子马上就要到了。"

报子踩着一地鞭炮的碎屑,像是漫不经心地踏过了满地落花。带着几个工匠跟在身后,进了堂屋以后不由分说地拿着手中的木棒,先是在门上胡乱敲打了两下,接着,"砰砰"地打在窗棂上,好几扇窗子的窗纸都七零八落,堂屋里聚集的众人都跟着这敲打声欢呼了起来,这欢呼声好像给了报子更大的勇气和力量,他集中了所有力气再用力一挥,"咔嚓",某扇窗子的窗棂断了。报子们在各个举人家里都要演上这么一出,取的是"改换门庭"的意思。所有人都为着这破坏笑逐颜开，令秧觉得这个场景无比诡异。管家侯武满面春风地迎上来，塞给报子以及紧接着跟在后面修缮门窗的工匠们一人一个红荷包。令秧环顾了四周，这热闹的人群里自然看不见兰馨。

川少爷三日后便要上州府去赴"鹿鸣宴"，唐家大宅里自然要赶在这三日内把该请的客都请了。次日中午，宴席便摆上了——令秧惊异地问蕙娘是如何在一天之内准备得如此齐全，蕙娘倒是轻松地笑道："这有什么难的，我从川哥儿应考的时候便打发人采买，发榜前十日就筹划好了菜式——万一没考中便罢了，我们自己慢慢吃，要么送人也好，万一中了再措手不及可就难看了。"蕙娘浑身上下真是有股"谈笑间，樯橹灰飞烟灭"的架势，这么多年了，一直让令秧叹为观止。中午宴客时，十一公是座上宾；至晚间，十一公自然又请川哥儿他们到自己府上听戏。川哥儿和谢先生自不必提，就连三姑娘的姑爷，十一公也想到了，一定要他也跟着过去。姑爷觉得没被慢待面上有光，自然收拾停当风光地牵马去了，回家的事也没再提。

入了夜，蕙娘跟阖府的下人们也不得闲，午宴至黄昏才散，打扫残局将一切收拾停当又让所有人累个人仰马翻——除却自家仆役，十一公家甚至唐璞家的一些婆子杂役都被调过来帮忙了。这种时候，令秧最是个百无聊赖的。她便又往兰馨房里去了，这次连小如也没带——她一边走，一边也在笑话自己不识趣，好不容易姑爷出去耍乐了，兰馨自然是要和三姑娘在一起的，即便过去了也还不是没趣地坐一阵子再因为如坐针毡而告辞，可她说不好为何，就觉得即使如此也要去看看她们，她坐在那儿只觉得胸膛里没来由地隔一会儿一紧,就好像五脏六腑都打了个寒战,总之,怎么都踏实不了。

兰馨房里静悄悄的,没人,只有一个小丫鬟伏在桌边打盹。令秧站在门口张望了一会儿,便悄悄离开了。她又折回至三姑娘房中,三姑娘的丫鬟环佩见了她,惊得直直地站了起来,从她眼神里都能看见一个激灵像闪电那样划过去。令秧将食指轻轻放在唇边,然后安抚地拍拍她的肩膀。她静静坐下来,压低了声音对环佩道:"不妨事,我就在这儿坐会儿。你不用进去回她,等川哥儿媳妇儿出来了,我见着她就走。""那……"环佩的神色明显放松了,也悄声道,"夫人坐着,我给夫人倒茶。"就在此刻,兰馨的声音从里边卧房传了出来,反倒吓了令秧一跳。只听得兰馨声音很大,腔调里也带着前所未有的怨气和委屈,令秧愣了一下才明白过来原来兰馨也是会跟人吵架的。

兰馨道:"你答应过我多住几日再去的,怎的言而无信呢?"三姑娘声音很低,听不清回答了什么,只听得兰馨带上了哭音:"我每天盼着你回来,你以为我一年到头有几个日子不是在煎熬着?你这一去下一次什么时候才能让我见着?"三姑娘的声腔终于清晰地浮了出来:"我如何不想回来见你?可如今我既然已经嫁了,我那个不成器的男人硬要我回去,我又能怎样呢?""是,我明白,"兰馨激动地接口,"如今姑娘大了,再不是过去每日都缠着我的时候。有夫君,有婆家,有自己的日子要过,于是我便成了个可有可无的摆设,可是这样?""你这话说得好没意思呢!"率先哭起来的反倒是三姑娘。"姑娘不知道,我日日在这宅子里耗着,还能活到今日全凭着对姑娘的那点记挂,除了你之外,我又能牵记着什么呢……"

环佩和令秧尴尬地面面相觑,最终还是环佩叹气道:"不如这样,我进去跟她们说夫人来了,叫川少奶奶先出来见夫人。""也好。"令秧点点头,也许这样可以不要让她们俩再接着吵下去。门外楼梯上却传来一阵沉重的步履声,木板响得不情不愿的,伴随着一阵毫无章法的诅咒和抱怨声。"了不得了,"环佩一握拳,慌乱地说,"我们那个姑爷又喝多了回来,夫人不如赶紧走吧,姑爷回来了保证又有一场好闹的,夫人在这里三姑娘也会觉得难堪……""可是,我走了,兰馨怎么办?"令秧茫然道。其实已经来不及了,门被"哐啷"一声踹开,令秧从不知道平日里默然娴雅的雕花木门也能发出如此狂暴的声音,姑爷带着一身浓重的酒气,踉跄地闯了进来,身后有两个面目陌生的婆子焦急地追赶着他:"姑爷,姑爷不能就这么回屋去,先醒醒酒再说啊……"眼见着门被踹开了,这两个婆子也不敢跟进来,只好在门口可怜巴巴地望着。

姑爷像是没有看见令秧那样,径直对着卧房冲过去。令秧手足无措地看着环佩像条鱼那样灵活地摆一摆裙子,整个人便滑到了姑爷面前。"姑爷今儿就在外面榻上歇了吧,三姑娘身子不适,还请姑爷担待……"被酒意一熏,姑爷的眼神反倒不似平时那般刻薄,摆摆手道:"小蹄子,让开些,我可没工夫同你磨嘴皮子。""姑爷我求求你了,"环佩的整个身子挡在卧房的门前,"夫人还在这里呢,闹得难看了谁都没意思。"姑爷似乎是想俯下身子逼近环佩的脸,估计是因为脑袋太沉了,控制不好,看起来像是因为打瞌睡突然栽了下去,鼻尖快要贴住环佩的鼻梁:"那你倒是告诉我，我的卧房就在这里，我进去同她睡，难不成今晚你陪我？"说罢笑着在环佩下巴上重重捏了一把，"按说你也是陪嫁丫鬟，我向来尊重你，你可怎么谢我？"

令秧想也不想，便冲过去用力推了姑爷一把："你可仔细些，这儿是我们唐家的地方！"姑爷被推得倒退了好几步，跌跌撞撞地将后背砸在多宝槅上，才算停下来，诧异地定睛一看，在两个粉彩瓶子粉身碎骨的碎裂声里，才发现原来屋里还有个令秧。屋外早已黑压压地围了一圈人，令秧也顾不得这些，她感觉很多的血都在往脑袋上涌："这些日子唐家哪个不容忍你，不顾念你们家里遭难？我们当你是娇客，不是为了让姑爷你蹬鼻子上脸，我劝你自重些才好。"直到此时她才感觉到，藏在袖子里的双手在微微地发颤，可她知道此刻已没有退路了，她只能眼睁睁看着姑爷的脸庞涨成了猪肝色。

卧房的门突然开了，兰馨端庄地从里面跨了出来，冷冷地向着姑爷道："三姑娘今儿不舒服，听不得你在这里吵闹。"随即挥了挥手，脸上的嫌恶就像是在赶苍蝇。其实真正刺伤姑爷的，恰恰是这个挥手的动作——如果实在要在这位姑爷身上挑出什么优点的话，恐怕是，他其实是个敏感如丝的人，可遗憾的是，他却没有跟这敏感相互匹配的聪明。"你算干什么的？"他爆发一般地推了兰馨一把，却被兰馨轻盈地闪开了，"别以为我不知道，两个女人偷偷摸摸那点子事儿，我睁一只眼闭一只眼便算了，只是怕说出来脏了我的舌头！还好意思张口闭口就是你们唐家，没得自己打脸。"兰馨闪躲的时候却不小心碰到了一张圆脚凳，凳子拖着地面的声音让令秧错觉兰馨要跌倒了。"你再撒野我便叫小厮们拖你出去!"令秧一面上去扶兰馨,一面冲着姑爷清脆地嚷。看热闹的人里已经派了两三个去楼下叫蕙娘了,估计是觉得以目前这个阵仗,还是让说话最有分量的人过来才好收场。

姑爷却想也没想便重重一掌推在令秧的右臂上:"那就叫人来拖我出去,阿弥陀佛,我倒还嫌你们这宅子脏了我呢!夫人也别打量旁人都是傻子,外头人早已经传得沸沸扬扬了,只有你们自己还当自己是个角儿——谁不知道你家的溦姐儿根本就不是老爷留下的孩子——我只怪是我爹坑苦了我,偏要我娶你们家的女儿,我没休了她回来是她的福气,如今你们反倒吃五喝六起来,怎么不怕让人笑掉大牙……"也许他真的醉了,完全没有意识到此刻周遭是一片死一样雪亮的寂静。紫藤差遣上来的两个小厮从人堆里窜了出来,若不是万不得已,也不会就这样闯进三姑娘的房间——两人一左一右,不由分说地拖着姑爷,出了屋子,再下了楼,他的咒骂声远远地依旧传过来,像是某种昆虫的翅膀,振得耳边不断地"嗡嗡"作响。

令秧木然地回过头,视线所及,每个人的脸庞似乎都是呆滞的,神情都在她的注视下凝固成了含混暧昧的样子。她的眼光终于撞上了蕙娘惨白的脸,蕙娘刚刚从院子里冲上来,可是已经来不及了。令秧知道,她别无选择,只能穿过这些由活人变成的,林立的泥塑,慢慢地自己走出去。她知道刚刚发生了什么,她也知道偏偏今日家里还有好些别人家的仆役,她还知道也许不用到明天早晨,姑爷说的那些话就会传遍全族。

她以为她自己会害怕,会羞愤,会难过,会哭。可事实上,她只是平静地对自己说,这一天总算是到了。

二

谢舜珲坐在十一公家的酒桌上，看着川少爷面庞泛红地和所有人推杯换盏。戏台上此刻倒是应景，十一公家的班子新排了渐渐开始风靡徽州的《牡丹亭》，今日台上唱的恰好是最后一折《还魂》，柳梦梅衣锦荣归，和杜丽娘终成眷属。过几日一定要去拜访一下汤先生，好好聊聊这出戏——如今他不在京城做官了，想找他容易得多。突然间，唐家的一个小厮颜色紧张地走进来，径直冲着他的位子过来了，俯下身子耳语了几句。旁人倒没从谢舜珲的脸上看出异样来，只见他像是询问了小厮几句什么，接着便神色从容地打发他走，接着一直陪着大家直到散席。

返回唐家大宅的时候，已近三更。是紫藤为他开的门，他把不胜酒力步履蹒跚的川少爷交给候着的婆子，待婆子走远些，便默契地跟着紫藤一直上到老爷的书房。快到门口，紫藤才简短地说："先生尽管放心，今日巡夜的两个人都是我家夫君的亲信，我已亲口嘱咐过，不会来打搅你们。"几个月不见，梳起妇人发式的紫藤眉宇间那种沉着的气韵倒真是越来越神似当日的管家娘子。

"蕙娘在么？"他随口问道。

紫藤摇了摇头："蕙姨娘原本是要等着先生的，可惜今天这么一场大闹，三姑娘刚刚还吵着说再也不回婆家去只等着他们的休书便罢了——蕙姨娘一气,头痛得紧,一站着便晕。我刚刚过去看着她睡下,打算明儿一早再请大夫过来。先生只管放心去跟夫人说话,外面有我伺候着,有事叫我就好。"

令秧坐在一盏孤灯旁边,见他进来了,也并没起来行礼,只是微微地垂下了眼睑,他却能心领神会,知道她在问好。他默默地在她对面的椅子上坐下,她猛然间不再拘礼的时候却让他莫名觉得紧张,甚至羞赧。良久,她说:"先生你喝茶。"他回答:"我都听说了。"她抬起头,对他嫣然一笑:"真不知道天亮了以后要怎么见人,我刚刚也想着装病算了,可是蕙娘真的病倒了——我若再病,倒更显得假,还透着矫情。"他也如释重负地笑道:"夫人既然还开得出玩笑,谢某就放了一半的心。""先生你放心,我才不会寻死觅活的。我要的牌坊还没拿到呢,哪里舍得死。我只是实在没法子,明天该怎么过去。"

"谢某在来的路上倒是想了想,如今窗户纸既然已经让你们家那个不成器的姑爷戳破了,便再也捂不住了——想让众人不再传这话,唯一的法子,无非是从夫人身上,再出来一件更骇人或者更大的事情供众人来传说,之前的那些闲话自然而然就盖过去了。""是这个道理。"令秧茫然地叹口气,"可是到哪里去找一件更骇人的事情,还能大到让众人忘了这个呢,除非我死吧……也不行,我若真死了,那众人不更觉得他们说中了,我是没法做人才死的。"她也端起面前的茶盅,眼看就要落到生不如死的境地了,不如——先喝口热茶。右臂上丝丝缕缕的疼痛牵着她,她不由得一皱眉,还是把茶盅放下了。

"夫人怎么了？"谢舜珲问道。

"不妨事。"她有些不好意思，"方才那个混账发酒疯去推兰馨，我怕兰馨跌倒就过去扶，结果连带着他也推了我一把，我没留神撞到花架上，刚才回房去看了，胳膊上撞出一大片瘀青来……"她刹那间住了口，脸上一热，因为她突然意识到自己已经在使用一种亲密无间的口吻，不然，谢舜珲也不会像现在这样，用一种奇异的目光盯着她。

"我倒真的想起一个主意，只是太委屈你。"这句话冲口而出的时候，谢舜珲心里一阵烦躁，他不相信自己居然真的就这样说了出来。

"先生多虑了。不管先生想到的是什么，都是为了我好的。我若是连这个道理都不懂，那我枉为人了呢。"她真挚地看着他，那眼神令他心里一阵酸楚——人人都当他是个放浪形骸的人，赞许也好，贬损也罢，只是从没有什么人能像令秧一样，给过他如此毋庸置疑的信任。

"不知夫人听过没有，洪武年间，忘记是什么地方了，有过一个妇人——跟夫人一样也是孀居，矢志守节。可惜她被她们当地一个出了名的劣绅看上了，一日这妇人去井边取水，劣绅等在那里，走过来以言语轻薄她；见妇人不理，上来帮妇人拎水桶，这时候周围已经有人观看了，妇人自然羞愤，将这男子摸过的水桶抛进了井里，转身要回家，劣绅不死心，追上来握住妇人的手，此时有个砍柴的樵夫恰好路过，妇人挣脱了劣绅，问樵夫可否借她柴刀一用，然后在大庭广众之下，"谢舜珲不忍心地停顿了片刻，继续道，"在大庭广众之下，剁了自己被劣绅握过的手，将这只手抛给男子，说这手和刚刚那只桶一样，都脏了，都不该留着。后来这妇人因为伤得太重，没能救过来，倒是惊动了州府上报了朝廷，我记得还有礼部侍郎为她写过诗称颂她的气节……"他知道令秋的脸渐渐发白，但是继续往下说。

"我明白先生的意思了。"令秋声音突然干涩起来，"这的确是个办法。我将那混账碰过的手臂砍了不要——应该吓唬得住这些人。"

"我正是这个意思。"谢舜珲顿首道，"在明处，夫人可以说是这个意思，被这姑爷碰过的手臂便脏了所以不要；其实，夫人把自己的气节摆明了，也是为了让传闲话的众人闭口不言。这勉强能算得上是声东击西。不过我倒劝夫人，行事之前，先写封信给你们族里的十一公，讲清楚你的名节被流言玷污，本想以死明志，只是当归哥儿还小，若此刻丢下老爷的血脉去了也有违操守，只能出此下策，以证清白。这封信我来替夫人起草，夫人只需抄一遍就好。十一公在族中德高望众，见了这信，又见夫人如此刚烈，定会出面替夫人做主的。"

"你只记得，别把那封信写得太好了，否则便不像是我写的呢。"令秋羞涩地一笑，手指轻轻地抚了抚自己发烫的脸，"想想也只能这样了。谢先生的故事里，那剁了手的妇人，惊动了朝廷，可是真的？"

"千真万确。不然我从何处得知。"谢舜珲惊讶地看着，这女人的眼睛逐渐亮了，这让他突然觉得羞愧，他问自己是不是真的没有更好的办法了：就连一个自残的主意，都能令她如获至宝，于是他加了一句，"夫人放心，这件事情夫人只管去做，至于如何粉饰，如何传出去，如何让朝廷知道，都是谢某的事情。"

"好。"令秧用力地点点头，已经有很多年，她脸上没有像此时这样天真的表情，"我就知道，先生什么都做得到。"

"士为知己者死。"谢舜珲凝视着她的脸，笑笑，"死都可以，还有什么做不到的。"

"可我只是个女人呀。"令秧睁大了眼睛。

"谁说'知己者'必须得是男人？"他咬了咬牙关，和茶水一起咽下去突如其来的伤感，"记得，还是要小心些力道，砍得太轻了固然不像，但也千万不可太重——若伤势真的太重可就难治了，这火候只能夫人自己把握，夫人千万保重。"

"我能求先生一件事情么？"令秧又一次低下了头，"若我真的伤得太重，流血太多，有什么不测的话——要是我没记错，先生有三个儿子，长子二十几岁，已成家立业，次子十七岁，幼子九岁，可是这样？"

"正是。"

"最小的那个，可曾定下亲事没有？"令秧的脸颊红得像是在为自己说媒。

"没有，"谢舜珲笑道，"才九岁，总觉得说这个尚早。"

"先生会不会嫌弃我的溦姐儿？"她看着他的脸，她眼睛里有什么东西马上就要燃烧起来，"不管什么时候，只要我知道，溦姐儿交到你手里，在你家，便是死了也觉得放心。"

"容我回去跟拙荆商量一下,可好?"

"可是介意潋姐儿的来历?"令秧挺直了脊背,微笑凝在她唇角,她的眼睛却像是含着泪,"我这么跟先生说吧,潋姐儿她虽然不是老爷的孩子,只是——她的确是唐家的血脉,不是来历不明的野种,先生懂了吗?"

他感觉像是五雷轰顶,却又觉得在情理之中。良久,他才说:"我明白了,过些日子我就差人来提亲。她在我家,绝不会受委屈。只是终其一生,她也不会知道夫人的委屈了。"

"我若是个男人,就同先生结为兄弟。"眼泪溢出来一点点,她用力地呼吸,将它们逼退回去。

他们商定好的日子,正是川少爷去州府赴"鹿鸣宴"的那天。因此,令秧有两天的时间来做些准备。之所以选在那一天,是因为在那之前,族中还有很多送往迎来的应酬,也都是为了给川少爷道贺的,令秧不想让血光坏了多年难得遇上的喜气。

两天的时间里,她有条不紊地准备着一切。除了小如,没有任何人知道他们的计划。小如替她弄来了一把磨得锃亮的柴刀,她的指尖小心翼翼地抚摸那刀锋的时候,小如便大惊失色道:"夫人仔细划了手指,这刀快得很呢。"她听话地缩回了手,她们二人像两个小女孩一样没主意地望着对方,不约而同地一笑。"你说,"她问小如道,"人的骨头和柴火,比起来,究竟哪个更结实些?"小如诚实地说:"夫人,我不知道。"

两日来并没有人来房中打扰她,可能所有的人都知道此时还是少招惹她为妙，她几乎是贪婪地享受着难得的清静和自如。也许是家里上下人等都真的很忙吧——蕙姨娘躺倒了，病得还不轻，那个惹了祸的姑爷，酒醒之后就落荒而逃了，没打招呼便回了自己家，三姑娘如愿以偿地留了下来；只是蕙娘又忧心如焚了，她害怕三姑娘跟着这个人会受一世的折磨，又害怕这下三姑娘真的会被休了回家，左右为难让她的头疼愈发严重起来——紫藤和侯武除了整日给她请大夫之外，须得用尽了全力维持住阖府的运转。她有的是时间运筹帷幄，吩咐小如去安排一些事情，暗中准备她需要的东西，而她自己，这仅有的两天必须用来练习。小如童年的时候，在爹娘家中也砍过柴，所以她需要小如来教她如何使用柴刀。她们从厨房弄来一把破旧的，折了一条腿的凳子，小如示意给她砍柴的动作，她一次又一次地练习。一开始，笨拙得很，再加上小脚分外地不听话，刀一挥出去，总是搞得自己一个趔趄。小如忙不迭地抱住她，笑道："夫人仔细闪了腰！"愉悦得就像是一个游戏。

那一天来临之前，令秧以为自己会彻夜不眠，结果还好。她朦胧地睡了一两个时辰，居然无梦。黎明时分睁开眼睛，窗外天空尚且灰蓝，那让她想起她嫁进来的第一个清晨，睁眼看见的也是这样的天色。那时候，身边还是云巧。这两天里，云巧曾经执意要来她房里陪她，也许只有云巧感觉到了什么，但是她倔强地把云巧推了出去，她说你在我这里谁来管着那两个孩子。一想到孩子，云巧便没有坚持。在云巧眼里，"孩子"永远比什么都重要，想到这里她微微一笑，眼前浮起的是云巧当年面对两个婴儿时那种手足无措的满足。但不知为何，想到如今的云巧，她突然感到一阵刻骨的孤独。

小如进来的时候，意外地发现她已起来，收拾整齐，坐在梳妆台前面。她穿得简单素净，一袭灰紫色的麻布袄裙，轻轻一抬胳膊，宽大的袖子便会从手腕滑至手肘，干干净净地把一截白皙的手臂露出来。她轻轻地在左臂上摸了摸，心里的确觉得很对不住它。也不敢往深里想，所以还是把右手收回去了。"夫人这么早啊，"小如的语气其实并没有意外，"我还说，要赶着回来伺候夫人梳洗。"她专注地看着小如怀里抱着的那个粗陶的罐子："香灰取回来了？""取回来了，都还是热的。"小如道。"布施香火钱了没？"她问。"夫人放心，我都没忘。我还给菩萨磕了头，求菩萨保佑夫人平安。"

"你这孩子，"令秩笑了，"平时不想着菩萨，到这个时候了去磕头，菩萨不罚你是菩萨慈悲呢。"

小如却没有笑："那封信已经送到十一公家的门房那里，早饭时候便能递到十一公手上了；罗大夫也来了，夫人放心，是我跟侯武说夫人昨儿晚上有些不大舒服，叫他一早把罗大夫请来，他没疑心到别处去；我只跟罗大夫说请他稍等片刻，待夫人起床了便唤他进来。"

她点点头。小如说罢，便安静地低下头去，帮她将左臂上的绳子绑好，绳子绕过肘部，穿过张开着的手指，再穿过桌面下方那排雕花，拉紧，打一个结。头一次，她满怀温柔地看着小如的侧脸，她专注的神情，以及鬓角的几缕碎发：这孩子生得不漂亮，买进来的时候倒是比平常那些乡下小姑娘清秀些,可是这两年大了,反倒开始往粗壮里长。"夫人,"小如迟疑道,"要是没有别的吩咐,我就先出去了。我就在门口候着,待会儿一有动静,我便去唤罗大夫进来。""你越来越会办事儿了。"言毕,她才惊愕地发现,自己很少夸奖小如。

"小如。"这孩子的背影停顿在门边,转过脸来:"夫人又想起什么来了?"

她笑了笑:"我就是想跟你说,那时候,为了侯武的事情打过你,你不要记恨我。"

"夫人这是说哪里的话呀。"小如眼圈红了,却像是躲闪她一样,急匆匆地跨了出去。

她出神地看着自己的左臂,那个娘留给她的玉镯依然戴着,昨天她想过要将它摘下来,可是它就像是长进肉里一样顽固。若这只手等一下真的掉落在地上,那这镯子岂不是就要被摔碎了?恍惚间,她想把小如叫回来,最后一次陪她试一试,看能否安全地将这镯子褪下来。但她知道不能这样,心就是在此刻突然跳得像一面鼓,腔子里呼出来的每一口气都像是根线,脏腑像提线木偶那样颤巍巍地抖着——若此刻把小如叫回来了,她怕是再也没有勇气去做那件早已决定好了的事情。

原本被姑爷推搡过的是右臂——可是没法子,若是没了右手,往后的日子可就太不方便了,况且,没人会注意这个的,她由衷地,慌乱地对自己笑了笑。

银色的刀刃抵在了左边手肘往下约一寸半的地方,她觉得这个位置刚刚好。

想得太多,便什么也做不成。她抓住自己脑袋里某个空白的瞬间,就是此刻吧——不行,忘了最重要的事情,她不得不放下刀,从怀里摸出手帕来,咬在嘴里。松软的棉布在唇齿间,让她有了一种放松下来的错觉,第一刀便挥了出去。一道鲜红的印记出现在皮肤上,为何不疼呢?她不敢相信——血随后流出,将这整齐的红线抹乱了,还弄脏了她的衣服——疼痛来临的时候她砍下了第二刀。然后她闭上了眼睛,应该不会比生产的时候更痛吧,再想挥刀下去的时候似乎可以驾轻就熟了。血弄脏了一切。

第三刀,第四刀,第五刀。有什么东西飞溅到她脸上,刀似乎碰到了什么坚硬的东西,震颤着她的右臂。她开始觉得即使想要试着睁眼睛,眼前也似乎是一片镀着金边的黑暗。嘶吼声从她喉咙里像水花那样飞溅而出,那种闷闷的声响胀痛了她的耳朵,清凉的空气涌进了她嘴里,她不知自己是怎么做到的,居然一点一点将那团手帕吐了出去。

是不是可以惨叫了?

惊动了整个唐家大宅的,其实是小如的惨叫声。小如听见柴刀掉落下来碰到了家具的声音,推开门,便看见昏厥在血泊里的令秧。虽说这惨叫声是事先准备好的,可是那条绳索中血肉模糊的残臂依旧成了小如很多个夜里的噩梦。

第十章 《绣玉阁》

锦衣玉食有时候真的没用,上苍决定了要你苦,总有的是法子。

一

令秧记得，那一年秋天，她又过了一次鬼门关。待到神志彻底清醒，能够坐起来正常地吃些东西，恐怕已经是"立冬"之后的事。某天清早，是连翘走到她床边来给她换药，一时间她想不起自己究竟是处在何年何月，不过换药的疼痛让她瞬间便顾不得想这些。她咬紧牙关忍着，不想低头看自己的伤处——虽说她脑袋里很多事情都还混乱，不过也记得那条胳膊的惨状。她想问那条手臂究竟还在不在，却发现连翘的鼻尖上也冒出一粒粒的汗珠，多日没有听见自己的声音了，猛地冲口而出的时候反倒吓着了自己，她沙哑地说："你回来了？"连翘的肩膀像是重重地抖了一下，停了手上的工作，细细地凝神看着她，眼泪随后就静静地流下来，连翘道："夫人终于醒了呀。"

随后她才知道，在她昏睡的一个多月里，连翘每天都跟着罗大夫进来，连翘不放心旁人，一定要自己给她换药。最危险的日子里，像过去一样，没日没夜地服侍在病床前。起初，罗大夫还真的以为小如差人请自己来，不过是又一次普通的看诊——直到他和所有人一样，被小如撕心裂肺的惨叫声吓得膝盖发软。他也没有仔细想，为何小如那么快地就拿出来府里珍藏的止血药给他——那个清晨的每个场景都历历在目，以至于罗大夫回忆起来无论如何都还是有种骄傲，至少他迅速并且冷静地为令秧止了血，并且果断地剜掉了不宜保留的肉。用不着唐家许诺给多少酬金，他也会拼尽全力救她的命，行医这么多年，这样的时候也是凤毛麟角——能让他觉得自己非常重要，像是独自面临着千军万马。他翻出收藏多年的医书和尘封的药方，去拜访旧日熟悉的同行以及道听途说的高人，夜以继日。其间，令秧发过高烧，也像打摆子一样被恶寒折磨得浑身发抖，伤处不停地渗出让人害怕的脓血……他一副又一副地开着不同的汤药，配出好几种他从没尝试过的膏药交给连翘，隔几日便为令秧清理伤处剪掉腐肉——他把那只残臂当成一株患了虫害的植物，即使她处在昏睡中，满宅子的人也听得见那种像是被恶鬼附身的哀号。

直到最后，罗大夫也不知道，其实眼前的一切，可以说是因他而起。他自然一点也不记得，酒后的自己都说过什么。

终于，那个劫后余生的黎明到来了。来得缓慢，艰难，几乎所有人都听得见它用力地，推开两扇沉重生锈的大门的声音。

令秧并没能真的砍掉那只左臂，一个纤细的女人，没那个力气。但是裸露在外面的骨头上，的确被她砍出了几个深深的刀痕。她躺在被子里，凝视着原先的左臂——那里已经被包裹成了一截雪白的棍子，她依稀感觉到手指还在里面。当她终于确信自己活过来并且将要活下去的时候，也不知为什么，心里涌上来的全是怒气。连翘替她换药的时候，无论有多痛，她都强忍着——可是忍完了之后，倒霉的便是连翘。她会冷冷清清地对连翘说一句："滚出去。"连翘面不改色道："夫人想歇着，那我就先出去了。"

只是到了第二日该换药的时候,又会准时出现。有时候令秋只好再加上一句:"滚,让你那当家的跟你一起滚。"——就算心里已经恨得翻江倒海,她讲话的腔调倒从来都是淡淡的,不为别的,她实在没有力气跟谁吼叫。连翘依旧不紧不慢道:"我们这就滚。不过夫人也别忘了,若是没有他,夫人眼下还不一定能躺在这里对我发脾气。"

果然残了一条手臂之后,所有的人都敢来欺负她。这么一想她便悲从中来,直到这一刻她才有些明白过来,自己究竟做了什么。她委屈地对蕙娘说:"让连翘走,我再也不想看见她。"可是蕙娘也只是温柔地看着她,轻轻抚弄着她散落在脸庞上的发丝:"我知道夫人心里躁得慌,可刚一出事的时候,连翘便即刻回来照顾夫人了,衣不解带的,夫人说胡话咽不下去药的时候,都是连翘一口一口地对着夫人的嘴送进去的呢。"令秋烦躁地躲闪着蕙娘的手指,真的是这样,所有人都合起伙儿来了,她胡乱地抱怨道:"还服侍什么,还救我做什么,让我下去陪老爷不就好了。"蕙娘居然笑了:"夫人呀,叫我说什么好呢……"

良久,她怔怔地问:"谢先生可是已经家去了么?"已经到了四面楚歌的时候,所以她分外想念她唯一的同盟。

"夫人已经伤了快两个月了,谢先生哪有一直不走的道理呢?"蕙娘耐心地解释,"不过,他也确实是听罗大夫说夫人性命无碍了以后,才动身的。临走还交代我说,等夫人身子养好了,他便择个日子差人正式来给咱们溦姐儿提亲。"

有一天,换药的时候,她突然觉得不那么痛了,至少不用她咬着嘴唇拼命忍耐——她想或许是因为疼得太久人都麻木了。隆冬来临,小如早已在屋里生了炭火盆,又在她的床铺上放了小小的暖炉。连翘来得少了——倒不是因为真听了她的话滚出去,而是她已经不再需要每天换药。"夫人,今儿个外面下雨,还零星夹着点儿雪花呢。"连翘一边检视伤口,一边语气悠闲地同她说话。令秧突然小声问:"你认不认识谁,见过那种——鹅毛大雪?就是《窦娥冤》里面的那种雪?"连翘的睫毛像是受到惊扰的蝴蝶翅膀一样,约略一闪:"没有呢,夫人,我虽说小的时候跟着我娘在北方,可是那时候都不记事儿。""谢先生准是见过的。"令秧羡慕地说。"那当然。谢先生走南闯北,即使在男人中间都算个见多识广的。"连翘笑道。令秧突然发现自己就这样跟连翘聊起了雪,即刻想要掩盖什么似的,轻轻闭起了眼睛。心里暗暗地骂自己为何如此不争气。

兰馨和三姑娘几乎天天都来看她。不过她们俩坐在那里,动不动就哭,让令秧看着好不厌倦。后来有一天,是兰馨一个人进来,默不作声地在床边坐下,也不再垂泪,只是坐着发呆,于是令秧便知道,三姑娘终究是被姑爷接回去了。

"夫人真傻。"兰馨这样说。

令秧有气无力地笑笑:"我也想聪明些。"

"夫人这样一来,不仅伤了自己的身子,也伤大家的心呢。"兰馨脸上的幽怨总是恰到好处的,若是川少爷能懂得欣赏,便是最入微的勾魂摄魄,"三姑娘也总跟我说,这样一来,她这辈子都不敢见夫人了,永远觉得亏欠着夫人的。"

"我也并没有记恨着姑爷,叫她放心。"令秧想要冷笑一声,可终究觉得那太耗人力气了,即便她死了,对兰馨来讲,头一件要记挂的事情也还是她的死会把三姑娘置于尴尬难堪的境地——兰馨始终最心疼三姑娘,这不是她的错,这只不过是让令秧觉得更加孤独,而已。

不过她说她并不记恨姑爷,倒也是真的。她横竖也得想点办法制止那些流言,只不过欠了一个契机,这个不着调的姑爷便是上天送给她的契机了。自从左臂废掉以后,她反而更能理解姑爷——其实说到底,他也不过是有些残疾罢了。外面惊天动地的鞭炮声炸得她心惊肉跳,听说大年初二的时候姑爷和三姑娘一道来拜年了,一道来的,还有三姑娘的公公——原先的吴知县,如今已是青州新任知府。

听说,从唐家借去的银子终究还是派了些用场,吴知县的冤案还是传到了山东布政使的耳朵里。那一年,照样为了养马①的事情,山东境内,"东三府"和"西三府"又打个不可开交。布政使大人在焦头烂额之中,早已对青州知府心生嫌隙。青州原本富庶,可这知府偏偏又贪婪,又不懂进退。在跟"东三府"的争端中,每每连布政使大人的暗示都听不懂,搞得大家难堪。这一次,青州府内的几个徽商的冤案简直就是上天的礼物,布政使大人收了银子,自然要替吴知县申冤,往上奏了一本,青州知府被贬到了

---

① 养马:明代山东分为六府,东边三府较为贫瘠,西边三府较为富庶,"西三府"赋税负担较重,但为朝廷饲养兵马的任务多派给相对贫困的"东三府",故"东三府"和"西三府"之间常起纷争。

贵州去。吴知县冤狱昭雪,从"府同知"升了知府。不过那几位徽商被莫名收缴的银两和货物,只追回来二三成,剩下的去向不得而知。至于前任知府和布政使大人各自在京城的后台之间又经过了怎样的角力,大概连吴知县——不,吴知府本人也不是完全清楚。

这一番,吴知府是领着儿子儿媳登门致谢的,至于自家儿子闯过的祸,吴知府绝口不提,川少爷便也默契地不提了。吴知府只说,唐家有夫人这般贞烈的女子掌门,川少爷的人品风骨绝对也是不会错的。只要川少爷在即将到来的会试里及第,吴知府必定会尽全力帮助川少爷——如今的吴知府已经是布政使大人的亲信了,在京城里的根基不同往日,讲话也变得含蓄起来,并且底气更足。川少爷并不笨,知道吴知府也是在用这种方式致歉了,夫人的一条手臂为她自己换回了清誉,又意外地让川少爷的前程多了一重保障——川少爷嘴上不说,内心却是觉得划算。于是谦和地微笑着回应吴知府,是自家夫人性情太过刚烈,原本不需要在乎那些纯属诋毁的流言。一盏茶的工夫,大家谈笑风生,男人们之间所有的问题都解决了,当然,那时的令秧,还躺在卧房的病榻上。

春天来临的时候,令秧终于可以撤除所有的包扎,细细端详着如今的左臂。虽说没有砍断,可是已经完全抬不起来了。手肘之下,一直到手腕的部分,这短短的一截,倒有五六处触目惊心的凹陷,像是皮肉莫名其妙地塌了下去,好端端的一截手臂就成了旱季里,龟裂得惨然的河床。好在平日可以把它藏在袖子里,倒也吓不着别人。露在袖子外面的手乍一看倒是还好，不过只剩下一两根手指能勉强摸得出冷热。当令秋重新站在天井中，让淡薄如水的阳光洒在身上，她不敢相信，自己的身体，像是绑了秤砣一样，不由自主地会往右边倾斜。不知为何，失去知觉的左臂似乎让左半边的身子都变得轻盈了，像纸鸢那样迎着风便可以离地三尺，右边的身体反倒成了放纸鸢的人——不用别人提醒，她也知道，如今的她走起路来，一定像是个跛子。

她不再去兰馨房里习字，也很少去云巧房里聊天。她几乎不出自己的房门，巴不得唐家大宅里的每个人，在各司其职地忙碌的时候，能忘记她。就这样，她对岁月的流逝已不再敏感，不过是向死而生，又何必锱铢必较着究竟活在哪一年，哪个节气上。她却不知道，也许正是因为这样彻底的不在乎，她的容颜反倒在很多年里都没有改变。直到有一天，谢舜珲又一次坐在老爷的书房里对她说："今年老夫人身子尤其不好，我看，府上承办的百媚宴不如改在夫人生日的时候。"她淡淡一笑，不置可否。谢舜珲又道："没有什么不合适的，夫人三十岁了，也算是个大生日，值得好好做。"

她一怔："今年的六月二十四，我便三十岁了么？"

谢舜珲笑了："正是。夫人不知道吧，在江浙一带的某些地方，六月二十四，是荷花的生日。"

她笑得有点凄楚："还真的是第一次听说，这么巧？"

二

那时候，准确地说，万历二十六年的秋天。令秧还在挣扎着，蕙娘不知道自己要不要再一次地开始派人联络做棺木的师傅。整个大宅的人，都活在一种被震慑的空气里，令秧的所作所为，就像是在宅子的上空，用力地敲响了一座巨大的钟。钟鸣声之后"嗡嗡"的余响隐约震着每个人的耳朵——他们都心照不宣地想：夫人若真的死了，也不是自己的错，自己只是和信得过的人稍微聊了聊那些闲话而已，本是人之常情，即使夫人成了鬼魂也应该能理解。这些念头都放在心里了，他们嘴上只是不约而同地叹气，相互交换些自认为不曾躲闪的眼神："夫人是个可怜人啊。"这种慨叹的次数多了，也便莫名地生出一点舒泰：锦衣玉食有时候真的没用，上苍决定了要你苦，总有的是法子。

就是在这样的一个夜里，蕙娘一个人坐在议事房里。所有回过事情的账房婆子什么的都已经散了去睡，该看的账簿也全都看完了，可是她一下也不想动弹。四肢像融化在椅子里那样，比她身处自己卧房的时候都要安心。她当然听见了门被轻轻推开的声音，不过依然纹丝不动。跟着她扬起脸，看着侯武，犹豫了片刻，她还是笑了："我怎么觉得，有日子没看见你了。"其实她天天吩咐他做事情，每个清晨侯武都是第一个垂手等在议事房外面的人。

他也明白她的意思,她指的是他已很久没有这样跟她独处,在众人都看不见的时候。

"和紫藤过得还好么?"她宁静地问道,"紫藤性子敦厚,若真受了什么委屈也绝对不会跟我讲,你要好好待她。"他不回答,似乎她也没有等着他回答。她突然淡淡地笑了一下:"侯武,你说奇怪不奇怪?我知道夫人自己砍了胳膊以后,第一个念头是:夫人千万不能死,眼下府里真的很紧,各项都有去处,还刚刚问谢先生借了三百两,横竖拿不出来办丧事的开销。老爷归西的那个时候亏得族里帮衬了一把,可夫人的丧事不能再靠族里,没这个规矩,但是又得讲排场,缺了什么都不可的……你说啊,我是不是管家管得没了心肝?可是这些事,我不想着,总得有人想,对不对?"

侯武默默地走到她的椅子前面,突然跪下了。他伸出手环抱住她的腰,脸庞贴在她胸口的下面。错愕之余,她感觉到了他的身子在抖,她的手指轻轻抚摸着他的脖颈,她长长地叹气:"你想我了,可是这样?"

他下决心盯紧了她的脸:"是我害了夫人。那些闲话起初是我传出去的。我把罗大夫灌醉了,他根本没有酒量,至今不知道自己说过……"他语无伦次,但是她还是听明白了。

"蕙姨娘,你赶我走吧。我是账房先生的儿子。就是那个,被老爷逼死的账房先生。我来府里,最初是想寻仇,可是老爷死了,老夫人疯了,起初我只是想让府里蒙羞,可是我没有料到夫人会这样……我没有脸再待在府里,再日日受着蕙姨娘的恩。若是夫人真的有不测，你叫人绑我去见官吧，我从没有想过要加害夫人……"

见她一直不动声色地看着他，他终于安静了下来。

"我且问你，"蕙娘弯下身子，捧起他的脸，"当年，你对我……可也只是为了让府里蒙羞？"

侯武用力地摇头，眼眶里一阵温热。

"你当然要说没有。"蕙娘笑了，"换了我是你，这种时候，也得咬死了说没有呢。"

他吻她。

她从椅子上跌撞着站起了身子，他也从地下站起来，他们歪歪倒倒地烧到了一起。他推着她前行，直到她的脊背贴上了冰冷的墙壁。她的嘴唇接住了他流下来的眼泪。她抱紧他的脊背，头艰难地一偏，然后转回来盯着他的眼睛，她耳语着，但是无比清晰："我信你。我不会跟任何人提这个。这件事天知地知。你哪儿也不准去，我不准你去——你留在这儿，这个家就可以是你我二人的。不对还有紫藤，是我们三个人的，你呀……"蕙娘心酸地笑了，"你傻不傻？就算你的仇人是老爷，就算你恨他——我已经睡到你怀里了，还不够么？你不是已经给他蒙羞了，何苦要去暗算夫人？你又不是那种真正心狠手辣的人，为何非要为难自己？"

他不作声，开始熟练地撕扯她的衣服。

他没有办法向她解释这个。每一次进入她的身体，他心里完全没有羞辱了老爷的念头——因为她给他的那种万籁俱寂的极乐，总是让他错觉来到了天地交界的地方，也让他自惭形秽地盼着，就在那个瞬间跟她同生共死。他知道自己不该做这个梦,她只不过是在经年累月的寂寞里一抬头发现了他,所以他恨,所以他恨起来就想做些坏事,所以他永远不会让她知道他曾这般认真地恨过。

将近二更的时候,她裹紧了胸前的中衣,娇慵地笑道:"回去吧,紫藤还等着呢。"他奇怪地笑笑,认真地说:"蕙姨娘,我答应过紫藤,这是最后一次。"话一出口,心里涌上来一阵绝望,他知道他在履行诺言——他知道他是做不到的。她的眼睛像是含着泪:"好。我明白。你和紫藤好好过下去,就好。"——她也知道,他当然还会回来。

黎明时分,小如起身去茅厕倒马桶。照理说这本该是粗使小丫鬟的活儿,可如今令秩房中人人都忙得七荤八素,贴身丫鬟和小丫鬟之间的分工便也没平日里那么泾渭分明。在回房的路上,撞到了穿戴整齐的侯武。小如只道是侯武管家起得比任何人都早,不知道他整夜没有睡过。隔着路面上几块青石板的距离,侯武叫住了低着头经过的小如:"夫人可还好?"小如急急地抬了一下眼睛,随即又垂下了脑袋:"不知道呢,烧也没退,罗大夫说就看这几日了。连翘姐姐每天换药的时候都得把坏的肉剪去,我根本不敢看……"她又觉得自己说得太多了,可是头已经是垂下来的,横竖也低不到别处去了,只好尴尬地住了嘴,没有任何动作。

她听见侯武的声音笃定地传过来:"你去吧,好生服侍夫人。你只记得,往后,夫人房里任何事情,需要调用任何人手,或者夫人自己有什么差事,不便让太多人知道,需要差遣一个体己些的人……你都只管来找我。夫人的事情,我当成阖府里头等的来办。"停了片刻,他补了一句:"夫人实在太不容易,我们做下人的都得体谅她的艰难,你说是不是?"

小如没有仔细想侯武为何突然说出这番奇怪的话——难道凭府里的次序,老夫人之外,夫人的事情还不该是头等的事情么——何必跑来专门当成一件大事那样宣讲一番?不过小如没来得及想那么多,只是脸红心跳地答应着,记挂着那个依然拎在手中的马桶,尴尬得恨不能变成石板之间的青苔,好跟它们一道钻到地里去。

令秧还不知道,自己从此多了一个真正的心腹。

万历二十九年,距离令秧自残左臂,已经过去了整整三年。

谢舜珲坐在自家宅子的书房里,等候着川少爷。两年前,川少爷会试落了榜——这倒不算什么意外的事情,那以后他便总是到歙县的碧阳书院来,一住便至少半月,跟这里的先生们讨教切磋,也同这里的学生们一起玩乐,期间自然常常来谢家拜访,虽说考不中进士,可日子过得倒是越发如鱼得水,比往日总在家里的时候要热闹得多。起初,蕙娘还担心川少爷会跟着谢舜珲沉湎于欢场,可是后来发觉,川少爷也许是性子孤寒,对酒色的兴致一直都有限,玩玩而已,从不过分,便也放了心。再看看他自己房里,兰馨整日过得清心寡欲,徒顶着个"少奶奶"的名号独守空闺;而那位令秧做主替他收入房中的梅湘,也是个姿色不俗的,可是自从诞下了小哥儿,川少爷似乎觉得延续香火的大任已经完成,便也对梅湘冷淡了下来,一个月里到她房中去一两回已算是难得——梅湘天生就是一副小妾的骨头,自然不是什么省油的灯,起初还以为能母凭子贵地争宠,后来发现——唐家的日子的确清闲,宠也不必争,因为横竖川少爷对谁都无动于衷。她闹过,哭过,寻死觅活过,后来发现既没有用处,也没有意思,从此以后,那些搬弄是非的兴致减淡了好多,不如说是心灰了。

谢舜珲望着他跨过门槛,一时间竟有些说不出的百感交集。那个多年前俊美如少女的男孩已经长大了,虽然他依然俊美,可是已完全没了当年那股清冷的瘦弱。他学会了对着谢先生绽开一个应酬的微笑,学会了像男人那样熟练地拱手,就连手中那把折扇,打开,合上,手指间都带上了一股往日没有的力量。川少爷在唐家大宅的地位的确不同了——过去,虽说是唯一顶门立户的少爷,毕竟是众人嘴上说说的。可自从中了举人,周围的乡绅们一窝蜂地前来讨好,看中的无非是举人不必缴纳赋税的便宜。族里族外,十几家人都愿意拨出一部分自家的土地归到唐家门下,川少爷替他们省了赋税,他们每年收上来的田租自然抽成给唐家。如此一来,唐家大宅的经济骤然就宽裕了。头一个蕙娘,对待川少爷的时候就已经平添了几分畏惧,下人们便更是不必提。所谓春风得意,指的就是川少爷吧,这几年他举手投足都更有了开阔的英气,连饭量都跟着长。人一旦长胖了,便会失去清灵之气,当然这只是谢舜珲的眼光——川少爷其实并不胖,只不过是比以往更壮实了些,在很多女人眼里,此刻的他才刚刚好,少年时代的他未免看起来太不识人间烟火,现在整个人身上揉进去了不少尘世间的事情，女人们中意的，从来都是一种恰到好处的脏。

毕竟他也到了而立之年。谢舜珲站起身迎接，不知道自己的脸上尚且流露着些微落寞。

"谢先生怎的不上我们家去了。"川少爷一坐下，便笑着埋怨，"好几个月了，请都请不动。"

谢舜珲苦笑道："还不是因为我得罪了你家夫人，夫人发了脾气，我哪敢随便上门去讨不痛快。"

川少爷悠闲地笑道："夫人自打残了手臂之后，性情越来越古怪了。先生明明是为她好替她着想，她反倒使起性子来。"

谢舜珲道："也罢。过些日子夫人自己想通了，会让蕙娘写信给我。"

川少爷深深地注视着他，叹了口气："要我说，常年孀居的女人真是可怜。你看夫人，还不到三十岁，性子越来越像个老妪，狷介霸道——先生也知道，夫人这一自残，在族里声望更是了得，连六公十一公这样的长老都让她几分，"川少爷摇头，"我记得，老夫人没生病的时候，都不像她这样。"

谢舜珲不动声色，其实他非常不愿意任何人这样说令秧，他淡淡地说："其实夫人也是为我好，而我是为着你家溦小姐好，彼此说不通了，也是有的。"

事情的起因是这样的，一年前，跟溦姐儿定下亲事的、谢舜珲的幼子染上伤寒过世了。才十岁的孩子，从生病到离世也不过用了七八天工夫。这让谢舜珲一个月之内就白了不少头发。巨恸之后，清醒过来的第一件事，便是着人去唐家提出退婚。川少爷已经出面应允了，可令秧不准，硬说哪有一个女儿许两个夫家的道理，一定要溦姐儿到了年纪依旧抱着灵位嫁入谢家。态度之强硬让所有人不知所措。既然夫人不同意，川少爷便也不好强行做主。过了几日，谢舜珲亲自上门，重提退亲之事，哪知道令秧发了好大的脾气，在饭桌上，一碗滚烫的热汤对着川少爷扔过来，可惜准头太差，丢到了身边伺候的小丫鬟身上，把那小丫鬟的手上烫出一串燎泡，然后怒冲冲地拂袖而去。

　　川少爷轻轻地冷笑一下，这冷笑原是他昔日最擅长的表情，深潭一般的眸子里寒光一闪，这些年不知迷醉了多少青楼里的女子："先生也不必再劝她，她硬要让溦姐儿成亲，不如就随了她的意思吧。她也无非是怕溦姐儿若是不肯守着这望门寡，众人又有闲话会坏了她的名声——她如今倒是没有多余的胳膊可以砍了，自然要小心些。依我看，她想那座牌坊想得走火入魔了，其实她只要安分过日子过到五十岁，哪会不给她，全是她自己要臆想出来这么多的过场……"

　　"不说这些，以后再商议。"谢舜珲表情依旧平和，可其实心里已经塞满了厌倦，"明年二月又是会试，这一次若是中了便皆大欢喜了。"

　　"话说回来，夫人如此魔怔地要那牌坊，先生怕是也推波助澜了吧？"川少爷丝毫不打算转换话题，"事发那日晚上，我去十一公府上，十一公把夫人的信给我看了。十一公他老人家最喜欢看见这样的妇人，除了连声赞叹也没想别的。不过，那封信的手笔，我粗粗看一眼便知道，是先生的。我家夫人绝对没这个文采——

我就是奇怪先生为何对一个妇人的牌坊如此热心呢。"

"你不明白。"谢舜珲淡淡一笑，他其实已经觉得自己被冒犯了，"我敬重你家夫人。"

"先生是出了名的怪人狂人，我知道的。不过是好奇，绝没别的意思。"川少爷整了整衣襟，斜着目光看了一眼自己的肩膀，下巴和肩膀之间拉开了一个优雅的距离，"本来今天是想跟先生说，书院里的朋友过生日，请我们几个吃酒，人家专门说了也想请先生过来，三日后的晚间，不知先生肯不肯赏脸呢？"

"我会去。"

"那是再好也没有了。"川少爷的笑意更深了，双眼中有了微妙的漩涡，"还有，那朋友特意要我给先生带句话儿，他的生日宴上没有姑娘，他叫来的是个跟他相熟的戏子，有戏子来唱不怕没人助兴；先生也可以把你那位南馆的祁门小旦请来，先生放心，我朋友知道他是先生的宝贝，只是请来吃酒，不会有人怠慢轻薄他。我还听说，近日南馆里新起来的一个叫李钰的孩子极好，容颜如出水芙蓉一般比女孩儿都漂亮，先生能把他也请来不能呢？我倒想见识见识，横竖女人已经叫我烦透了，一个个地动辄要我陪她们演郎情妾意同生共死，我还活不活……"

谢舜珲站起身子，冷冷地说："你且去吧。你那朋友的寿酒我不会去喝，我今日身子不适，恕我不送了。"说罢，转过身子看向了窗外，不理会身边一脸惶恐的小书童——小书童拿不准是不是真到了要送客的时候了。

他只是悲凉地想：那个粉妆玉琢般洁净的孩子到哪里去了？

那孩子神情清冷，好像人间的七情六欲都会弄脏他的魂魄……他究竟到哪去了？为何所有的清洁不翼而飞，却只剩下了被弄脏的无情？

三

万历三十一年，年已经过完了，可是令秧总还是问小如，今年是什么年。小如每次都耐心地回答："是兔年，夫人。"回答完了，小如自己也会疑心，夫人是不是真的记性变差了？可是除却年份，倒也不觉得她忘了什么别的事情。其实令秧并不是真的忘了，她只是时常困惑——她对于时间的感觉越来越混沌了，有时候觉得光阴似箭，有时候又觉得，一个昼夜漫长得像是一生。总之，已经过了这么久，怎么依然是兔年。

小如有时候会不放心地说："我去川少奶奶屋里给夫人借几本书来看看，可好？"她摇摇头，淡淡一笑："罢了，看多了字我头疼。"可是小如实在想不起除了看书，还有什么事情是不需要两条胳膊就可以做的。令秧习惯了用几个时辰的时间来发呆，整个人像是凝固了。不过后来，小如终于替她找到了一件事情，她帮小如描那些绣花的样子。练习过一阵子以后，一只手臂足够应付了。小如会刻意找来那些非常烦琐和复杂的图样给她，她一点一点慢慢做，往往是一朵细致的牡丹描完了，便觉得窗外的人间一定已经度过了一千年。

"夫人，前几日我姐姐带着我去看了一出戏，不过只看了开头两折，好看得很……夫人听说过吗，叫《绣玉阁》。"小如小心翼翼地抬起眼睛，悄悄打量着她专注的侧影。小如的娘前些日子生了场病，令秧便准了小如的假回去看看——看戏应该就是在家去的日子里。

令秧认真地摇摇头。她自然不会知道，近半年来，有一出青阳腔的新戏突然红遍了整个徽州。无论是庙会的草台班子，还是大户人家的家养班子，各处都演过这《绣玉阁》。

小如热情地为她讲述剧情，她有一搭无一搭地听，其实戏里的故事很多都有个相似的模子，只是不知为何，只要这似曾相识的套路一板一眼地徐徐展开，怎么说都还是让人有种隐隐的激动。嘴上说着早就料得到真没意思，但还是不会真没意思到离场不看。从小如颠三倒四的描述中，她大致明白了，这出戏是讲一个名叫文绣的女人，原本是小户人家的女儿，一个风雪之夜，女孩和父亲一起慷慨善意地接待了一个贫病交加的英武男人。像所有戏里的情节一样，这个名叫上官玉的男人不过是公子落难，重新回去以前的生活以后，念着往日恩情，娶了文绣。文绣就这样成了武将的夫人。夫君带兵去打仗了，然后文绣就只能朝思暮想着二人平日里的如胶似漆。不过有一天，边疆上传来了战报，上官玉死了。

"依我看，既然是打仗，说不定这上官玉根本没有死，受了伤没了踪迹罢了，这戏演到最后，上官玉还会回来，于是就皆大欢喜，男的加官晋爵，女的封了诰命，花好月圆了，可是这样？"

令秧问道。

"这个……"小如苦恼地皱了皱眉头,"好像不是这样,不过我也不知道最后终究怎么样了。"

她以为小如的话音落了以后,这屋里的寂静不过是再寻常不过的,可是却突然听得小如的呼吸声似乎紧张了起来,然后慌忙道:"哎呀夫人,是巧姨娘来了。"然后慌忙地起身,招呼小丫鬟搬凳子,自己再急着去泡茶。令秧听见云巧说:"不用忙了,说两句话儿就走。"

那声音里没有一丝一毫的笑意。

令秧继续盯着手底下那只描了一半的蝴蝶,没有抬头去看云巧的脸。她并不是真的冷淡古怪,只不过是自惭形秽。如今,她只消轻轻一转身,便感觉得出左边身子那种恶作剧一般的轻盈,然后身体就会如趔趄一样往右边重重地一偏,她能从对面人的眼睛里看见一闪而过的惊异与怜悯。她也讨厌那个如不倒翁一般的自己,所以,她只好让自己看起来不近人情,看起来无动于衷。

"你别总站着。"她并没有听见椅子的声响,因此这么说。

"站着就好。"云巧轻轻地翘起嘴角,"我只想问问夫人,夫人为何这么恨溦姐儿这个苦命的孩子?"

"你这话是怎么说的。"令秧笑了,终于仰起脸,她早就知道,会有云巧来向她兴师问罪的一天。

"我知道夫人跟溦姐儿不亲,这里头也有我的不是,溦姐儿刚出生的时候不足月,谁都担心养不活——夫人那时候刚从鬼门关回来,身子那么虚,我便把这孩子抱回我屋里跟当归养在一处。这么多年,她吃什么,喝什么,穿什么玩儿什么病了吃什么药,操心的也全都是我。我疼她就像疼当归一样,他们小的时候,拌嘴打架了我都要当归让着她——因为我念着她出生不易,念着她是夫人的骨肉。也可能一直跟着我,她对夫人生疏畏惧些;而夫人更在乎当归是老爷留下的香火,偏疼当归一点,都是自然的……只是我怎么也没想到,夫人可以真的不顾潋姐儿的死活,如果不是恨她,夫人如何舍得把她往火坑里推,葬送她的一辈子?"云巧的手指伸到脸上,恶狠狠地抹了一把眼泪。她脸上此刻的惨淡,令秧似乎只在老爷病危的时候才看见过。

令秧感觉一阵寒气从脊背直冲到脸上,她心里一凛,脊背立刻挺直了:"你这话从何说起,我还真不明白。咱们家和谢家的婚约定下的时候,人人都觉得这是好事。天灾人祸,谁也不能预料。咱们家是什么人家,这么大的事情又怎么能出尔反尔?何况,哪有一家女儿许两个夫家的道理?你们都说不愿意潋姐儿还没出嫁就已经守寡,可是你看看三姑娘,倒是夫君还活着,她过得比守寡又强到哪里去了?谢先生不是旁人,把潋姐儿送到谢先生家里,谢家富甲一方不说,她也会被人家当成亲女儿来看待,也保住了名节,这究竟哪里不好,你倒说与我听听?"

"夫人说得句句都对,云巧人微言轻,一句也反驳不了夫人的道理。可是夫人对潋姐儿这孩子,除了道理,真的就什么都没了么?云巧想跟夫人理论的,是夫人的心。潋姐儿的心也是夫人给的呀,难道夫人眼里,除却名声跟贞节牌坊,再没有第二件事了么?"

一阵哀伤像场狂风那样，重重地把令秧卷了进去。忍耐它的时候让她不得已就走了神，听不清云巧后面的话究竟说什么。令秧在心里嘲讽地对自己笑笑，也许她已经真的笑出来了，笑给云巧看了：所有的人都有资格来指责她，说她薄情，说她狠心——她知道蕙娘虽然嘴上什么也不说，但心里却站在云巧这一边，好像她们都可以装作不记得溦姐儿这孩子是怎么来的，好像她们都已经真的忘了这孩子身上背着她的多少屈辱和恐惧。这说到底其实也只是她一个人的事情，如今，她们都可以事不关已地变成圣人，没有障碍地心疼那个苦命的孩子，任何一个故事里总得有个恶人才能叫故事，原来那陷阱就在这儿等着她。

云巧终于在对面的那把椅子上坐了下来，身子略略前倾，感觉她的眼神柔软地剜了过来："夫人，不管你怎么嫌弃溦姐儿，只求你念着一件事。这孩子，她救过你的命。"

"你这是同谁说话？"令秧尽力不让自己的声音发抖。

"我知道我冒犯夫人了，我跪下掌嘴可好？"

令秧用力地站起身子，冲着门旁喊道："小如，送巧姨娘出去。"

"夫人不用这么客气。"云巧恭敬地起来后退了几步，才转身扬长而去。她最后的眼神里，盛满着炫耀一般的恶意。

这一年的"百孺宴"那天，令秧就三十岁了。这件事还是谢舜珲告诉她的。

虽说当日为着退婚的事情，他们大吵过一场——不，准确地说,是令秧一个人同谢舜珲怄了好久的气,可是过一阵子,见也没人再来同她提退婚的事情,又觉得没意思起来,在某天装作若无其事地问蕙娘,谢先生这么久没来了,可是家里有什么事情?

在这个家里,现今人人都敬着她,她只要一出现,无论主子还是奴才,原本聚在一起的人们都会自动散开,在她手臂尚且完好的时候,她从未感受过这种,因为她才会弥漫周遭的寂静。这种寂静不像是只剩蝉鸣的夜晚,也不像是晨露兀自滚动的清晨,这种寂静让人觉得危机四伏。总会有那么一个人先把这短暂的寂静打破,率先垂下手叫一声:"夫人。"然后其他人就像是如释重负,先后行礼。她若是觉得某日的饭菜不合口,哪次的茶有些凉了,或者是中堂里某个瓶子似乎没摆在对的位置上……所有的人都会立即说:"夫人别恼。"随后马上按她的意思办了,她起初还想说:"我又没有恼。"但是后来她发现,人们宁愿用这种小心翼翼的方式打发她,他们就在那个瞬间里同仇敌忾,把她一个人扔在对岸,她没有什么话好说,只能保持沉默,顺便提醒自己,不要在这种时候又歪了身子。

只有对着谢舜珲,好像她才能想高兴便高兴,想伤心便伤心,想生气就摔杯子——因为只有他并不觉得,残了一条手臂的令秧跟往昔有任何的不同。不知不觉间,他们二人也已经相识了快要十四年。虽然谢舜珲年纪已近半百,在令秧眼里,他依然是那个潇洒倜傥,没有正形的浪荡公子——他头发已经灰白,她却视而不见。

"夫人三十岁了,我有份大礼要送给夫人。"谢舜珲不慌不忙地卖着关子。

"准又是憋着什么坏。"她抿着嘴笑。

"夫人到了日子自然就知道了。"

怕是这辈子都忘不了，前年，在她自己都差点忘记她的生日的时候，谢舜珲到唐家来拜访，在老爷的书房中，送给她一个精致的墨绿色锦盒。她打开，见盒子里面也是一本跟盒面一样，墨绿色缎面的册子。她心里一面叹着这书好精致，一面翻开——起初还不明就里，两三页之后，她难以置信地把它丢出去，好像烫手。不经意间再往那锦盒里一瞥，却见盒里还有一本《绣榻野史》[①]，更加乱了方寸。谢舜珲微笑地看着她道："慌什么，这也是人家送我的，放心，我还没打开过，特别为了避嫌。"她面红耳赤，瞬间又成了小女孩的模样："拿走拿走，什么脏东西，亏我还当你是个正经人。"谢舜珲一脸胸有成竹的表情："夫人这话可就岔了，饮食男女，不过是人之常情。对夫人而言，私下里偶尔看看，权当取乐，不让人知道便好——守节这回事，本意为的是尊重亡人，只是太多糊涂人曲解了这本意，以为守节必定是得从心里灭掉人之常情的念想，夫人看看这个尚能排解些杂念，最终为的还是成全夫人的大节。不是两全其美？"令秧大惊失色，是因为明知道这全是歪理，可是这歪理由他嘴里说出来，不知为何还有些道理。谢舜珲笑了："夫人若实在觉得为难，看几日便还给我就是了，就当是我借给夫人的。"令秧怒目圆睁道："你做梦！若我看过了再拿给你看，那才是真正的淫乱。"谢舜珲开怀大笑了起

[①] 《绣榻野史》：晚明时期著名的情色小说。

来:"好好好,我早已说过了为了避嫌我动都没动过,夫人还是自己好生收着吧。"令秧悻悻然道:"我才不看这脏东西,我拿去烧了。"

她当然没有把那本春宫图册烧了,她趁小如不在的时候把那盒子藏在了一个只有她自己才有钥匙的匣子里。锁上匣子的时候她听见自己的心在"突突"地跳,她拍拍胸口安慰自己道:"只是偶尔看看,应该不打紧的。"

她自己并不知道,在所有参加"百孀宴"的宾客眼里,此刻的她才更像一个孀妇。她的左臂藏在了袖子里,她的衣服都特意将左边的袖子做得更长一些,便于掩盖那只僵硬,萎缩,三个手指难堪地蜷曲的左手。她的脸色更白,神情肃杀。也不知是不是巨大的创伤损害了身体的元气,她的嘴唇看起来也没有前些年那么有血色。走路的步态也僵硬了好多——只是,席间的孀妇们真的很想在心里说:唐夫人还是老了。却转念又觉得这话讲得底气不足。她的脸依旧光洁如玉,眼角也依旧整齐得像是少女,所有伤痛的痕迹都明白地写在她脸上,却没有令她变得苍老。沉淀在一颦一笑间,那种坚硬的痛苦让人无法把目光从她脸上移开。她整个人像是凝成了冰——其实冰层并不结实,往日的鲜活,往日的柔情,都还在冰层下面隐隐地流淌着。

令秧自己却浑然不觉,她只知道,她努力让自己端正地走出来,坐下,站起来,再坐下——她唯一想做到的便是不让自己的身体因为失去平衡而羞耻地倾斜。她不知道为何众人印在她身上的目光都变得犹疑;她也不知道为何那几个算是长辈的孀妇同她讲话的语气也变得有些逢迎，全然没了前几年的挑剔；虽说不知道，可她已经习惯了。

今天的戏，就是那出小如跟她讲过的《绣玉阁》。

文绣接到了上官玉的死讯，肝肠寸断——自然又赢得了不少在座孀妇的热泪。从此，文绣矢志守节，终日缟素，打算将人生剩下来的时光都用来冰清玉洁地等待，等待终有一天去往阴间和上官玉团聚。可惜这人间总是不能让人如愿的——若所有事都如了愿也就没人愿意看戏了。上官玉一死，文绣的公婆原本就嫌弃文绣出身寒微，找了借口将文绣赶出大宅，安置在偏远地方一座破旧房子里，只剩一个贴身的小丫鬟跟她相依为命。可是文绣不在乎日子过得苦，她还把这破房子起名为"绣玉阁"，在文绣眼里，这里才是她和上官玉的家。一日文绣带着小丫鬟去破房子旁边的庙里进香祈福，厄运就来了。一个纨绔子弟偶遇她们，惊讶于文绣的美貌。为了接近文绣，专门挑了冬至大雪的夜晚，装成路过的染病旅人去敲门。文绣也知道为陌生男人开门不妥，可是她毕竟善良，叫小丫鬟放男子进来，做热饭热汤给他吃。男子感激不尽，临走时，突然拿出一只翠镯，冷不丁地套在文绣手腕上。说是表示感谢，说他还会再来。文绣知道自己上了当，她恨这人利用了她善良的柔软，她也恨自己以为每一个求助的旅人都能如她的夫君一般是个君子……羞愤之余，她用力地想要摘下腕上的镯子，这镯子却是怎样都摘不下来。于是，文绣毫不犹豫地挥起小丫鬟平日里砍柴的柴刀，斩断了这只左臂。

…………

所有人的目光都印在了令秧身上，她们的眼睛集体把正旦孤零零地抛在了戏台上。只有令秧一个人，难以置信地盯着那戏里的文绣。文绣还在那里一唱三叹着，如泣如诉地对她阴间的夫君说话：

> 问玉郎，他日黄泉再相见，
> 可认识文绣抱残身？
> 纵然是，朝夕相对伴君侧，
> 却无法，为君双手整衣襟。
> 齐眉之案再难举，
> 红袖空垂香成尘。
> 单手拨弦三两声，
> 想成曲调太艰难；
> 最痛不能拈针线，
> 香囊上寂寞鸳鸯等睡莲……

令秧艰难地站了起来，转过身便离了席，径直往后头走去，小如赶上来想搀扶她，也被她推开。她疾速走着的时候那姿势便愈加狼狈，但她不在乎了。

她用力推开了老爷书房的两扇门，谢舜珲安然地坐在那里等着她："夫人为何这么早就离席了？戏还没演完吧。"

"这出《绣玉阁》，是你写的？"她的眼睛很久没有如此刻这样，刹那间被点燃了。

"我说过，今年有一个大礼要送给夫人。"

"为什么，你为什么把我写进戏里？"令秧的脑袋里乱糟糟的，她遇上了一件完全无法理解的事情。

"完全没有轻薄夫人的意思。现在整个徽州的人都知道了，休宁有个贞烈的妇人就如文绣一般；也可以说，整个徽州的人都以为，文绣就是夫人；还可以说，文绣令他们想起夫人。这戏已经演到了徽州知府大人那里，知府对夫人早有耳闻，看过这戏以后，更是钦佩夫人。夫人可还记得我那个写过《牡丹亭》的朋友汤先生？"谢舜珲不好意思地笑笑，"我的文笔自然不好，青阳腔的辞藻也比较俗。我把这本子送给汤先生看过了，他很喜欢这故事——他答应我，把《绣玉阁》改写成一出昆腔，修饰得雅致一些，汤先生虽说已经不在朝中为官，可是在礼部还是有很多故交。这《绣玉阁》只要能演到京城去让汤先生的这些旧同僚看到……"

"会怎么样？"令秧似乎想到了什么，可她不敢相信自己想到的事情。

"谢某也不敢保证——只能说，徽州知府愿意把夫人的事情呈报给南直隶总督，再呈给礼部——若礼部的人也有知道《绣玉阁》和夫人的……也许夫人的牌坊，用不着等到五十岁了。"

"早前你跟我说，该怎么让朝廷知道我的事情，你来想办法，这便是你的办法，对不对？"令秧重重地深呼吸，眼泪涌了上来，"可是戏里那个文绣，她不是我啊，我没有文绣那么好。"承认这个，突然让她很难过。

"夫人不必非得是文绣不可。夫人只需记得，没有夫人，便没有文绣。"谢舜珲耐心地注视着她，"谢某不才，一生碌碌无为，除了写点不入流的东西也全无所长……"

"你不是碌碌无为。"令秧清晰地打断了他，"你成全了我。"

那个夜晚，令秧梦见了自己的死。她看见了自己的身子变成一缕青烟，飞出了唐家大宅，柔若无骨地，飞到了油菜花盛放的田野。田野尽头矗立着几座贞节牌坊，其中有一座是她的。但是在梦里，她怎么也看不清那牌坊的样子。也许是，她本来就不知道那牌坊究竟长什么样吧。——下次去给老爷上坟路过的时候，一定要好好看看。她在心里愉快地对自己说。她也分不清是说给梦里的自己，还是醒着的自己。也不知道这一次，会不会真能如谢舜珲所说，当《绣玉阁》演至京城的时候，便拿得到牌坊。其实，不重要了。令秧此刻才明白，她真正想要的，也许不是那个标志贞节的至高荣耀；她想要的，无非是"传奇"而已。

那缕青烟缱绻地飘到了田野的另一头。满心的柔情让令秧屏住了呼吸。她看到了一条碧绿妩媚的江水。她这才想起，其实她从小是在这条江边长大的，但是她一生去过的最远的地方，也没能让她抵达这条江边。只有在魂飞魄散之前，她才能好好看看它。

那便是新安江。

第十一章　不速之客

横行霸道惯了的人,怕是因为莽撞,身上才挂不住岁月的。

一

万历三十二年。

潋姐儿是在初冬时搬到绣楼上去的。蕙娘为着收拾绣楼，可以说竭尽全力——三姑娘有了身孕，难受得厉害，特地打发人来接蕙娘到吴家去看看她，蕙娘都回了来人说一定要等潋姐儿的绣楼布置好了再去。已经记不清是什么时候了，云巧也开始足不出户，在自己屋里供奉了一个佛龛，整日焚香叩拜，初一十五还要吃斋——这让她房里的丫鬟非常为难，因为每次为了斋饭去吩咐厨房的时候，少不得受一遭厨娘不满的嘟哝。这些年来，令秩的房门终日紧闭，整天像受罚一样匍匐在案上描绣样，已经是司空见惯的了，可现今云巧也开始这样，让蕙娘无比寂寞。她总是怀念曾经她们三人在一起亲密无间地说笑的样子，那时候令秩总是忽闪着一双大眼睛，像个天真到残酷的孩子；而云巧总是一身的柔情似水，当那些小家子气的伤感袭来，眼睛里便静悄悄地滚出泪珠来，需要她二人一起着急忙慌地安慰她……如今，这些都过去了，剩下她一个人，她知道不管再怎么雷厉风行，四十八岁，也还是老了——她只能经常到昔日的管家娘子家里去坐着，看着头发全白的老朋友，她还能暗自宽慰，觉得自己不管怎么说尚且算得上是风韵犹存。她们两人无非就是聊些旧日的事，管家娘子还得时刻竖着耳朵,听听里屋有没有传来老管家沙哑的,如婴儿一般的呻吟。

"儿孙自有儿孙福,操心也没有用。如今三姑娘为夫家诞下一对双生哥儿,又长得粉妆玉琢,三姑娘在吴家再没有立不住足的担忧。蕙姨娘还操什么心呢,千万保重身子才要紧。"如今管家娘子眉宇间比往日迟钝了很多。

她也只是淡淡一笑:"我如何不知道保重,只是这府里的事情堆积成山,我倒想调教出来一个能接替我的人,连个影子也寻不见。原本还想指望着川哥儿的媳妇儿……"说到这里,停顿了,眼睛里渐渐浮上来一层冷清。

管家娘子像是解围一般地笑道:"想开些吧,以川少奶奶的性情,横竖是挑不起这副担子的,哪怕她人还在。"说到这里,自己也静默了。

"说来也怪。"蕙娘长叹道,"原本,她整天价关在自己房里看书写字儿,我一年半载地也跟她说不上一句话,可是她真的去了,我心里还真越发觉得孤清。你说啊,这可真是人家说的一叶知秋,这个家要越来越萧条了不成?"

"这又是哪里的话?"管家娘子掩着嘴笑得前仰后合,"怎么蕙姨娘如今的口气也这么七上八下了?我虽老了,可也听得见旁人议论,哪个提起来不佩服,不过是这四五年的工夫,府里的进项在蕙姨娘手上硬是翻了一倍——现在的唐家可不同以往那样苦心撑着那个架子了,全都多亏了有你。"管家娘子用力地拍了拍蕙娘放在桌上的手背,脸上漾起一股当差管事的时候从未有过的慈祥，这让她觉得温暖，想起她们两人一起并肩为了那个宅子忙碌的岁月。

"话是这么说没错。"她倒也不想遮掩自己的得意，"有紫藤和侯武两口子帮衬着，每天照旧热火朝天脚不沾地——可是，心里还是空。"

"紫藤前几日还来看我。"管家娘子看似无意地抬起手擦擦眼角，"说起来也真的是个有情有义的孩子。她还跟我说咱们川少爷一直都不大愿意溦姐儿的婚事，可是夫人的苦处我也懂得，咱们确实是该报答人家谢家——还好我已经不在府里管事儿了，我只不过是替你为难，向着谁都不好，川少爷也是心疼这个从小没爹的小妹。"

"正是这话，"蕙娘笑道，"不然怎么说长兄如父。"

也许是日子过了太久，她们似乎都已心平气和地把川少爷和溦姐儿看成一对普通的兄妹。所以，令秩的怨气或许是有些道理的。

还是得回头，从那一年开始的地方说起，惊蛰过完不几天，溦姐儿便生了场病。病症虽不凶险，可是拖了两三个月，人还总是脸色青白，气息恹恹地卧在床上没力气。自然会有人悄悄议论，说溦姐儿得的其实是心病，一个姑娘还没出嫁便成了寡妇，换了谁都会觉得熬不下去，何况溦姐儿本就是一个心思重的孩子。如今紫藤做了管家娘子，别的都不在话下，唯独一样，她做不到像曾经的管家娘子那样，听见谁议论主人家的事情便劈头盖脸地骂过去——她抹不开面子,也的确没有那个威仪。她只好私下里告诉蕙娘,不过蕙娘听了,也只是叹口气,说道:"咱们从现在起,开始置办溦姐儿的嫁妆吧。三姑娘出阁时候的单子我还留着,不论大小物什儿,都得再往上一个品级才行,首饰衣服这些须得添置得多些——咱们有三四年的工夫预备这个——不怕花钱,府里如今有这个能耐,在别处省俭些也就行了。"看着紫藤略显悲戚的表情,她笑笑:"我能替那孩子做的,也只是这些。你若想开口让我劝夫人退婚,就还是省省吧。夫人嫡亲的女儿,我不能说这个话,没这个礼。"紫藤皱了皱眉头道:"那我就索性说句不怕蕙姨娘生气的话,溦姐儿这病的缘由,怕也是听多了人嚼舌头——府里人都说夫人糊涂,眼看着三姑娘一个庶出的小姐都好歹嫁到官宦人家了,嫡出的反倒不给费心思攀一门好姻缘;还有的说得更难听,说望门寡也不是守不得,若是许给公侯将相家的公子,自然守得——可是这谢家除了有些钱,无论门第还是根基都赶不上咱们……"

蕙娘气得脸色铁青:"再听见有人说这种混账话,你就该直接上去扇他——拿出点管家娘子的做派来,要是有人不服,你直接来告诉我,谢先生对咱们家的恩德还浅么,说这种话不怕损了阴骘,人家谢家……"可是转念一想,有很多事情是紫藤也不知道的,那种寂寞便又袭了上来,又有什么可说的,她对自己笑笑,只好习惯性地再告诉自己一次:你果然老了。

所有的闲话如今倒是传不到令秧的耳朵里了,她用一条手臂为自己换来了清晨时分的庙宇一般的寂静。生日之后的某天,吴家的老太太做寿,请了戏班子来唱堂会——她自然是不便出席,这些事向来都是蕙娘代表家里周旋,不过,她要蕙娘带上了小如。她要小如替她看看《绣玉阁》的结局,虽说谢舜珲已经给她讲过,但她依旧不甘心。这些日子,她总会静静地,庄重地用力想一想:如今,我有了一出戏。随后,心里便是一暖,脸上不由自主地嫣然一笑。

　　文绣自断手臂之后,她贞烈的名声便也传了出去,终于,战场上朝廷的军队凯旋,论功行赏的时候,皇帝发现那个名叫上官玉的阵亡将领,原来还有个如此有气节的贤妻。文绣就这样被封了诰命,公婆的嘴脸也变了,要把她接回深宅大院里,可是文绣不肯。她守着这绣玉阁,从春天,直到又一个隆冬。隆冬第三次来临,整出戏也到了最后一折。风雪之夜,门外有人敲门,小丫鬟禀报说,又是一个贫病交加的过路男子。文绣说不便接待,隔着薄薄的门板,来人却又百般哀求。文绣还是把门打开了,于是便看见上官玉站在漫天大雪里。悲喜交加,缠绵缱绻,上官玉告诉妻子,他其实是鬼。文绣说,她知道的。这出戏就这样迎来了结尾,他们终于重逢。

　　令秋喜欢这故事。

　　她也去溦姐儿的房里看她——其实,众人说她不疼溦姐儿,这真的让她觉得冤屈。她坐到溦姐儿床边,身边伺候着的丫鬟立刻就不知手脚该放在哪里。她凝视着她苍白的女儿,她知道这孩子若不是因为病中的憔悴,其实已出落得非常秀丽。模样长得像令秋,不过流溢在每个表情之间的那种冷冰冰的媚态,却又像极了川哥儿。好在众人只道是兄妹相像,并没有疑到别的事情上头。她伸出手去,想握住溦姐儿落在被面上的手,却被溦姐儿一皱眉头,就躲开了。这没心没肺的孩子,不知道她只剩下了这一只手么。她心酸地笑笑:"我知道你心里怨我。"溦姐儿不肯睁开眼睛:"夫人这是说到哪里去了。外头凉,夫人还是回吧,别累着了自己。"那一瞬间,她想告诉这孩子,生她的时候,自己经历过怎样的疼痛,恐惧,还有九死一生……可是转念一想,又有什么好说,溦姐儿总归得从她身子里出来,不管受多少苦,只怪她自己身子不好,溦姐儿又不欠她的。所以她只是说:"你还小,你不懂得,谢先生家里是最好的去处。你夫君不在了,可是没人会亏待你,谢家是天底下最宽容的人家儿——你从别的房里过继一个孩子管你叫娘,女人会受的那些苦你就都不用受了,有的话我不能说得太深,过些年你自己就会明白。"

只是"过些年"毕竟是件太遥远的事情,所以溦姐儿静静地转过了身子,整个人缩进了被子里。

远方倒是传来了好消息,这一年来,汤先生改写过的《绣玉阁》果然演到了不少达官贵人的宅邸。因此,当南直隶总督进京的时候,也少不得兴致勃勃地在看戏的时候跟同席的官员们说起,这出戏原本脱胎于一个真正的节妇的故事,且这节妇偏偏出自他治下的徽州府。据说,这故事已经讲到了礼部尚书那里——据说而已,可是这"据说"已经足够让令秋兴奋了很久。这种怀揣着期盼的日子,过起来,即便是一如既往地安静,也不是死水一潭,感觉总是粼粼地颤动着,跟阳光一唱一和。

就算是还剩下近二十年的日子要等,似乎也不是多难的事情,想起老爷刚走的时候,那个度日如年的十六岁的自己——她愉快地长叹一声:你呀,还太年轻。其实此刻的她也并未沉着到哪里去,隔一阵子就会问谢舜珲一句:"依先生看,我真能早一些拿到牌坊?"谢舜珲每次的回答都是一样的:"说不准,不过我看可以。"往往,隔上一会儿再追加一句:"只要川少爷能早一些考中进士,夫人出头的日子便更近些。"然后他们二人便相视一笑,好像川少爷连着两次会试落第都成了有趣的事情。

可是谢先生已经有一阵子没有音讯了。就连令秩都听说了,这一阵子,州府那边很乱。几日前川少爷从书院里回家,讲起来都兴奋得很——说驻扎在徽州负责收矿盐税的太监实在过分,几年来已经累积了民怨无数——眼下终于有人领着头儿包围了那阉人的税监府,书院里的这群读书人也跟着蠢蠢欲动,事实上,人群聚集之初,那篇被广为传阅的讨伐阉人的檄文便是出自川少爷他们的碧阳书院——至于具体是谁的手笔,自然没人肯承认的。

一般来说,令秩把她不能理解的事情,都称为"男人的事情"。心里这么想的时候通常微微地蹙一下眉头,也就把那团费解的糨糊放下了。虽说宦官怎么说也算不得是"男人",只是这些牵扯到了朝廷和文人和百姓的纠葛,那就必然是男人的事情了。也是因为歙县那边太乱了,谢先生多半足不出户,因此,没人能来解答令秩满心的问题。她只记得,蕙娘惊讶地问过川少爷:"青天白日地闹这么大,知县知府都当看不见么?"川少爷得意地笑道:"何止是装看不见,知府大人三天前就放出话来说有事到祁门去了,歙县的县衙大门今天起都是关着的——知县下了命令说县衙里不准出动一兵一卒去帮税监府解围。"蕙娘掩着嘴骇笑:"由此可见这起宦官还真是犯了众怒。这征税自古以来便是官府的事情,凭空他们跑出来插一杠子,遭人恨也是活该。咱们府里也一样,因为他们,这些年参股的生意不知道花出去多少冤钱——不过若真的放任不管,闹出人命来了,皇上的面子要往哪里搁?"川少爷又笑道:"果真是妇人之见,死两个阉人算得了什么,百姓围攻税监府的事情又不是只出在咱们徽州,好些地方都有过,听说湖南那边还有人直接把来收税的太监捆起来丢在河里淹死——也没听说过哪里的知府因为这个被查办。你若看过朝堂之上那班大臣们上的奏折,才知道什么叫不给皇上留面子,有些简直就是指着鼻子骂了,要我看咱们圣上是真真的好涵养……"川少爷讲话已经很有指点江山的味道了,很容易便让人忘了,其实他也没有亲眼见过朝臣们的奏折。"你别欺负我们女人家没见过世面。"蕙娘不屑地啐道,"这么些年,不说别的,单是当年听老爷讲的一星半点朝堂上的事情,也是知道些影子的,何况……"蕙娘说到此处还是打住了,好险,差点就因着一时兴起,把自己当初在教坊里听来的事情摆到台面上来说。不过川少爷倒是满面春风,没有听出丝毫端倪来:"谁不知道蕙姨娘是脂粉堆里的丈夫,哪里敢小瞧呢。"

令秧在一旁安静了许久,越听越觉得糊涂:"怎么还敢骂皇上——不怕皇上杀头么?"她委实按捺不住了才开口问的。川少爷和蕙娘不约而同地愣了一下,两个人便一起笑了——令秧还以为自己准是又问出了什么蠢话,却不知道这问题看似幼稚,却让人不那么好回答。蕙娘只是笑着说:"夫人又在开玩笑了。"这却让她更加糊涂,只得不好意思地跟着他们笑起来。川少爷道:"夫人想想,皇上难道能把满朝文武全都砍了头不成?"令秧虽然迟疑,但还是问了:"皇上……难道不能么?"这下他二人一片哑然,全都不笑了,蕙娘急得拾起桌上的折扇对着川少爷肩膀轻轻一击:"全都怪你,提起这个话头来招惹她。"令秧知道自己不好再追问下去了,这种时候,便觉得——终究还是谢先生好啊。

蕙娘她们闲谈的时候也说起过,这六七年工夫,万岁爷像是嫌钱不够花,往各省都成立了税监府,派遣专门征收矿税的宦官统领着。说是征收开矿的税收,可事实上,对于徽州这种根本就没有矿的地方,自然就征收到了各行各业的商家头上。徽州向来是个富庶安宁的地方,这么多年,来这里上任的地方官员也大都懂得珍惜——给官府上税自不必提,世世代代都习惯了的,真遇上磕磕碰碰之处,官府和民间各退一步,是多少年来达成的默契。可是从没听说过宦官们从京城里跑出来再多征一道税银的道理——怨声载道也是必然的。朝中大臣上过无数次奏折,阐述这矿监税是如何不合理,万岁爷却充耳不闻。若是听说哪里的百姓真的暴动了打伤乃至打死了负责矿税的宦官,也不过是再重新派另一个顶缺——这些年,在经营上跟蕙娘打过交道的男人们,提起"税监府"没有一个不咬牙切齿的,蕙娘也曾经百思不得其解地长叹一声:"真没想到,原来九五之尊的手头也能紧到这个地步。"

令秧做梦也没想过,这些完全在她心智之外的,"男人"的事情,终有一天也会和她有关。总之,认识了谢先生以后,天底下似乎真的没有什么不可能的事情了。

那是一个黄昏。川少爷在白日里不顾众人劝阻,又骑上马回到书院去,令秧也不懂得为何州府的乱局能让他如此兴奋,他摩拳擦掌,眼睛里充满了滚烫的快乐。整张脸庞似乎都被点亮了——那是他的女人们从来都没能做到的。兰馨重新关上房门焚香写字,自从得知三姑娘怀孕以后,她脸上就更是沉闷着没有表情。蕙娘在前头一如既往地忙碌,云巧一如既往地仇视着令秧,而厨房里,晚饭照旧在众人的忙碌中宁静地飘出香气,饭菜气味的角落里,隐隐地,照旧流动着一股药味——依然是连翘送进来的方子,配给溦姐儿的。

紫藤就在这个庸常的黄昏里,神秘兮兮地进房来,压低了嗓门道:"夫人,谢先生来了,他事先打发他的小厮跟侯武通了声气,我们把后门打开了,他此刻就等在那里。还吩咐我不要声张,直接把夫人领过去,说有要紧的事情要交代给夫人。"

令秧无奈地笑道:"一天到晚神迷鬼道的,又不知在作什么怪。"说罢站起身,跟在紫藤身后,又唤上了小如。紫藤的步子轻悄而又迅疾,为了跟上她,令秧也顾不得自己其实是深一脚浅一脚,心里不由得想起多年前蕙娘骂过紫藤像猫一样,看来是没冤枉她。唐家大宅共有五进,一个挨着另一个天井地穿过去,每个天井却都面貌近似,全神贯注地走过去,令秧就感到一种微妙的眩晕。

　　谢舜珲漫不经心地站在拱形的后门里面，像是态度潇洒地接受了什么人将他严丝合缝地嵌进去。身旁还有他那匹倦怠的马。见她来了，还忙不迭笑道："夫人这次替谢某解解燃眉之急可好？收留一个人在府里暂住几日，人命关天，夫人最是个慈悲的。"她早已看到他身后还有一辆破旧的马车，以及一个心不在焉只等着结算报酬的车夫。她走上前两三步，小心翼翼地将那马车上垂着的蓝布帘子掀起一角，即刻就像被烫着那样收回了手——不用多看了，只消一眼便知道这是个巨大的麻烦。她吩咐紫藤道："叫两个侯武信得过的小子，抬上小轿来，把人安置在谢先生平日住的屋里就好。再把罗大夫叫来。"

　　谢舜珲赞许地看着她："夫人真是大将风度……"被她狠狠地白了一眼。

二

　　这位昏睡的不速之客浑身是血，令秧指挥着小如和另一个小丫鬟为他褪去身上那套粗布衫子的时候很费了一点力气。等候着罗大夫来的工夫，令秧吩咐小如她们去厨房烧开水，自己坐在那里细细端详了这人几眼。眼睛上一圈乌青就不提了，脸上，手背上都划着血道子，血迹凝结成了斑斑点点的棕色，不过尚有新鲜的血液从里面那件白色中衣上渗出来，若是能不去端详那些骇人刺目的红，便能发现这套中衣其实非常讲究，令秧甚至都不认得这是什么缎子——随后她便在心内讪笑着斥骂自己：这是人家陌生男人的衣裳，还是穿在里面的——看得这么细心，也不嫌害臊。明明这屋中除了她，再没第二个清醒的人了，也还是将目光挪开，移到床前摆放着的那对鞋子上——全是土，脏污不堪，边沿上还沾着些可疑的东西，搞不好是踩着了田地里的牛粪——不过这鞋子的式样倒是奇怪，质料也好……这念头只是迅疾地在她心里一闪，还没来得及成形，门吱吱悠悠地响了起来，罗大夫进来了。

令秧让谢舜珲的小厮留下来给罗大夫打下手，自己退了出去。谢舜珲就坐在隔壁悠闲地吃茶，跨过门槛时她恰好听见他在跟小如说笑："你们府里的核桃酥这些年是越做越有味道了，过几日家去的时候给我装几盒带走可好？"小如认真地回答道："这个，我得去回过蕙姨娘，看看厨房里还有没有剩下的……"谢舜珲笑道："就不能专门替我新做几盒么，难道我只配吃你们家剩下的。"小如涨红了脸，讲话的声调因为着急，便不加修饰了："哎呀谢先生，我不是那个意思，你就别总是打趣我了，夫人听见了又会骂的。"说罢，一回头，却猝不及防地看到"夫人"就静静地站在她身后，她手脚都不知该往哪里放了，耳边只听见谢舜珲爽朗的笑声："你这孩子心眼儿怎的那么实在，不过是同你说笑而已。"令秧不看小如，斜睨着谢舜珲问道："你究竟又在搞什么名堂？就算是捅了篓子叫人给你收拾，也说个明白好让我们心里有底儿。那人，可是被你的人给打成这样的？""天地良心。"谢舜珲无奈地长叹,"谢某本想着好久没来府上看看了,今日好不容易得个闲儿,哪知道刚刚出城,小厮说要去解手,谁承想在田地里就捡到了这个可怜人……我还费了好大的力气雇来马车,才把他抬来,夫人倒这样冤枉我,想想真是没有意思。"令秧果然不好意思起来,可为了掩饰这种不好意思,除了重重地坐在椅子里眼睛看看别处,也没有旁的办法了,只好故意加重叹息的力度:"也真是个可怜人,一定是外省来我们这儿做生意的吧。我看那双鞋子式样料子都不俗,搞不好是做绸缎生意的。莫不是遇见了盗匪……作孽,他家里人还不知道要怎样担心呢。"谢舜珲含着笑正要开口,忽然听得罗大夫在外面一面叩门,一面低声地唤:"夫人,夫人可否借一步说话?"

  谢舜珲不紧不慢地起身开了门:"大夫请进来吧,谢某出去便是。"在门外回廊上悠然地踱了两回步子,又朝下看了看天井的地面上静静积起的一个小小的水洼,直到罗大夫神色慌张地出来对他微微拱手的时候,才又还了礼,重新迈进去。果然撞到令秧柳眉倒竖,满面怒容地瞪着他。她生气的样子总让他觉得分外有趣。一看见他,便扬起了声音道:"你是存心想坑死我吧!我真的当他只是个过路人才做主收留了,没告诉蕙娘——如今可倒好,这么大的一个麻烦是经我的手弄到家里的,这叫我如何做人呢!"还嫌不解气,又咬了咬嘴唇补充道:"你看看,如今连孙子都入学堂开蒙了,你这做爷爷的办事还这么想起一出便是一出,叫人说你什么好啊,你慈悲心肠看见人落难,那你怎么不把这太监请到你家去养伤,我到底该怎么跟蕙娘说,过几日官府要是来寻他我又该如何是好啊……"与其说骂人,她倒更像是神经质的自言自语。"夫人且息怒。"谢舜珲笑着摆摆手,不知为何,她也就听话地安静下来了。

"我起初也是真的只为着救人,没想着其余的。我也是快到府上了,才发现他是税监府的公公——我不是没想过原路折回去把他带到我家,可是夫人你知道,歙县眼下正是乱的时候,听说税监府一个听差跑腿的小厮已经叫那些闹事的给打死了,连锦衣卫都伤了好几个,这位公公必定也是换了百姓的衣服趁着乱逃出来的,我怕此时带他回去又生什么事端,便想到不如让他就在休宁避一阵子,等伤好了不用夫人说话,他自己就得急着回去了。"

"你又是怎么发现他是税监府的公公的?"令秧像是想到了什么,也顾不得生气了。

"其实夫人也早就看到了,的确是这人的鞋子与众不同。那是皂靴,咱们普通百姓穿不得,只有朝廷命官才能穿的。宦官的靴子式样又略微不同些——反倒让夫人以为他是开绸缎庄的了。"谢舜珲极为开心地大笑了起来,"这真是极妙,夫人就告诉府里的人他是你娘家做绸缎生意的亲戚好了,这绸缎庄的来头了不得,买卖的都是官里内造的货色。"

令秧被谢舜珲的前仰后合弄得很没面子,只好讪讪地抢白道:"我能见过几个穿官靴的,况且,那些着官服的靴子都藏在衣裳后头,哪能看得真切。你说等伤好了送他回去,送回哪里去……你告诉我,我也好吩咐家里的小厮们。"

"只怕用不着劳动夫人家的小厮。"旁人或许会觉得谢舜珲此刻的笑容是在嘲讽,可令秧却从不这么想,只是凝神在听,"用不了几日,朝廷都会派人来寻他的。夫人只管替他诊治就是了,等他醒了一切自有道理。"

令秧一愣:"你是说,朝廷也会来寻他?"跟着,眼睛倏地亮了。

谢舜珲慢条斯理地端起了茶杯:"他是朝廷派来收税的,如今出了这么大的事情,怎么可能没人来寻他?话说夫人真是熟不拘礼了,过去同我说话,还总是'先生'长'先生'短,如今就直接'你''我'起来。"

"想跟你说点正经的真难。"令秧的眼睛又一次睁圆了,"若是这么说,我就还得谢你,说不定他也会念着我的好,回京城以后帮我的忙——咱们的大事便又有指望了。你是不是早已想到这一层了?"她已经理所当然地把那座牌坊看成是他们两人共同的大事。

"不算早,只不过是在路上想到的。"谢舜珲含笑道,紧跟着,认真地轻叹了一声,"如今,谢某便真没有什么可以指点夫人的,夫人已然'出师'了。"

令秧蜻蜓点水地低下头去,难以置信地笑笑,只有跟他在一起的时候,她才会忘记她只剩下了一条胳膊,并且,即使突然想起来也会觉得,没什么大不了的。

名叫杨琛的宦官终于清醒的时候,第一眼看到的便是令秧。他浑身沉重得像是被埋进了土里,眼皮一抬,便牵得脑袋里一阵蜿蜒直上的疼痛。他不得不重新把眼睛闭上,那一刹那,疼痛也就被关进了黑暗的匣子里,耳边涌进一股清澈的声音:"公公可是醒了?"他的一颗心顿时沉了下去,似乎已经穿过了血肉之躯掉在地面上,他已经没什么力气绝望,所以只好平静地想:看来换上普通百姓的衣裳,也还是无济于事。接着一只手轻柔地按在了他的胸口和肩膀连接的地方,那个声音道:"公公快别动,好生养伤,咱们家虽说没出徽州的地界,不过休宁离州府好歹也有一段路,寒舍简陋,可是无人打扰。安心躺着吧,等身子好些了,我派家里的小厮去替公公往外送信儿。"

他又一次地忍着疼痛,微微张开了眼睛。令秧和清晨的光一起涌到他面前来。说不准眼前这妇人究竟多大,看容颜不算十分年轻,虽说皮肤光洁,可脸上的线条一看就是经过些人世的龌龊的,衬得眼睛里的神色也有风霜。但是她的声音却清脆娇美,如同少女,总感觉伴随着她的说话声,她眼睛里会随着这琳琳琅琅的声音溅出几滴泪来。她浑身上下穿戴的都是素色,头发上也没有钗环,恐怕是个孀妇。不知为何,她让他相信,他的确置身于一个安全的地方。

好几年以后,杨琛回忆起在唐家大宅养伤的日子,仔细一想,才发觉,自己不过只在那里待了七八天而已。所以他也不知为何,能记得那么多关于令秧的事情。这位唐家夫人让自己的贴身丫鬟每日服侍他喝药,他的一日三餐,则是这位夫人亲自端进他房里的。她们热情,细致,但是在这唐夫人脸上,他居然找不到一丝旁人见了他们都会有的惊惧和谄媚。她认真地看着他吃饭,并且用一种理所当然的语气要他多吃点这个或那个菜,并且还追了一句:"汤倒是也快些喝呀。"这种坦然反倒让他感觉不可思议,最为不可思议的是,他居然会隐隐地担心,若是他真的不快些喝下去,她会责备他。

起初他不怎么愿意同她讲话,他知道自己的嗓音有种奇怪的尖细,这其实让他觉得羞耻……尤其,是在官外的女人面前。不过有一天,他终于放下碗认真地对她笑笑:"自打来了这徽州的税监府,无论是官绅,还是百姓,受了不知多少冷眼。只在夫人这儿,不只看见过笑脸,连嘘寒问暖都听得着。""怎么会,"令秧难以置信,"多少人都怕你们,还敢给你们甩脸子么?"——唐夫人还很喜欢跟他聊天,只是,她像个孩子那样,常会提一些荒谬,可是极难回答的问题。

"他们怕的是皇上,只是又瞧不起我们,两宗加起来,不给冷眼又能给什么呢?"他自嘲地笑笑,"也有那些上来点头哈腰的人,可是真到了百姓暴动围了税监府的关节上,冲着我们扔石头扔得最凶的,便是他们。"

"不过话说回来,官府的税已经不少了,再富足的地方,人们赚的也是辛苦钱。你们说来就来,再征走一道,难怪会遭人恨。"鬼使神差地,她把从蕙娘那里听来的话用上了。

"我何尝不知道这个,可是夫人想想,我们也是听候圣上的差遣,我们在民间挨打挨骂,还有人丢过性命,那些官绅都是明里客气暗里给我们使绊子……饶是这样,税收不够也还得受罚,不该跟夫人诉这种苦的,实在失礼了。"杨琛苦笑着摇头,随着人放松下来，嗓音也跟着越发尖细了。他一脸诚恳的神情，一张嘴，喉咙里出来的声音却像是一只奇怪的鸟学会了说人话。不过令秧倒是不觉得难听。

"哎呀。"她原本想抬起左手，可是抬不动，情急之下急匆匆地换了右手去掩住自己的口，"公公回去以后可千万别告诉皇上我刚才说的那些话，我一个妇道人家没有见识……"

杨琛难以置信地笑了："唐夫人实在多虑了，皇上日理万机，哪里有工夫问罪所有说几句怨言的百姓？"

"就算不会问罪，惹皇上生气了，也是不好的。"令秧认真而困惑地望着他，"杨公公你笑什么？"

他正色道："夫人也太瞧得起我了，皇上哪里是我想见到就见得到的。"

他们平静地度过了几日，并没有人来寻找杨琛。令秧的生活突然间忙碌了起来，从清晨到傍晚，来来回回地穿越着那几重天井。内心里翻腾着的那种简单的喜悦，不仅仅因为杨琛也许关系着她的大事，还因为，她恍惚间回到了刚来唐府时候的岁月——自己也曾这样急急地跑去找云巧。如今，云巧的房门整日紧闭，她感觉在失去了云巧之后，好像又有了一个朋友。谢舜珲私下里跟蕙娘通了声气，蕙娘知道如今府里藏着个烫手的山芋，最好的办法便是不闻不问。只按着令秧的话，告诉身边几个亲近的下人，借住在家里养病的客人是夫人的远房表弟，做绸缎生意的。

"我在府上受夫人这般关照，只怕给夫人添麻烦。"杨琛歉然道。他其实是个羞涩而谦恭的人。谦恭也许是被宫里的倾轧调教出来的,可是羞涩却是与生俱来。

"不麻烦,横竖我也没有什么正经事情。"令秧愕然。总是听说这群宦官仗着在朝中的权势,在各处都是跋扈横行,却没想到,这个杨公公很多时候都还会脸红。

"我是怕,府上的人真以为我是做绸缎生意的客人,会有人说夫人的闲话。"他脸上一阵微微地发热,恐怕也是因为,他隐隐地期待着真有人能传点什么——这是他有生以来第一次,那么多的人以为他不过是个普通男子。

令秧淡淡地一笑,抬起一条胳膊,另一只手轻轻地将左边的衣袖往上一捋,露出那只扭曲如一截火烧过的树枝一样的手臂。随后若无其事地柔声道:"公公不必替我忧心,我家老爷离世十几年,我什么闲话都听过,后来我自己将这胳膊砍成这样,那之后便彻底清净了。倘若再有什么闲话,我给他看看这个便是。"她的面庞上像是笼罩起一层柔和的亮光。

杨琛什么都没说,点点头。他倒是懂得人生所有的艰难。

"你在京城里,可看过一出名叫《绣玉阁》的戏没有?"令秧期待地看着他。

他摇头。

"怎么可能!"令秧攥紧了拳头倒吸一口冷气,"公公当真从没听说过这戏?"

这一次他不敢摇头了。看她的表情,似乎没看过这戏是什么伤天害理的事情。

"那出戏说的是我呀。"令秧笑靥如花,"如此说来他们也是在哄我开心，看来京城里也不是人人都知道这戏。不要紧，我讲给你听。"

三

那日卯时，小如端着煎好的药来到杨琛房里。"有劳。"杨琛略微欠身道，"今日怎么不见夫人？"小如笑道："族里九叔家今天设宴，请夫人过去看戏了。"随即又像想起什么那般补充道："原本自打我们老爷去了之后，夫人除了上坟祭祖之外再不出门的，今儿个实在架不住九叔盛情，二来今日赴宴的都是族中亲属没有外客，三来九叔家的班子要唱全本的《绣玉阁》，我们夫人就被说动了……公公想必听夫人说起过，《绣玉阁》这戏，讲的正是我们夫人的事情吧？"杨琛点点头，然后不动声色地换了个话题——短短几天，"绣玉阁"三个字已经将他的耳朵磨出了茧，他实在不想继续跟人聊这个了："有件事还想劳烦姑娘，待我回京之后，是定要答谢府上的救命和收留之恩的，可是不知道夫人喜欢什么，只能请教姑娘了。"小如愣了片刻，心内一惊，脸上却慌忙重新摆出那副心无城府的笑容："我们夫人最喜欢的东西，公公怕是也难得着。不如就不必讲那么些虚礼，送我们点京城的点心叫我们尝尝鲜好了。"杨琛也笑道："若真只叫人快马加鞭送点心到这儿来，才是虚礼。姑娘且说来听听。"小如见火候已八九不离十,便叹息道:"公公有所不知,我们夫人自老爷过世以后,十几年来一直冰清玉洁,恪守妇道,又勤勉持家,生怕哪里出了错玷污了这书香世家的门楣,饶是这样,也难过上清净日子——公公想想,"小如热切地抬起眼睛,说故事的天性又自然而然地破土而出,"老爷才刚下葬,族里的长老们就把我家夫人带到祠堂,硬要她寻死殉夫,估计也是担心当时夫人才十六岁,正值妙龄,不可能干干净净地守一辈子吧……"

杨琛终于忍不住大笑了起来,直笑得小如心里发毛——这小丫鬟煞有介事地学老人讲古,神态居然也随着变得老气横秋起来,杨琛一面笑,一面抬起手背擦了擦眼角笑出来的泪,其实他也知道,他偶尔会爆出来一阵完全不由自己控制的狂笑声,有时候是会吓到人家,可他对此真的毫无办法:"若我没说错的话,"他试图深呼吸,以控制身体的前仰后合,"没说错的话,你们家老爷过世的时候,姑娘你还没出娘胎吧……怎么说得像是你都亲眼看见了。"小如脸羞得一阵紫胀,抢白道:"怎么没出娘胎,不过是还太小没进来府里罢了。我七岁入府,十二岁开始伺候夫人,日日夜夜地看着夫人守节的艰难,虽说是熬到了五十岁朝廷便给旌表,可是夫人还不到三十的时候就因为那起损阴德的乱嚼舌头,白白砍坏自己一只胳膊;看着夫人苦成这样,我就想着谁若能让她不必再熬那么久,早点让她得着牌坊,就真的帮了夫人的大忙。可是这忙,公公帮得上么?"

他终于不笑了,静静地叹口气,恢复了原先的正襟危坐:"姑娘怎么知道,我就一定帮不上呢?"小如怔怔地看着面前这张瞬间从狂笑变得不怒自威的脸,近乎费力地说:"若公公不是说笑的,小如就先在这里给公公叩头了……"笑意再度浮上了杨琛的嘴角:"好啊,我便恭敬不如从命,就此领受……不过是同姑娘玩笑的,姑娘这是干什么,快请起来……"他的脸也像小如一般涨红了。

此时,令秧正坐在唐璞家最深的那一进天井里,那是他家戏台子的位置,坐下来的时候才惊讶地发觉,过来看戏的都是女人。也许男人们散了宴席,都留在前边的中堂里饮茶聊天了,当然,也必定会有那么几个,不约而同地告辞,再一起去到某位当红姑娘的花酒桌上。锣鼓声响起的时候,令秧突然觉得有人在她胸膛里放了一面鼓,用力地擂,震得她从五脏到指尖都在微妙地悸动着,相比之下,自己的心跳得未免太微弱了。她心慌地朝四周瞧了瞧,怕有人注视着她交头接耳——但是她好像多虑了,族中各家的女人们,对这戏早已烂熟于心,并没有几个人是认真观赏的,不过是想借着这看戏的契机说说家常,图个热闹。令秧深深地叹了口气,虽说如释重负,可到底也有些落寞。明明这戏里真正的"文绣"就坐在台底下,她们怎的如此漫不经心呢。

于是转身想端起杯子喝口茶,却发觉原本站在旁边的小丫鬟没了踪影。她不由得有些烦躁:众目睽睽的,让她用一只手揭了茶杯盖子,再颤颤巍巍地端到嘴边去委实不雅。因为家里必须留个人伺候杨公公,她不能让小如在身边跟着,只好带个小丫鬟,按说她不至于贪玩到这个田地,只是她见过什么场面,说不定是在唐璞家这幽深的宅子里迷路了。她打量着台上正唱到她烂熟且不怎么喜欢的一段,站起身来去寻那孩子。

　　出了这一进,便跨进了前边一进院子的回廊。丝竹声从她背后飘过来,她眼前这一片天井却是空空如也。虽说这个天井比搭得起戏台的那一处狭窄得多,可是静得沁人心脾。她的眼前,一栋两层的屋子悄然地对着她,屋檐层层叠叠地蜿蜒直上,媚态横生。令秧轻轻地叹息一声,倚着回廊里的柱子,只这一会儿工夫,她就已经忘记了是出来干什么的。只想着,唐璞的宅子虽说比她家大宅奢华,可是也许是因为大,看起来反倒是没那么多的人,失了那种她看惯了的,满满腾腾的烟火气。她看见唐璞从天井的另一端跨过了门槛,起初嵌在那道粉壁中间,跟着从粉壁里走了下来,她目送着他慢慢靠近,突然柔软地想:隔了这么些年,他倒是不见老。随后便不由自主地翘起了嘴角:横行霸道惯了的人,怕是因为莽撞,身上才挂不住岁月的。

　　唐璞却以为,令秧在对他笑。

　　他终于走近,她早已直起身子,恰到好处地行礼:"这么些年了,头一回逛九叔的宅子,早就听了一百次九叔家里的排场,如今算是见着了。"

　　"可还看得入眼?"他淡淡一笑。语气听起来亲昵,却也让他十分窘迫——他总是不知道该怎么称呼她,所以只能含混地一带而过。

　　"喜欢。"令秧用力地点头道,随后轻轻地扬起下巴,"就是觉得那边的墙角,缺了棵竹子。就像是祠堂后院里面那棵一样的。"

　　"你还记得祠堂的那棵竹子。"他看着她的脸,不过只略微看了一会儿,还是挪开了,"在祠堂里见着你,已经十五年了。"

"九叔的记性真了不得!"令秧像是被吓了一跳那样,右手的三根手指并拢,掩在了嘴上,似乎是嫌倒抽一口凉气太不礼貌,小指分得很开,微微向上翘着,就好像鼻子下面落了朵开得不甚齐整的栀子花。

"戏唱得不好?"他换个话题,眼睛里有点失望。

"瞧九叔说的,哪会呢。"令秧有些不好意思,"台上正好演到我不怎么喜欢的一段,我带来的小丫鬟不知跑哪里去了,便想去寻她,也捎带着透口气。里面的女眷们都夸九叔呢,说九叔九婶子一向恩爱,所以九婶子生日,九叔还要专门弄这么一台戏来,我们也都跟着沾上光了。"

"我是特意叫他们演给你看的。"说完,他又即刻后悔了,补了一句,"若你不来,就叫他们唱别的戏了。"看着令秧丝毫没听出什么端倪来,他脸上神情便更加平静,虽说心里还是有点隐隐的落寞。

她愣了一下,随即将视线挪到自己的裙子上,听见唐璞说:"你快回去坐着,我让人去把那小丫鬟找来,这么点子事儿,哪里用得着劳动你。"

她又一欠身,急急地转身去了。甚至来不及担心自己走路的时候是不是身子又斜了。正犹豫着要不要回过头去对他一笑,身后传来了他的声音:"家里缺什么,或是有什么事情,你只管差人来告诉我。"

那声音压得非常低,就好像他们二人一起行走在夜色里。

做梦也没想到,戏台上唱到皇帝封赏的时候,那小丫鬟神情慌张地跑了回来。她皱起眉头刚想责怪两句,哪知这孩子抢先俯下身子在她耳边耳语道:"夫人,家里出事了,侯管家驾了马车来接咱们回去呢——"然后重重喘了一口粗气,几乎弄热了她的耳朵,"川少爷在家里闹起来了,大发脾气说现在要跟夫人对质。"她以为自己在耳语,其实音量已经引得坐在两旁的妇人们侧目。令秋尴尬地站起来,同唐璞夫人告了辞,领着小丫鬟动身了。她问究竟发生了什么,这孩子也颠三倒四说不出个所以然。最终还是回去的路上,侯武简明扼要地回明了事情——得亏是他亲自赶了车来接——原来就在刚刚,几个着朝服的宦官来到了唐家,下了马便不由分说地占据了中堂要宣圣旨。川哥儿自然急急地换了衣裳出来跪着,一起不得不跟出来的,自然还有杨琛。圣旨究竟说了什么,侯武也不甚明了,当时他跪在离中堂老远的地方,不过是称赞了唐家收留杨琛有功之类的话。领头的公公还留话说三日后清早,便有车来接杨琛回京,还说当日请夫人务必在府里候着,因为皇上赏赐给夫人的东西那日就到徽州了。侯武用力地加了一句:"这个我是绝对没有听岔,那公公真的说了皇上有赏给夫人,只不过他们一行人快马加鞭地先来给杨公公一个安心,御赐的赏品却不能在路上颠簸唯恐弄脏弄坏了。"

令秋觉得所有的血液都涌到了脸上,她急急地问道:"皇上是怎么知道我的?"几乎是同时,小丫鬟困惑地问道:"如此说来不是天大的好事么,川少爷还要生哪门子的气?"侯武为难道:"这个,我可说不好。"一句话,倒是把两人的问题都回答了。

川少爷脸色铁青地坐在令秋房里,小如胆战心惊地倒了茶放桌上,他手一挥杯子就跌下去摔得粉碎。小如静悄悄地躲在门口,也不敢过去扫地,一转头看见令秧终于不紧不慢地款款走在回廊上,立即念了声佛:"阿弥陀佛,夫人可算是回来了。"川少爷听着了,立即握紧了拳头站起身,在室内狂躁地来回踱着。

令秧跨进门槛,淡淡地吩咐小如道:"出去吧,到杨公公那里问问,他想吃什么,然后让厨房去做。"

川少爷听了这话,立即从鼻子里重重地哼了一声,小如咬咬嘴唇慌忙地逃走了,令秧慢慢地掩上了身后的门,转身笑道:"怎么这川少爷越大倒越像是活回去了,连个茶杯都端不稳。"

川少爷冷笑道:"我来就是想请教夫人,现如今这个家里做主的究竟是哪个?老爷刚过世那阵子倒也罢了,我还未及弱冠;可如今,我就把话索性跟夫人挑明了,这个府里在外头应酬官府的是我,在族中顶门立户的也是我,我敬着夫人为府中主母,也纯是看着老爷的面子。家内的大小事务夫人做主我不拦着,已经足够尊重了;夫人若是在外面给我难堪,那便是僭越,休怪我说话难听……"

令秧轻轻地打断他:"我糊涂了,怎么皇上的圣旨到了给咱们赏赐,反倒是我做错了不成?杨公公是谢先生在田地里发现的,莫说是朝廷的宦官,哪怕是个贩夫走卒,难道能见死不救?我没告诉你也是因着你去书院了不在家,你如何连点道理也不知道了呢。"

川少爷的脸慢慢地逼近了她的,那么清俊的面庞,也可以被激愤撕扯到狰狞的地步:"我忘了告诉夫人,休要再提那个谢舜珲。一个也算是读过圣贤书的男人,在这种时候给阉人帮忙,真是丢尽了天下读书人的颜面!这里究竟是唐家的地方还是谢家的地方？他自甘堕落也便罢了，牵累得所有人都知道是我的府上窝藏了那阉人，我如何回书院里去交代众人？"

"既是读过圣贤书的，"令秋的声音里毫无惧怕，"便该知道一日为师，终身为父的道理。谢先生当日如何待你不用再提了，单理论这件事情，皇上的赏赐都来了咱们家，这难道也是有错的？"

"妇人之见，跟你讲不清楚！"川少爷暴躁地挥了挥手，险些抽到令秋脸颊上，"看看天下读书人，哪个不骂阉党？即便是圣上也知道读书人跟阉人水火不容，即便是因为阉人得罪了圣上，也只是一时，子孙后世也会记得你做了读书人该做的事；即便圣上一时气急了砍了你的脑袋，过一阵子照样后悔给你立碑……你们这些见识短浅的妇人如何能懂得这个？靠着谄媚阉人换来这一星半点的小利，脏污的是我在外头的名节！你以为天底下只有寡妇才在乎名节么？"

"话虽如此说，"令秋觉得自己被伤害了，"赶明儿杨公公走的时候，你不照样得点头作揖，你敢当着他的面说一句'阉人'么，以前还觉得谢先生说话离经叛道，现如今才知道……"

"休要再提他！"川少爷快要吼起来，"我不会准他谢舜珲再踏入我家门半步！瀓姐儿的婚事我明日便去退了，我不知道他究竟灌过什么迷魂汤给夫人，总之我已经忍无可忍了。"

"你敢！"令秋真的被激怒了，可惜她委实不大会骂人。

"我如何不敢！"

"你毁了我女儿的婚事，老爷还在天上看着呢！"令秋混乱地喊道，头脑一阵发晕。

"老爷在天有灵必定恨不得溺死她。"川少爷突然间冷静了下来,"她是你和我的女儿,你打量老爷真的会不知道?"

这是令秧第一次从人嘴里听见这个,赤裸裸的真实,她脑袋里像是飞进了成百上千只蜜蜂,指尖也像是发麻了,在袖子底下冰冷地颤抖着,就连那只残臂此刻也像是又有了知觉。

她扬起手想打他,可就在此时,门开了——小如那丫头到哪里去了怎么不拦着呢,是她把小如打发到厨房去的,她真是该死,她木然地望着门边脸色惨白的兰馨。川少爷立即换上了一副镇定的语气:"你跑来做什么,回房去。"

兰馨的身子微微晃了一下,她目不转睛地瞧着令秧,因为失了血色,一张脸倒益发显得粉雕玉砌。她微微一笑:"夫人别忧心,兰馨什么都没听见。兰馨不过是担心夫人这边有口角,所以才来看看的。没事的话,我回去了。"

那天夜里,兰馨把自己吊死在了卧房的房梁上。她的丫鬟直到黎明时分才发现,她早已冰凉。

那日,杨琛的早饭比平时来得迟了些。令秧拎着食盒进来的时候,居然还宁静地一笑:"杨公公,不好意思,今日府里出了点子事情。"她发现他正用力地看着她,便安静了下来。

他不知道自己满脸的悲悯:"夫人这就太客气了,我知道府上出了大事。饶是这样还要劳烦夫人,真不知该说什么好了。"

令秧已经把食盒放在桌上,一层一层地取下来,刚要去取第三层的时候,突然哭了。杨琛就静静站在桌子的另一头,等了好久,不理会所有的饭菜都已冷透,看着她哭。

令秧不记得,自己已经多久没哭过了。

第十二章 盛典哀荣

毫无指望的期盼必定会在某个有阳光的时刻复苏过来。

一

　　兰馨的"七七"过完以后，川少爷便离开了家。走的时候头也没回。兰馨在世的时候，特别是最后几年，他从未正眼看过她，所以出殡的时候，便有人议论纷纷，奇怪为何川少爷哭得如此肝肠寸断——兰馨的娘家人，原打算兴师问罪的——他们不相信兰馨只是因为一点口角才一时想不开的，可后来硬是被川少爷心魂俱裂的眼泪浇熄了所有的气焰。再加上蕙娘把丧事料理得风光隆重，对娘家来吊丧的一众主仆都照顾得非常周到，后来，兰馨的哥哥便也长叹一声，叹息自己妹子秉性素来刚烈，再加上这么多年未能诞下一男半女，常年心思郁结，脸上一时挂不住做了傻事也是有的。三姑娘却因为有身孕，没来兰馨的葬礼。其实令秧最清楚不过的，三姑娘和兰馨不同，她心里最清楚不过，什么才是要紧的事情。

　　众人只看得到，原本就不多话的川少爷，自从少奶奶过世以后，更加寡言少语，再加上消瘦了很多，人看起来也阴沉了。当然了，这种阴沉在外面的女人们眼中，自然又另有一番味道。也许他直到此时才算明白，兰馨对于他来说，并非可有可无。但是令秧已经无从知道答案了，因为直到川少爷离家，他们都再未交谈过一句。

川少爷这次走得更远，出了徽州，到了常州府。常州府的无锡县，有一位名叫顾宪成的先生，原本也是京官，被革职为民，返乡便办起了一所"东林书院"，这东林书院名播千里，很多有学问，有见识，心忧天下的读书人聚集在那里针砭时弊指点江山——莫说是无锡知县或常州知府，就是在京城朝中，也有支持东林学派的重臣。川少爷觉得在那里也能寻到一个男人该有的事业。至少在那里，有更多的人跟着他一起骂阉人，并且骂得更有才情。

这些都是谢舜珲解释给令秧听的。川少爷去参加"东林大会"，其实也是谢舜珲的建议，依照谢舜珲的眼光，民间这些大大小小的书院学派里，只有东林书院最有成大气候的可能。兰馨一去，川少爷似乎是在一夜之间忘记了，自己说过再也不许谢舜珲踏入家门的话。反倒是在一个深夜里敲开谢舜珲的房门，如很多年前那样，无助惶惑地喊了一句："谢先生，这个家我是无论如何不能待下去了。"

川少爷走了，唐家大宅却没有显得很空。大家照旧是热热闹闹地穿梭其间，这让令秧心里隐隐地有种"惨胜"的错觉。原先贴身伺候川少爷和兰馨的丫鬟都没有遣散，一个大些的调去绣楼陪着溦姐儿，两个小的调来了令秧房里。令秧打量着把这两个孩子调教几年，等当归哥儿娶媳妇儿的时候，正好送去伺候新来的少奶奶。众人都说夫人是真心疼爱当归哥儿，事无巨细都打算得这么仔细。令秧心里隐隐地希望，云巧这个时候能来跟她说上哪怕一句暖和些的话，当然她自己也知道这是奢望。如今在这宅子里，若想看见云巧，只怕必须赶着初一十五的大清早，能看见她带着丫鬟出现在院子里——那是她去庙里进香的日子，当然了，她也不会跟宅子里的任何人交谈半句。

令秧最不喜欢初冬这个时节，室外的阴冷虽不剧烈，可是丝丝入扣，即便是着了厚裙子棉比甲，脚心里还像是踩着一团湿淋淋的冰冷的布。她吩咐小如在房里多生几个火盆，待久了却又觉得热，炭气弥漫，嘴唇上似乎从早到晚都结着一层硬壳子。怕是只有在谢舜珲造访的时候，才有一点鼓舞她的欢欣。她清亮地吩咐丫鬟们筛完了酒定要好好烫一下，窗外零星地飘着冷雨，雨滴里隐隐掺着些硬的冰屑。

"我知道云巧现在一定恨死了我。"她落寞地叹气，"你是没看见，她整日过得像个姑子，我真没料到，仅仅因为恨我，她便连'活着'都好像觉得没趣儿。"

谢舜珲皱皱眉头道："夫人千万别这么想。一个人若是觉得没了生趣，多半是厌烦了整个人世间，这可不是夫人一个人的力量就能办到的。"

令秧困惑地托住了腮："这话我便真是不懂了，这人间即便再凄清，也还是有热闹的时候啊。"

谢舜珲温暖地笑了："夫人可不是凡人，若世人都像夫人似的，这天下可就断断不能太平了。"

"你一日不打趣我几句，你便浑身难受是不是。"令秧气急败坏地白了他一眼。

那段日子里，令秧是幸福的。唐家大宅的里里外外，有蕙娘在挥斥方遒,似乎一切都按着本来的规则井井有条地运转,她只有一个任务,便是扮好那个如同府里招牌的"节妇",这件事她擅长并且驾轻就熟;溦姐儿的病好了大半,虽说见了她仍旧是淡淡的,可是在绣楼上跟自己的丫鬟倒是有说有笑;当归哥儿也长成一个结实的少年了,这孩子人高马大,憨厚,心眼儿实在,他算是心如死灰的云巧眼里唯一一道光线,只可惜这孩子完全不能领会大人之间那些微妙的紧张,跟令秧日益亲近着,有了什么他自己也晓得比较过分的要求,去夫人房里撒个娇便是——蕙娘跟令秧商量过,也是时候定下来当归的婚事了,可令秧觉得,不如等到次年春天,也许川少爷明年就中了进士,这样当归可以挑选的姑娘便更是不同,蕙娘还笑,说夫人真是深谋远虑;因为川少爷离得很远,那种时刻隐隐威胁着她的恐惧便放宽了,她终于可以放心地做一个宅心仁厚的"继母",入冬以后便着人打点着厚衣服和吃的用的,命侯武找到合适的商户带过去。

隔三差五的,谢舜珲还是会来。虽说如今已经没有了和哥儿切磋学问的幌子,不过府里的人也早已拿他和令秧的友谊当成了最自然的事情。令秧给他烫上一壶酒,他们闲话家常,互相嘲讽,若是谢舜珲太过刻薄,令秧恼了便拂袖而去——不过撑不了多久便又忘了。偶尔她也会跟谢舜珲念叨两句,也不知杨公公许诺过会尽力帮忙,究竟还算数不算——不过,都无所谓,她不再觉得煎熬,岁月从此便会这样若无其事地滑落下去,到四十岁,到五十岁,到死。

六公的死讯是在腊月初的时候传来的。其实六公缠绵病榻已有大半年的光景，所以众人看到唐璞骑着白马，带着一众着丧服骑黑马的小厮们前来叩门报丧的时候，也都不觉得意外。都说六公刚刚咽气的时候正是天色微明，六公的小儿子拿着六公的一件衣裳，爬到正房南边的屋顶上大喊着招魂，因为周遭寂静，这喊声凄厉地传了好远，惊飞了远处树上的一群乌鸦，也正是在那个时候，沉寂了很久的老夫人突然间从床上坐了起来，像是因着打了个巨大的寒战才被弹起来的——搞得看守的婆子们异常紧张地屏息看着她，就像一群猎人埋伏着观察一只豹子，犹豫着，不知是不是又到了必须上去绑她的时候。

唐璞是六公的侄子，在六公繁冗隆重的丧仪里，理所当然地成了"护丧"，负责监督跟打理丧仪的所有往来环节。报丧的队伍离开的时候，蕙娘手按在胸口笑道："别人家报丧最多来两三个人，我还是头一回看见这么浩浩荡荡的排场，不愧是九叔。"转过头去急急地寻侯武去派人送奠仪了。

人死之后三天，便是大殓，尸体入棺的日子。六公家里请风水先生看过了，入棺之后，六公须得在灵堂里停放七七四十九天，正月下旬的时候才可入土。大殓次日，族中子弟乃至女眷悉数到场举哀，按照"五服"的规矩穿戴好各人该穿的丧服。唐璞请来了和尚道士，要做足四十九天的法事超度亡魂。在这四十九天里，族中各家须得出一两个人守着灵堂，每日朝夕各哭奠一次。这委实是个苦差事，族中各家被推出去的人行"朝夕哭奠"的，嘴上什么也不敢吐露，心里没有不暗暗叫苦的。尤其是，有的族中子弟住得非常远，每日辰时必须得打扮停当跪在灵堂里等着焚香祝祷，接着就得大放悲声，跪到腿发麻的时候，通常仆役们才来开饭。夕奠则更是辛苦，若众人还都在那里哭着，谁也不好意思率先离开——夕奠究竟哭至几时能回去睡觉，就只能看运气了。偏偏唐简家就是离六公家很远的，往返也要近三十里的路程，川少爷远在常州不能回来守四十九天，有资格代表唐简家的，也就只剩下了令秧。还好唐璞这个护丧人想得周到，将六公家家庙里的十来间空房子命人打扫收拾出来，供家远的族中子弟住宿；至于需要行礼四十九天的女眷们，则全都住到唐璞的大宅里，免了来回的奔波。

令秧打点好了几套替换的丧服，带着小如和一个用于跟家里报信传话的婆子，便上了路。她从没有独自一个人离开过唐家大宅这么久，所以心里还真的涨满了期待。不过，又的确有那么一点点不安，她问蕙娘道："我要是哭不出来可怎么是好？"蕙娘笑了："夫人想想，四十九天，每天早晚加起来好几个时辰，若都能实打实地从头哭到尾，只怕那灵堂都要被淹了。夫人实在没有眼泪的时候，跟着出声便好；若什么时候眼泪来了，就别出声省些力气——去了便知道了，周遭的人准保都是如此的，要撑那么些天呢，累坏了身子可就麻烦了。"令秧点头，随即又为难地想到了另一件事："这朝夕哭奠也就罢了，可是不是朝夕之间，想哭的时候都要过去哭一场么，我若是朝夕之间一次多余的都没去哭过，是不是显得不太好？"蕙娘也认真地思虑了片刻："不然夫人就看着情形，隔两三日多去上一两回，若看着众人除了朝夕都不去哭了,自然也不必再去。"这下二人都觉得问题解决,也都轻松地喜悦起来。蕙娘叹道:"这可比不得当年老爷去的时候,那时候一天不管哭上几回,眼泪都是真的。"令秧道:"咱们老爷不过停了七天工夫,若也停上一个多月,我看咱们也未必哭得出了。"蕙娘开心地笑道:"这么多年,夫人爱说笑话儿这点,倒是从没变过。"

黎明时,令秧已经穿好了"小功"丧服,跪在一片人群之中。六公与川少爷的爷爷是兄弟,因此令秧算在"四服"的那拨女眷里,离棺材比较远。她跟着大家垂首盯着地面,闻到了主丧人,也就是六公的长子在前头焚香的气味。一抬头,猝不及防地,看见了站立在主丧身边的唐璞。从没见过他穿成这副样子,浑身上下都是月光一样的白色,因为是"大功"的粗布,这月白色略嫌粗糙,却让他不苟言笑的脸有了种肃穆的味道。平日里惹人厌的一脸跋扈,却在此时静静地凝固成了一种英武。令秧觉得他在人群的前面像是立得很稳,像是在一大片低矮芜杂的白色荒草中,突然破土而出一棵白杨树。他的左手擎起酒盅,酒盅似乎被他左手的手指钉在了半空中,右手夸张地拎起酒壶,酒壶缓缓挪动着,终于遇上了酒盅,将酒盅斟满——似乎身后响着只有唐璞自己才能听见的锣鼓点儿,斟满一杯,他静静放下酒壶,再转过身子,双手将酒盅奉给主丧用于浇奠;隔上片刻,再用一模一样的招式,重新斟一遍酒。

像是突然间洗尽了这人世间的凡尘,把他变成了仪式的一部分。

令秧看得发愣,有那么一小会儿,都忘了垂下头去,还险些把脊背都挺直了。三杯酒撒完,主丧另一侧的司仪拖着中气十足的声音宣告了一句什么,令秧没听清,只觉得那人念了句声若洪钟的咒语,余音袅袅尚未散尽,主丧人便像得了指令那样,跪下来,放声号哭。于是,地上跪着的一两百人便都也加入了进来,令秧第一次明白,原来"声音"这个东西也可以像风一样,猝不及防把人卷进去。周围的哭声"哗啦哗啦"地响,她自己也成了万千叶片里的一片。倒是不再觉得心慌了,因为没人会在乎她究竟哭了没有。只有唐璞还像刚才那般站得笔直,当然他最初也跟着众人一起叩了头的,只不过叩完头,他的职责便是站起来继续保证每一道程序。他脸上没有眼泪,也不会任由自己的神情被撕扯得狰狞,他甚至连哀戚的眼神也没有——周围的悲痛巨浪滔天,只有他,心安理得地无动于衷,像是拦截众人孱弱的哀伤的那道堤坝。

她重新俯下身子去叩头,额头触到地面,似乎就能压制住胸口那阵不安。她盼着叩完一个头,和叩下一次头之间那短短的一瞬,因为那时候,她便可以理直气壮地看唐璞一眼,横竖在他眼里,这满地的人像麦浪一样前仆后继,他不会注意得到麦浪中的某双眼睛。

朝奠终于结束,夕奠似乎过了没多久便开始了,夹在两场隆重的祭奠之间,一天的时光显得轻薄而可怜。第一天的礼尚未行完,令秧已经觉得快要累散了架。她不禁奇怪,唐璞的身子难道是铁打的不成?朝夕两奠之间,多少事情都需要盯着,大小礼节都不可出错,每天的夕奠完毕之后,众人连同主丧人都能去歇着,唯独他还要召集各处管事的人，核对完一天的账目，开销了多少，收了多少人家的奠仪；顺带还要安排次日需要的物资，以及各项事情上仆役们的赏罚。想想看，他能成为整个族中最被长老们器重的，也不是没有道理——人总不能只靠着蛮横便撑得住所有的场面。夕阳西下，落日的凄艳光芒落满了他一身，令秧渴望着从他脸上看出一点疲惫的痕迹来，因为此刻，她的心很柔软，她希望他脸上能准备一点倦怠来撞上这柔软。不过他还是纹丝不动，包括表情。即便他不疲惫，她也依然可以心疼他，只是她不明白，自己为何又重新开始"渴望"。

　　过了几日，蕙娘打发侯武来传消息，说要夫人顺势偷个懒回家去歇两日再来，还说很多家亲戚都是这么做的，没人受得了这样熬上四十九天，只要大家略微通个声气，各人把回自己家的日子岔开便好，不要某天发现人突然少太多就是了，主丧家面子上就不至于尴尬。这提议却被令秧回绝了，令秧只说在这里并没觉得累，不如就一日不少地在六公跟前把这份孝心尽过了，也算是代替了老爷和川少爷。她当然是捡了个最不容辩驳的借口，却不知，这话传开了，在众人嘴里，听起来就像节妇唐王氏的祭文里，又多了一段溢美之词。只不过，典礼之余，愿意主动过来跟她说话的亲戚几乎没有，其实她也懂得，换了是她自己，也会觉得，跟一段墓志铭能有什么可说的。

　　该来的，终于还是在某个神志松懈的时候，来了。
　　那日的夕奠结束得早，感觉天黑下去没多久，众人便散了，这时几个婆子过来给灵堂聚集的亲友们开饭。小如才吃了几口，立即苦着脸说心口疼，面色变得蜡黄，跟着便冲出去吐了。令秧一时没了主意，想唤来自家带来的婆子——可是满屋子进进出出的仆役那么多，究竟谁能认得自家那个人，也是个问题。亏得一个看起来清爽面善的丫鬟帮了忙，她似乎跟主人家的人都很熟识，即刻便找了人来把小如抬了出去。待家里的马车终于赶来接走小如的时候，已是深夜，接替小如来伺候令秧的丫鬟明天一早才能过来，令秧倒不介意这个，只是一心记挂着小如的病。她独自坐在客房中六神无主——第一次出门，就遇上这么大的事情，看来出门这件事委实是极难应付的。这时听得有人轻轻地叩门，令秧犹豫着，开门一看，却是白天那个帮忙的丫鬟。她刚刚如释重负地笑起来，那丫鬟便率先开了口："夫人，我本是九爷房中的丫鬟，今日把夫人的事情跟九爷说了，九爷说不能让夫人一整夜没个人在身边端茶倒水，就把我派来了。我叫璎珞。"令秧听到这里，才明白过来这丫鬟嘴里的"九爷"指的就是唐璞。"这也太让九叔费心了。"令秧为难地笑道。"夫人千万别这么客气呢，九爷说了，夫人是咱们家的贵客，一点都怠慢不得的。有什么吩咐我做，尽管说就是了。""明日见了九叔，定要好好谢他的。"令秧垂下眼睛微微一笑，脸上略有点温热。"九爷还说……"璎珞试探着看了看令秧，"若今晚夫人觉得我用着还顺手，就不必劳烦府上明日再大老远地派别的丫鬟来了，何不就让我伺候夫人，直到小如姐姐身子好了，不知……夫人的意思是怎么样呢？"令秧看着璎珞，璎珞的脸上是一览无余的无辜，像是只不过在等着她回答而已。她轻轻地眯了一下眼睛,她觉得已经过去好久了,可其实不过是片刻而已,然后她点点头。

次日令秧传了信儿回家,说只要小如病好了再回来便是,九叔家里的丫鬟伺候得甚为周到,就不必再叫家里的小丫头出来丢人现眼了。就这样,宁静地度过了两日。第三日夜里,早已熄了灯,令秧却睡不着,轻轻侧了个身,头顶的帐子隐隐地在黑夜里露出点轮廓。璎珞的声音清澈地从帐子外面传进来:"夫人若是睡不着,我陪夫人说说话儿可好?"她不作声,只听着璎珞的声音自顾自地继续着:"我们九爷跟我说,有句话儿,想让我问问夫人,若是夫人不愿意回答,便算了。"

令秧闭上了眼睛,好像只要闭上眼睛,便能真的入睡,再也听不到璎珞说什么了。眼帘垂下,眼前的黑暗并没有更浓重一分,她却听见自己在说:"问吧。"璎珞得着了鼓励,嗓音里也像是撒了一把砂糖:"那《绣玉阁》的戏里,文绣'断臂'那折,夫人还记得文绣给那坏人开了门吧?我们九爷就想问问,夫人觉得那文绣明知道自己一个寡居的弱女子,为何还要给那人开门?""因为那人说自己贫病交加,文绣有副好心肠。"令秧轻轻地回答。"难道不是因为,听见那人说自己贫病交加,再加上又是一个风雪夜,她便想起了已逝的夫君?九爷还有第二句话要问,那出戏里最后一折,是文绣第三次听见有贫病交加的路人叩门,已经得了一次教训,她为何还是要开门呢?""不开门,便见不到上官玉了呀。"令秧不知为何有些恼怒,感觉自己被冒犯了。"可是她起初哪里知道门外正是上官玉呢?她究竟为何还是要开门呢……九爷还问,换了是夫人,会开门吗?"

她将脸埋进了枕头里,一言不发。

良久,璎珞静静说道:"九爷此刻就在外面的回廊上,夫人愿意当面回答九爷吗?"

二

四十九天过去,六公下了葬,年也便过完了。虽说因为全族都在守孝中,唐家大宅这个年也过得马虎——即便如此蕙娘也还是得忙上好一阵子:虽不能奢华,可过年全家上下的食物不能不准备;唐氏一门以外的亲友们总要来拜年还得招待;川少爷赶在大年三十的时候回来烧香祭祖,再去六公灵前哭了一场,没过十五便急着要上京去考试,打点行装盘缠马匹,自然又是蕙娘的事情……因此,当令秧和小如总算是挨完了四十九天回来的时候,整个大宅还笼罩在"年总算过完"的疲倦里,就连蕙娘也未曾顾得上仔细打量令秧,只有紫藤笑着说了句:"这也奇了,别人都说守灵辛苦,咱们夫人怎么倒像是胖了些。难道六公家的伙食真的好到这个地步?"小如在一旁抿嘴笑笑,也不多说,其实只要细心看看便可知道,小如有些变化了。因为和主子恪守了共同的秘密,眉宇间已沉淀着胸有成竹的稳当。

只有谢舜珲,在过完年重新看到令秧的时候,心里才一惊——就像是令秧往他心里投了一块石头,所有的鸟雀就都扑扇着翅膀飞散了。虽说已褪了丧服,不过家常时候她也穿着一身白色,普普通通的白,却往她身上罩了一层潋滟的光泽。她的眼睛也一样,似乎更黑更深。她款款地走近他,然后行礼,再坐下——这一次她完成所有这些动作时,丝毫不在乎自己那条残臂,正是因为不在乎,所以没有之前那么僵硬了,某些时候因为失去了平衡,会约略地,蜻蜓点水般倾斜一下身体,反倒像是弱柳迎风。她吩咐小如去烫酒的语气比往日柔软,吩咐完了,回过头来,定睛将眼光落在谢舜珲身上,那神情就好像是这眼神本身是份珍贵的大礼,然后静悄悄地一笑,望着他,可是笑容直到她的眼光转向别处去的时候,还在嘴角残存着。

"还想拜托先生帮我往外捎点东西给人呢。"她说得轻描淡写。

谢舜珲用力呼出一口气,单刀直入道:"你明说吧,那男人是谁?"

她悚然一惊,却也没有显得太意外。反倒是慢悠悠地一笑:"先生果真和旁人不同呢。说什么都不费力气。"

他看着她的眼睛,不笑。

她压低了声音,像是淘气的孩子准备承认是自己打碎了花瓶,轻轻地说:"是九叔。"

谢舜珲像是自嘲那样短促地叹了一声:"唐璞。我为何没早想到这个。"转瞬间他又恼怒了起来,"夫人休要怪我责备你,可是这事委实太糊涂,你若真的觉得难挨,我懂,你告诉我,多少戏子我都能替你弄来,可你反倒要火中取栗,偏要去碰一个族中的男人,若真的出了事,莫说我们筹划那么多年的大事全都付诸东流,就连你的性命我都救不了,这么大的事情,为何不能早点想法子跟我商量一下?"他停顿了,狠狠地闷了一盅酒,其实他自己也知道,这话太蠢。

"先生你在说什么呀?"她看起来困惑而无辜,"我从未觉得难挨,老爷去了这么多年,虽然有人为难过我,可是在这宅子里终归还是对我好的人多,这里是家,能在这里终老也是我的造化。我也不是非得要个男人不可,我只不过是,只不过是……"她似乎突然不知道该说什么,望着他,眼里突然一阵热潮。

"你只不过是情不自禁。"他说完,便后悔了,尤其是,看着她满脸惊喜用力点头的样子。他微微一笑,腔子里却涌起一股深不见底的悲凉。这么多年,他终于明白,他究竟是因为什么如此看重她——过去的总结都是不准确的,并不是她天真,不是因为她聪明而不自知,不是因为她到了绝处也想着要逢生……真正的答案不过是,因为她无情。她身上所有让他赞赏的东西都是从这"无情"滋生出来。可是现在一切都过去了,那个叫唐璞的男人终结了她,她从此刻起才真正堕入人世间的泥淖之中,满身污浊的挣扎此刻让她更加美丽。而他,只能在一旁看着。他再把杯中之物一饮而尽,他说:"夫人可知道,这情不自禁,怕是这世上最糟糕的。"

"我知道。"她嫣然一笑,"先生做得到'发乎情,止乎礼',我是个没见识心性也粗陋的妇道人家,先生就原谅我吧。我没那么糊涂,四五月间,他就又得出发去做生意了,一去一年半载。

我们二人只争眼下的朝夕，他一去，就谁都不再提。"她像抚琴那样，尖尖十指拂过了平放在桌上的左臂，"先生放心，我会小心的，已经这么多年了，我怎么可能不把我们二人的大事放在心上？"

"罢了，"谢舜珲挥挥手笑道，"该料到早晚也有这一天，只是谢某得提醒夫人，他是男人，在外头玩儿惯了，一时新奇也是有的。夫人却不同……"

"好了谢先生，"她宽容得像个母亲，"类似的话，想必旁人也总这么跟你说吧。我又不指望着在天愿做比翼鸟，他还能辜负我什么呢？"

这恐怕是她有生以来第一次，知道什么叫沉溺，也是第一次尝到"享乐"的滋味。随她去吧，他一阵心酸，人生已经那么短。

万历三十三年，整个春天，令秧都是在沉醉中度过的。就连川少爷终于中了会试这件天大的喜事，她似乎都没怎么放在心上。三月十七，殿试放榜，川少爷中的是二甲，赐进士出身。消息传回家，不只唐家大宅，唐氏全族都是一片心花怒放的欢乐。休宁知县的贺贴在第一时间送到了家里，蕙娘充满愉悦地向紫藤抱怨道："刚刚过完了年，没消停几天，便又要预备大宴席了，不如我们趁着今年多雇几个人进来吧。"

自从川少爷踏上上京的路程，令秧便在离家不远的道观里点了一尊海灯。每个月布施些银两作为灯油钱，逢初一十五或者一些重要的日子，总要带着小如去亲自拜祭，说是为川少爷祈福求他金榜题名，真的中了以后便接着求他日后仕途的平安。听起来非常合理，无人会怀疑什么。她去上香倒也是真的，只是每次都嘱咐赶车的小厮停在道观门口等着，说上完了香会跟道姑聊聊再出来。随后便从道观的后门出去，走不了几步就是唐氏家族的祠堂了。唐璞手里一直都有祠堂的钥匙，自从门婆子夫妇被调入了唐家大宅，看守祠堂的人换成了一个耳聋的老人。令秧轻而易举地便能不受他注意地迈入祠堂的后院。曾经，她被关在那间小房间里度过了一个无眠的长夜；现今，她深呼吸一下，轻轻地推门，那个男人就在门里，她跨进来，定睛地，用力地看他，就当这是又一次永别。她知道自己罪孽深重，不仅仅因为偷情，还因为，如此纯粹的极乐，一定不是人间的东西，是她和她的奸夫一起从神仙那里偷来的。

那是十五年前的事了。她端着毒药在面前，手微微地发抖，就是在这间房间里；如今门婆子搬离了祠堂，这房间便空着没人住，她的毒药幻化成了人形，箍住她，滚烫地融化在她的怀抱中，他们一起变成了一块琥珀。战栗之余她心如刀绞地抚弄着他的浓密茂盛的头发，他不发一言，豁出命去亲吻她双乳之间的沟壑，她说你呀，你这混世魔王，我早晚有一天死在你手里。他的拥抱让她几乎窒息，他捧着她的脸，惜字如金地说："我带你走，我去想法子。"

她柔若无骨地笑笑，不置可否。她只是说："你还记不记得，第一次见我，就是在这里？"

他当然记得。"你就站在那竹子下面，那丛竹子如今已经被砍了，可是你还在这儿，十五年，你就长在我心里，你知不知道什么叫'长在我心里'？"他低下头去，亲吻她那条满目疮痍的左臂。他眼里突然泛起一阵凶光："我听说你把自己胳膊砍了，那个时候，恨不能骑马出去，杀光所有那些当年逼你自尽的长老，杀光那些嚼你舌头的人，不看着他们横尸遍野，我这辈子再不能痛快。"

她娇嗔地拍了一下他的脑袋："十五年！要不是六公办丧事，你是不是就永远不打算叫我知道了？"

小如在外面轻轻地叩门："夫人，时候差不多了，再不回去家里该起疑了。"

他们俩不约而同地意识到，原来直到此刻，他还一直在她的身体里。她笑了，他也笑。她突然忘形地亲吻他的脸庞，她说："当初没在这里把那碗毒药喝下去，原来是为了今天。"

回家的马车里，小如有条不紊地为她整理鬓角和钗环。她的面色倒是波澜不惊，完全看不出端倪。其实，她并不是胸有惊雷而面如平湖，她只不过是回忆起那个最初的深夜。璎珞灵巧地推门出去，似乎无声地游进了外面的夜色中。她的帐子随即被掀起一道缝隙。男人和月光一起来了。他不发一言，笨拙地宽衣解带，然后躺在她身边。他出乎意料地有点羞涩，她轻声道："九叔你这是何苦？"他答非所问："我一直不知道该怎么称呼你。"她安静了片刻，庄重地跟他说："我娘叫我令秧。""令秧。"他像孩子学舌那样，在口里小心地含着这个珍贵的名字，"令秧，"他的声音轻得像是耳语，"我好想你。"

最后的那个风雪之夜，文绣明明不可能知道门外站着的，是亡夫的魂魄，可她究竟为何要开门呢？

如今她算是明白了，为何连翘明明答应得那么好，却突然下不了手毒死罗大夫；也明白了为何众人都觉得她太狠心而溦姐儿太可怜；甚至明白了最初，老爷垂危的时候，云巧为何一夜之间眼睛里全是冷冰冰的恨意——她都明白了，直到此刻，她才明白那些人都认为她早就明白的事情。

可是人们都忘了，那一年，她才十六岁。

川少爷怕是此生都不会忘记，放榜之后单独面圣的那一天。先是两个宦官来新科进士们住的馆驿里宣他入宫，随即，他的脑袋便开始有些微妙的，不易觉察的眩晕，就好像是酒入愁肠，再多喝一杯便是微醺的时刻。往下的记忆便不甚连贯，因为他跟随着那两位宦官，一路走，眼睛一路盯着脚下，他甚至不大记得沿途究竟是些什么辽阔而气派的风景，他只记得，自己置身于一种绝对的空旷中，这空旷是静止的，有种不言自明的威仪，有那么一瞬间，他险些忘了其实这空旷的上方还有天空。他走进御书房，慌张地行礼，叩头，停滞了半晌，听见自己的胸口里面有人在奋力地击鼓，然后，听见一个声音淡淡地，随意地，甚至有些无精打采地说："平身吧。"他愣了片刻，才恍然大悟，这便是天子的声音了，他险些忘了怎么"平身"，也险些忘了谢谢皇上。

那个平淡的声音又沉默了好一会儿，他不知道自己该不该抬起头来，好像是害怕天颜猝不及防地闯入眼帘，会灼伤了双目。圣人书里的"天子"就在那里，宇宙间完美秩序的化身。他终于做到了一个男人最该做的事情——十年寒窗，金榜题名，踩着多少失意人的累累白骨，换取了一个辅佐他的资格。尽管，这完美的秩序拥有着一把略微孱弱的声音。

天子很瘦。早有耳闻他身体并不好。眉宇间与其说是肃杀，不如说有种满不在乎的萧条。川少爷注视着眼前这个普通人，一时间像是失魂落魄。天子像是看见了一只呆头鹅，随意地笑笑，使用一种极为家常的语气和措辞："朕听说，你的继母，是徽州极有名的节妇，可有这话？"川少爷不记得自己回答了什么，做梦也没想到，圣上跟自己说的第一句话，居然是关于令秧。垂下头去听着，渐渐地，也明白了些来龙去脉。曾经被令秧收留的宦官杨琛知恩图报，把令秧的事情上奏给了皇帝，自然也少不得渲染一番关于自断手臂，关于《绣玉阁》的传奇。原来即使是天子，也会对"传奇"感兴趣。直到最后，他听见了那句："虽然你家主母守节不过十五年，还没到岁数，又是继室并非原配，可是朕念及她不仅恪守妇德贞烈有加，更难得的是深明大义，救护杨琛有功，还含辛茹苦给朝廷供养出了一个进士，朕打算旌表她了，你可有什么说的？"

他膝盖发软，不由自主地跪下了。他想象过无数种面圣的场景，却唯独没想过这个。他知道自己该拒绝，该不卑不亢，神情自若地拒绝。当皇上对他的拒绝深感意外的时候，他再慷慨陈词，痛说一番宦官充当矿监税使的弊病——这有何难？一肚子的论据早已纵横捭阖地在书院里书写或者激辩过无数次。他只需要声情并茂地把它们背出来，顺序颠倒一下都不要紧，说不定讲到激动处又能妙语如珠。不怕龙颜震怒，哪怕立刻拖他去廷杖又如何，满朝文武明日起都会窃窃私语着"唐炎"这个名字，圣上最终还是会记得他，这才是他原本该有的命运，这是天下每个男人都想要的命运。

有些事情，他自然是不知道的。就在他们殿试的那两天，云南又发生了民众围攻税监府的暴动。满朝文武自然又是一片对宦官的骂声，其中，东林党人尤甚。各种痛陈利害的奏折，皇帝已经看腻了，他偏要在此时旌表一位曾经在类似的暴动中，收留过受伤宦官的孀妇，这举动便已说明一切的态度。更何况，这孀妇的继子，还是东林党人，这是再好也没有的事——与其跟这帮永远不知满足的大臣们生气，不如借这个举动让这帮东林党人们看看，什么才是天子的胸怀。即使是天子，满心里想的也无非是这些人间事。

但是川少爷脑袋里一片空白，他机械地深深叩首，满怀屈辱地说："谢主隆恩。"

在遥远的家乡，自然无人得知川少爷的屈辱。他们沉浸在一片狂欢之中。令秧跪在地上，听完了圣上御赐的所有赞美之词。满满一个厅堂的人一起深深地叩首，知县大人含着笑说道："好好准备准备吧，建造牌坊的石材过几日便能运到，你们府上也须得出些人手来帮忙建造。"

令秧只觉得，寂静就像柳絮一样，突然飞过来，塞住了她的耳朵。阖府上下的欢呼雀跃声她也不是听不见，只是被这寂静隔绝在了十分遥远的地方。她嘴角轻轻地扬起来一点，却又觉得身体里好生空洞，有阵风刮了进来。一转脸，她看到了眼里噙着泪的小如："夫人总算是熬出来了。"小如的声音分外尖细，听起来更像是某种小鸟。她用力地抱了小如一下，小如措手不及，那一瞬间还在她怀中挣扎了一下，她耳语道："下一件事，便是把你托付到一个好婆家。"

小如一定是因为太开心了，所以她已然忘记了，今天清晨她是那样忧心忡忡地提醒令秧：令秧的月事已经晚了快要十天。也许小如并不是忘记了这个忧虑，只是从天而降的喜讯让小如天真地确信了：不会发生任何糟糕的事情。令秧掠过了小如，掠过了回廊上的那群聒噪的仆妇婆子，掠过了沿途没完没了的笑脸，她平静地缓步前行，跨过了一道门槛，再跨过了一道，终于，她惊觉自己已经站在属于老夫人的那个天井里。她拾级而上，楼梯的响动听起来像黄昏时林子里盘旋的乌鸦。"老夫人看看是谁来请安了？"门婆子头一个发现了令秧，老夫人不为所动，她端正地坐在那里，像婴儿一般，认真且无辜地凝视面前一道屏风。一回头，看见令秧盈盈然地向她行礼，开心地一笑，伸出一根枯瘦的手指颤抖着指着屏风道："你看这绣功，是苏州运来的呢。"

令秧也微笑着对周围那几个婆子道："你们都去前头领赏钱吧，今儿个家里有喜事，蕙姨娘说了所有人都有赏，去晚了可就怕被人家抢光了。"一句话几个婆子登时笑逐颜开，争先道："罪过罪过，都没给夫人贺喜，反倒是夫人先过来了，哪有这个道理。"只有门婆子在众人都出去之后，询问地看着令秧，令秧往门外抬了一下下巴，笑道："你也去吧，我同老夫人说几句话，不妨事的。"门婆子便也不再多言，谦恭地退出去，刚要掩上房门的那一瞬间，却听得令秧急急地说："慢着，我还有一句话。"

她随着门婆子跨过了门槛，回廊上寂静无人，阖宅的狂欢里，这条回廊上寂静得不像真的。她静静地一笑："这么多年，我未曾好好地谢过你的救命之恩。"

"什么救命之恩，夫人又在说糊涂话了，我怎么不记得。"门婆子爽利地笑了，胸有成竹地垂着双手。

令秧却不理会她，径直问道："当日在祠堂里，你为何要救我？"

"这个……"门婆子抬起眼睛，"我死了丈夫那年，也是十六岁，跟当日的夫人一般大。"跟着她挥了挥手，像是把令秧的疑问无声地截断在了半空中："我现在的当家的，是我二十岁那年改嫁的。我不过是替夫人不值，我们这些命如草芥的人，嫁个三次五次其实都不打紧，可是夫人入了这大宅子，没了老爷，便连活着也不能够……夫人可千万别当成是件了不得的事情，老太婆不过是一时心软打抱不平。十五年过来了，夫人觉得这硬抢来的十五年，可有滋味？"

令秧含泪点点头："何止是有滋味，有了这十五年，才不枉此生。"

"那我这个老太婆可就心安了。"门婆子带着一脸如释重负的笑容，为令秧拉开了门，"夫人快过去看看老夫人吧，那些人一时半会儿是回不来的。"

不知何时，老夫人已从里头出来，静静地站在离门口不远的地方，默不作声地站着，形销骨立，衣裳像是风筝一样，好像马上就要从她身上飘起来。

"老夫人认得我吗？"令秋的语调安逸得像是常常来这里闲话。老夫人安静了片刻，突然肯定地说："认得。"——门婆子早就说过，老夫人近来清醒的时候比以往多了，可见是真的。

"有件事想请教老夫人。"令秋笑笑，语气倒是和缓，"老夫人是如何知道我是淫妇的呢？是有人来跟老夫人说过什么吗？"见老夫人无动于衷，令秋继续提示道："老夫人能告诉我是谁么……是蕙娘，还是云巧，还是哪个？"

"这有何难？"老夫人陡然漫不经心地笑了，"女人都是淫妇。"

她也如释重负地长叹一声道："还是老夫人英明呀。"随即更加戏谑地笑笑，"那老夫人究竟为何要把老爷推下楼去呢？"

老夫人也舒缓地笑了，抿了抿原本就已瘪进去的嘴："我不喜欢那盏灯。"

三

谢舜珲再度造访唐家的时候，发现自己常住的屋子也收拾一新了。蕙娘一高兴，整栋宅子便忙碌得卓有成效。晚间设了一桌丰盛家宴不说，就连被褥都给换了床新做好的。众人推杯换盏，至夜阑方散。最近几个月，唐家大宅的宴席就没有断过，也许是因着这缘故，厨子的手艺都像是进步了。夜深人静，他的耳朵便格外敏感，听见外头回廊上似有若无的响动，一开门，果真是令秋和小如站在外头，正准备叩门。小如捧着一个捧盒，令秋右手单手抱着一坛小小的扬州雪醅。

谢舜珲一面将二人让进屋内，一面拱手笑道："可饶了我吧，府上盛情太过，我着实吃不下了。"小如将捧盒放在案上，促狭地笑道："别人的我管不着，先生若是不吃了我们夫人敬的酒，我都不答应。"将酒箸摆好，便退了出去。谢舜珲笑着摇头，说这丫头越来越没副正形想是人大心大留不住了，一转头，却看见令秋从容不迫地跪下了。跪好之后，扬起脸一笑："我谢你。受我一拜吧。"

"夫人这是干什么。"他大惊失色地上去拉她起来，"赶紧起来，这可真要折煞我了……"

令秋终究还是被硬拽了起来，她委实没什么力气，被谢舜珲重新按回椅子里的时候，脸上却没有羞赧之色。她只是认真地盯着他，她认真的时候脸上就充满了天真气，她说："我是来和先生告别的，这样还不许我拜你么？"

他狐疑地看着她，心里已经想到了最坏的事。她玉葱似的右手看似不经意地停留在自己肚子上，五指尖尖，像只粉蝶。然后那只手微微用力地按了一下肚子，淡淡地笑道："有身孕了。不会错。白天刚刚求连翘帮我把了脉。"

他脑袋里"嗡"的一声巨响。然后开始负着双手，绕着她坐的椅子踱来踱去："不慌，容我想想，堕胎不妥，太危险，一旦有个好歹便会把事情闹大……牌坊建成大概要一个月的时间，最多两个月——不会看出来，一旦牌坊落成了，那些该应酬的都应酬了，我们便跟人说你生了重病需要休养，我来想办法，把你送到别处去躲躲，孩子生下来你再回来，这孩子一出生就给人抱走，我去寻可靠的人家，你千万别自乱阵脚，多少风浪都过来了……"

"罢了。"她笑着摆摆手，"先生没明白我的意思。这种日子我过够了，我也不想让你们谁再陪着我圆谎陪着我担惊受怕。如今牌坊到了，万一有朝一日事情败露，那罪过便是欺君，这是诛九族的事情，我不能让先生替我担这个风险。我该做的都做到了，这人间对我委实也太凶险，我想要带着这孩子去个更清静的去处，先生就别再阻拦我了吧。"

"你胡说什么。"一阵暴怒涌了上来，他的额头上暴起了青筋。

"我想好了。"她耐心地看着他，的确，眼下自乱阵脚的确实是他谢舜珲，"十五年了，先生都成全我到今日。不如这最后一步，也一并成全了我吧。先生是明白人，这归宿对我来说，是再好也没有的。你我的大事已经做到了啊，就当我累了，行不行？"

"早知如此，当初为何不让你吊死在祠堂里？"他脸色惨白地质问她，"当初吊死了，也拿得到牌坊，我们何必费这十几年的辛苦？你那么聪明，为何此时偏偏如此糊涂？"

"先生，那怎么能一样呢？"她笑靥如花，"你们救下我十五年，我是在这十五年里，才真的不枉此生啊。我同蕙娘，同云巧，同连翘和小如结下了情谊，我认识了先生你，我已尝过了被众人当成是故事的滋味，我还知道了……"眼泪充盈着她漆黑的眸子，"我还知道了什么叫'情不知所起，一往而深'，够了，先生，真的够了。那时候是一个孩子救了我的命，如今我因着另一个孩子把这条命还回去，这便是天意，足够公平。"

他用力地凝视着她，知道她心意已决，也知道这其实是唯一万无一失的办法。可是他真的恨，他脸上掠过一丝惨然。令秧接着说："我只有最后的两件事拜托先生。一件是，麻烦先生帮忙关照着，万一到时候出了什么岔子，把仵作唤来验尸了，请先生使些银子，让他马虎一点，别把孩子验出来；另一件事情，便是溦姐儿。你莫笑话我，我时至今日才知道，把溦姐儿交到你手里过一辈子，放心是必定的。可是人生在世，除了图放心，还有别的滋味。先生能不能答应我，等溦姐儿嫁过去了，若有一天……"

"若有一天，她遇见了可心意的人，我定成全他们。"他恢复了平静，慢慢地说，"你尽管放心，若有一天，她看中的人就算是我的长子次子，即使不能明媒正娶，我也尽心保他们安然无恙。"

她举起了酒杯，一饮而尽。

他也端起来一口喝干了，对她亮了亮杯底。

她脸颊立即艳若桃李，两行清泪顺畅地滑下来，她的手指轻轻地抹了一把，对他笑道："我是高兴。"

"咱们今天将这坛酒喝完，好生送你。"他的泪水也溢出了眼角，"西出阳关无故人。夫人，你若去了，这人间我便是没有故人了。"

"我也一样。"眼泪像是被她的笑容溅起的水花,"我真舍不得先生。"

"也罢。"他再度斟满自己的杯子,"早走一日,便早了一日。你定能化作花,化作云,化作那些最有灵气的物什;过完了今晚,我便独自回去,回去泯然众人。夫人,走好。"

令秧的贞节牌坊落成的时候,正是暮春。她于万历十八年开始守节,万历三十三年得到了朝廷的旌表,只用了十五年,空前绝后。

牌坊建成那日,自然有个典礼。为了这座牌坊,唐家大宅特意从自家门口修了一道崭新的石板路,这条新路径直延伸,劈开了油菜花盛放的田野,汇合上了通往不远处休宁城的主干道。令秧的牌坊便孤单地矗立在离大宅大约两里的地方。六公过世以后,新任族长十一公起了个大早,一丝不苟地盥洗——迎了这牌坊之后便要带着全族祭祖,自然马虎不得。没承想自家的小厮急急地到书房来报,说有客人。十一公皱眉道:"能是什么要紧的客,告诉他,今日是全族的大事,我没工夫会客。"小厮面露为难之色,往前走了两步,对十一公说了一句什么,轻得像是耳语。十一公的面色即刻凝重了些,缓慢道:"把她带进来吧。"

不多时,云巧便站在十一公面前,恭敬行礼道:"奴家明白,论礼不该出门更不该擅自拜访十一公,只是这事情委实了不得,事关全族清誉,不能不禀报给族长。"

云巧的小轿轻盈地穿过了这条新修的路,也自然经过了令秧的牌坊。清早的空气带着露水的清香,过了很久,她才掀起轿帘,嫌恶地看了那牌坊一眼。

隔着远远的田野望过去,那牌坊像是将一座庙宇压扁成薄薄的一片,孤独地耸立在那儿。青色的茶园石,和斜穿着飞过的燕子正好押韵。高二十一尺,宽十六尺,进深三尺有余;两柱一间三楼,一排斗拱支撑挑檐,明间二柱不通头。并没有多少奢华的雕饰,只有两柱落墩处的狮子和雀替上的喜鹊。因为令秧是继室,所以这牌坊比其余烈妇的略小了些。云巧看着,一丝微笑浮了上来——是时候了。

十一公终于听完了云巧的陈述,跌坐在太师椅里。云巧满意地望着族长,垂首道:"奴家所言句句是真,我家小姐并非老爷的骨血,若十一公派人去查问,罗大夫便是再好也没有的证人。小姐是夫人和川少爷的女儿,夫人当日断臂也不过是为平息事态,铤而走险演了一出戏。云巧不能看着全族的清白就这样被一个道貌岸然的淫妇玩弄于股掌之间,特地来禀报十一公……"话没说完,却见十一公已经挥手唤来了好几个小厮,十一公声音嘶哑,无力地说道:"把这个满嘴污言秽语的疯妇先关起来,待祭祖之后再交给她家当家的蕙姨娘,赶紧延医诊治要紧。"

云巧已被拖走了好久,十一公都未能从那椅子里站起来。似乎一瞬间,又老了二十年。

就在同一个清晨,云巧奔波在去往十一公家的路上,也奔往自己的绝路上;麻雀如胶似漆地停留在簇新的牌坊上面,像是牌坊的一部分，眺望着田野尽头的天空。令秧躺在自己的拔步床上，再也没有醒来。当年连翘配好的预备毒死罗大夫的药，如今物尽其用，能让她看起来无比安详，就好像急病猝死于睡梦中。她终究错过了自己的盛典，所有的荣耀全体成了哀荣，她是故意这么做的。

在最后一段睡眠里，她梦见了碧绿的江水。她看见自己沉下去，她知道自己融化了，她成了透明的，她变成碧绿的，甩掉那具肉身的感觉，原来如此之美，她成了江水，然后，没有尽头的虚空来临。

令秧卒年三十二岁，其实，还差几个月。那是万历三十三年，1605年，所以她并不知道，那种化为江水的感觉，名叫自由。

谢舜珲平静健康地活到八十一岁，无疾而终。他一直怀念她。

后记　**令秧和我**

我知道这个问题必然会有人问我：为什么要写一个明朝节妇的故事？我总不能回答说："我也忘记了。"哪怕事实的确如此。刚开始写作的时候，无比热衷于写后记，甚至自得其乐地认为，我的后记写得怕是比长篇正文还要好。因为那时候生怕别人看不出我想要说什么，生怕被曲解，所以喋喋不休地在后记里跳出来阐释一番，说到底，彼时的创作模式仍然低级，还仅仅局限于"表达"。当我意识到其实写小说有远比"表达"更重要得多的任务的时候，脑子里通常一片空白，干净程度堪比眼前那个命名为"后记"的雪白文档。

　　任何一个读者都有误读或是曲解一部作品的权力——甚至，即使是作者本人最初的思想，也未必能够准确解释它——因为作品里的那个世界一旦确立，便拥有了独立意志一般，遵循着一个不完全契合作者初衷的逻辑，自行运转。所以，我只能说，对于我来说，这是一个遗世独立的失意男人塑造了一个节妇的故事，这是一个天真锋利的女人在俗世中通过玩弄制度成全了自己的故事，这个男人和这个女人像战友一般，在漫长岁月荒谬人生中达成了宿命般的友情。所以在写至小说结尾的时候，我心里很难过——但我又觉得，这种难过是我一个人的事情，没有必要让任何人知道，于是我就写："他一直怀念她。"

还是要承认，我很中意这个结尾。

没有谁真的见过明朝是什么样的，所以我只能通过建筑在真实记载上的想象，完成一个亦虚亦实的世界。其实我终究也没能做到写一个看起来很"明朝"的女主角，因为最终还是在她的骨头里注入了一种渴望实现自我的现代精神。不过写到最后我自己也相信了，也许在明朝存在过这样的女人，只不过她从来没有机会表达自己，然后在时光里留下痕迹。我尽了最大努力，想要和这个四百年前的女孩或者女人成为朋友，突然有一天我恍然大悟，我发现当我很投入地站在男主角的立场的时候，就能自如并且以一个非常恰当的角度打量并且欣赏令秧——所以，就别再问我令秧是不是我了吧，说不定谢舜珲才更像我。这个故事里，不能说没有爱情，但是谢先生和令秧之间，那种惺惺相惜，那种荣辱与共，那种互相理解——在我眼里，其实这才是男人和女人之间的关系最理想的模式：不必缠绵，相互尊重，一起战斗。

当我开始书写他们之间这样珍贵的情感，我渐渐地忘记了我是在写历史。在那个由我一手虚构出来的四百年的世界里，我的体温，我的悲喜终于找到了存放的地方。我曾经跟一个总问我在写什么的朋友说，这是一个发生在明朝的，经纪人如何运作女明星的故事。只不过这个女明星不是艺人，是个节妇。我的朋友显然很开心，微信上传过来一串"哈哈哈哈"，其实我没在开玩笑，我是认真的。还好如今我周围已经没有了问我"这篇小说想要表达什么"的朋友了——曾经有不少，现在，会问这类问题的已渐渐减少了联络——因为我已经到了一个不需要太多朋友的年纪了，这么说可能有点悲哀。

不过若是你们一定要问我想表达什么，我还是要回答的。因为你们是渴望通过我写的故事在另一个时空里寻求朋友的人，我一向都是珍惜自己"灵媒"的身份的。这故事里有一个女人，她热情，她有生命力，她有原始的坚韧——其实我常常塑造这样的女主角，不过这一次，我加重了一些与"残酷"难解难分的天真。这其实也是一种天分，而这故事里的那个男人，便是唯一一个发现这天分的人。恰好这男人冰雪聪明，恰好他落寞失意，恰好他善于嘲讽，于是，他便用这遗世独立的聪明，成全了这女人的天分。他们需要看透制度，利用制度，然后玩弄制度——只是，笼罩他们的，自然还有命运。

这便是我在这个故事里最初想要说的话。只不过写到最后，想说的话渐渐模糊，原先为了架构故事的那些清晰且有条理的想法，也逐渐混沌于一片苍凉之中。也许这就是我一直痴迷写作的原因，总在某个时刻，明明屋子里只有我，我的电脑，我却是感觉到像是站在一个很高的山顶，刚刚目送一群远去的神话人物，我知道他们把整个世界留给了我，还留给我一个有生之年不能告诉任何人的秘密。万籁俱寂，我像个狂喜的孩子那样，静静听着自己的呼吸。

  这是我第一次写一部历史题材的小说,感觉最困难的部分并不在于搜集资料,那一部分的工作虽然繁杂琐碎,过程里也总会有些充实的感觉。真正艰难的在于运用所有这些搜集来的"知识"进行想象,要在跟我的生活没有半点关系的逻辑里虚构出人物们的困境……可是当这样的想象一旦开始并且能够逐步顺畅地滑行,个中美妙,让我恍惚间回到了十年前第一次写长篇小说的岁月,似乎写完处女作之后,这么多年都没有再体会过这种由写作带来的畅快的喜悦。这种喜悦来得远远不如当年那么简单直接,因为下笔之前有如此多的功课要做;可是一旦感受到了那种喜悦,随之而来的满心灿烂的感觉跟十年前别无二致。或许,看山是山,看山不是山,看山还是山——指的便是这个。

  现在我写完了,我觉得自己的身体里充满了力量,我感谢令秧和谢先生,他们二人让我相信了,我依然可以笃定地写下去,走到一个风景更好也更无人打扰的地方。

  再偏爱的小说也终须一别,但是你们又将与她相逢。我的寂寞无足轻重,只盼望你们善待令秧。

  谢谢。